Melhores Contos

MONTEIRO LOBATO

Direção de Edla van Steen

Melhores Contos

MONTEIRO LOBATO

Seleção e prefácio de
Gustavo Henrique Tuna

São Paulo
2022

© **Global Editora, 2022**
1ª Edição, Global Editora, São Paulo 2022

Jefferson L. Alves – diretor editorial
Gustavo Henrique Tuna – gerente editorial
Flávio Samuel – gerente de produção
Nair Ferraz – coordenadora editorial
Amanda Meneguete – assistente editorial
Tatiana Souza – revisão
Eduardo Okuno – projeto gráfico
Taís do Lago – diagramação
Leonidas Santana/Shutterstock (Taubaté, SP, Sítio do Picapau Amarelo) – foto de capa

Dados Internacionais de Catalogação na Publicação (CIP)
(Câmara Brasileira do Livro, SP, Brasil)

Lobato, Monteiro, 1882-1948
Melhores contos : Monteiro Lobato / seleção de Gustavo Henrique Tuna. – 1. ed. – São Paulo : Global, 2022. – (Melhores contos / direção de Edla van Steen)

ISBN 978-65-5612-345-5

1. Contos brasileiros I. Tuna, Gustavo Henrique. II. Steen, Edla van. III. Título. IV. Série.

22-118400   CDD-B869.3

Índices para catálogo sistemático:

1. Contos : Literatura brasileira   B869.3
Cibele Maria Dias - Bibliotecária - CRB-8/9427

Obra atualizada conforme o
NOVO ACORDO ORTOGRÁFICO DA LÍNGUA PORTUGUESA

Global Editora e Distribuidora Ltda.
Rua Pirapitingui, 111 — Liberdade
CEP 01508-020 — São Paulo — SP
Tel.: (11) 3277-7999
e-mail: global@globaleditora.com.br

 globaleditora.com.br   @globaleditora

 /globaleditora   @globaleditora

 /globaleditora   /globaleditora

 blog.grupoeditorialglobal.com.br

 Direitos reservados.
Colabore com a produção científica e cultural.
Proibida a reprodução total ou parcial desta
obra sem a autorização do editor.

Nº de Catálogo: **4527.POC**

Gustavo Henrique Tuna nasceu em Campinas, São Paulo, em 1977. É doutor em História Social pela Universidade de São Paulo e mestre em História Cultural pela Universidade Estadual de Campinas, onde defendeu em 2003 a dissertação *Viagens e viajantes em Gilberto Freyre*.

É autor de *Gilberto Freyre: entre tradição e ruptura* (São Paulo: Cone Sul, 2000), premiado na categoria Ensaio do III Festival Universitário de Literatura, promovido pela Xerox do Brasil e pela revista *Livro Aberto*. Também é autor das notas ao livro autobiográfico de Gilberto Freyre *De menino a homem* (São Paulo: Global, 2010), vencedor na categoria Biografia do Prêmio Jabuti 2011. É sua a seleção de textos do livro *O poeta e outras crônicas de literatura e vida*, de Rubem Braga, vencedor na categoria Crônica do Prêmio Jabuti 2018.

Atualmente, é gerente editorial da Global Editora e realiza pós-doutorado no Departamento de História da Universidade de São Paulo.

SUMÁRIO

O pintor das transformações de sua gente — Gustavo Henrique Tuna 9

CONTOS

Urupês

O engraçado arrependido 19
A colcha de retalhos 29
Meu conto de Maupassant 37
O mata-pau 40
Bocatorta 48
O comprador de fazendas 60
Velha praga 73
Urupês 79

Cidades mortas

Cidades mortas 93
Cavalinhos 97
O "Resto de Onça" 101
O fígado indiscreto 107
O plágio 112
O romance do chopim 120
Café! Café! 129
Um homem honesto 133

Negrinha

Negrinha 147
O drama da geada 154
Bugio moqueado 162
Os negros 168
O colocador de pronomes 197
Marabá 210
A morte do Camicego 223
Dona Expedita 226

Biografia 235
Bibliografia 237

O PINTOR DAS TRANSFORMAÇÕES DE SUA GENTE

No fim dos anos 1930, durante entrevista concedida por Monteiro Lobato a Silveira Peixoto, o jovem jornalista surpreendera-se com a beleza de uma série de quadros que ornavam as paredes do local de seu encontro com já célebre escritor. Situada na rua Castro Alves, na capital paulista, a casa de Edgard, filho do ficcionista, fora o local escolhido para a conversa. Interrogado por Silveira Peixoto sobre a autoria daquelas telas, Lobato não hesitaria em assumir ser ele o autor. Confessaria também, para igual surpresa de Peixoto, que aquela que teria sido sua primeira vocação: a de pintor[1].

Em que pese a extrema graciosidade de suas telas, Lobato não se notabilizaria por elas, consagrando-se, outrossim, por sua escrita, ou mais precisamente, pelo mundo de estórias que concebeu com engenhosidade, perspicácia e paixão. Aquele que se dedicar a ler as páginas dos contos selecionados para a presente antologia contemplará sua afeição pelos personagens por ele delineados. Homens de negócio, fazendeiros, senhoras de famílias tradicionais, moças apaixonadas, negros velhos, funcionários públicos, viajantes e tantos outros foram objeto das atenções de Lobato, sempre atento a fabricar enredos nos quais o apreço pelo detalhamento da alma de seus personagens, seus valores, seus impasses salta aos olhos, prendendo o leitor página a página, com uma fluidez narrativa que só os grandes escritores são capazes de urdir.

A redação de *Urupês*, cuja primeira edição é de 1918, seria embebida por uma das experiências mais marcantes da vida do escritor. Com o falecimento de seu avô, o Visconde de Tremembé, Lobato e suas irmãs acabariam por herdar uma considerável porção de terras na região de Taubaté, no Vale do Paraíba, mais especificamente na Serra da Mantiqueira. Ele passaria então a residir na Fazenda do Buquira com sua esposa, Purezinha (Maria da Pureza de Castro Natividade), e seus dois filhos, Martha e Edgard. Nesta temporada na propriedade, nasceriam seus outros dois filhos, Guilherme e Ruth. Habitante

---

[1] Entrevista com Silveira Peixoto, da *Gazeta-Magazine*. In: LOBATO, Monteiro. *Obras completas de Monteiro Lobato*: Prefácios e entrevistas. São Paulo: Brasiliense, 1946. v. 13.

da extensa fazenda, Lobato passaria a desfrutar então de um prisma privilegiado para vislumbrar o cotidiano do ambiente rural, testemunhando as queimadas que atingiam a região e observando as agruras dos trabalhadores em sua lida diária nas plantações e criações de animais.

Livro que abre esta antologia, *Urupês* atingiu precocemente um número expressivo de leitores, tendo vendido mais de 30 mil exemplares nos seus primeiros cinco anos de publicação[2]. Um aspecto que sem sombra de dúvidas tornou os contos do livro impactantes para os leitores foi a linguagem adotada por Lobato. Fruto de seu talento ímpar, as narrativas trazem o frescor das falas de homens e mulheres que habitavam as fazendas, no coloquialismo que vincaria suas existências. Um dos contos do livro a ser destacado no fito de demonstrar a proeminência que Lobato procura conceder aos coloquialismos e neologismos essencialmente orais é "A colcha de retalhos". Construído em primeira pessoa, o enredo traz a visita do narrador ao sítio dos Periquitos, recanto onde cresce rodeada de carinhos uma menina de nome Pingo d'Água, cuja avó costura, desde os 14 anos da jovem, uma colcha formada por vários retalhos de vestidos usados pela bela menina para lhe presentear à época de seu noivado. Contudo, Pingo d'Água acabaria fugindo do sítio, arrebatada de paixão por um sitiante vizinho, deixando em eterna aflição a família que tanto dela esperava. A riqueza e singeleza do registro linguístico da população do campo é uma das marcas fortes do conto, como se pode perceber nesta passagem em que a avó de Pingo d'Água expõe ao visitante-narrador o vigor de sua saúde frente a pouca disposição de sua filha, já bem adoecida, e é por ela interpelada.

> — Está espantado do jeito de Nhana? Esta gente de agora não presta para nada. Olhe, eu com setenta no lombo não me troco por ela. Criei minha neta e inda lavo, cozinho e coso. Admira-se? Coso, sim!...
> — Mecê é gabola porque nunca padeceu doença — nem dor de dente! Mas eu? Pobre de mim! Só admiro ainda estar fora da cova... Aí vem o Zé.

---

[2] Para um acompanhamento detalhado do êxito editorial de *Urupês* e das modificações na configuração das edições empreendidas pelo autor ao longo de sua vida, ver MARTINS, Milena Ribeiro. *Lobato edita Lobato:* história das edições dos contos lobatianos. Cap. 4. Tese (doutorado). Universidade Estadual de Campinas, Instituto de Estudos da Linguagem, Campinas, SP, 2003.

"Velha praga" é outra história a integrar o livro que o tornaria célebre. Publicado pela primeira vez no jornal *O Estado de S. Paulo* em forma de artigo, o texto entraria na segunda edição de *Urupês*, trazendo um complexo retrato da figura do caboclo que Lobato consagraria por meio de seu olhar arguto sobre os trabalhadores rurais da Serra da Mantiqueira. A narrativa — num tom híbrido que mistura ensaio e ficção — desnuda a miríade de transformações que as queimadas causariam na paisagem da região, bem como o estado de abandono em que o caboclo vive, ou melhor, sobrevive, de forma instável e precária. Assiste-se aqui a projeção da figura do caboclo Jeca Tatu, personagem que o escritor iria desenvolver com maestria em livros voltados ao público infantojuvenil como *Jeca Tatuzinho*, publicado em 1924.

Quando *Urupês* ainda proporcionava a Lobato as primeiras manifestações de reconhecimento ao seu talento por parte da crítica e dos leitores em geral, trabalhava já o escritor na edificação de outro surpreendente monumento literário: seu segundo livro de contos, *Cidades mortas*, que sairia em 1919. Entre a primeira edição do livro e sua publicação dentro das *Obras completas* do autor, em 1946, textos seriam inseridos, títulos de contos seriam modificados e cortes seriam implementados por vontade do escritor. Em que pese todo o rol de modificações, *Cidades mortas* permanece sendo posicionado como uma antologia de contos (e também de textos impressionistas que se aproximam da crônica) que traz o ambiente imóvel do passado rural — e das fazendas de café, em especial — que tingiu o Vale do Paraíba, tão profundamente vivenciado pelo escritor. O conto que confere título ao volume ostenta a certa altura uma passagem que indicia a atmosfera que predominará em boa parte do livro: "Ali tudo foi, nada é. Não se conjugam verbos no presente. Tudo é pretérito. Umas tantas cidades moribundas arrastam um viver decrépito, gasto em chorar na mesquinhez de hoje as saudosas grandezas dantes."

Uma certa letargia de uma sociedade que persiste num imenso atraso econômico e social é o retrato cromatizado por Lobato no volume, traçando os descompassos e desencontros entre a vida no campo e o ritmo ditado pelo processo de urbanização que se verificara no Brasil — e de maneira mais acentuada em São Paulo — a partir das décadas de 1910 e 1920. Em *Cidades mortas*, o escritor lança mão de uma prosa dotada de feroz ironia como no conto "Café! Café!", em que alfineta de forma profunda a visão unívoca e obsessiva de muitos proprietários de terra do interior paulista que concentravam todos os seus esforços na produção cafeeira, mesmo num período em que sua derrocada já se tornava realidade.

Ao lado da crítica ao atraso econômico representado pela monocultura cafeeira, Lobato também foi, por meio de sua literatura, mordaz observador dos costumes morais, como comprova o enredo por ele urdido em "Um homem honesto", história na qual nos brinda com o caráter admirável de João Pereira, sujeito de poucas posses, pai de duas meninas, homem firme em seu propósito de tocar sua vida de maneira simples, sem jamais se corromper ou explorar os outros. Ao realizar uma viagem de trem, João depara-se com um pacote contendo elevada quantia em dinheiro, montante que decide voluntariamente entregar ao chefe da estação de trem. Tal decisão acabaria sendo vista por muitos em sua cidade como típica de um tolo que não teria sabido aproveitar a sorte que lhe visitara. Lobato indicia, ao apresentar tal incongruência humana na sociedade moderna que se formava no Brasil do início do século XX, sua desaprovação aos que se mostravam sempre favoráveis a se levar vantagem em tudo.

O êxito editorial dos dois primeiros livros de contos de Lobato o encorajaria a já engatilhar a concepção do terceiro. Reunindo ao todo seis contos, *Negrinha* ganharia as prateleiras em 1920 e repetiria o sucesso de vendas dos dois anteriores, atingindo a marca de 12 mil exemplares vendidos em suas duas primeiras tiragens[3]. Com o passar dos anos, as sucessivas edições do livro foram ganhando cada vez mais contos até que sua publicação no espectro das *Obras completas* resultasse num volume de calibre semelhante a *Urupês* e *Cidades mortas*. Assim, *Negrinha* consolidaria-se, em 1946, como um volume composto por 22 contos, parte significativa deles extraída de outro livro do autor — *O macaco que se fez homem* —, antologia de narrativas que não obtivera o mesmo reconhecimento do público, circunstância que moveria o escritor a desmembrá-la e deslocar seus contos para a composição de outros títulos de sua obra.

Parece-nos possível pleitear que os contos de *Negrinha* estão alicerçados em duas vertentes nas quais o autor investe com igual profundidade. De um lado, avista-se com razoável clareza o tom de denúncia social em relação às

---

[3] Cf. MARTINS, Milena Ribeiro, *op. cit.*, p. 317.

camadas menos favorecidas da população, com especial destaque aos negros. Forte amostra deste pendor de crítico social de Lobato pode ser captada no enredo de "Negrinha", conto em que o escritor desenha com forte expressividade as agruras sofridas pela menina órfã, de 7 anos de idade, de pele negra, que sofre na carne com o mau humor e a frustração de dona Inácia, senhora que faz a pobre menina penar de diversas formas: dando-lhe surras, impedindo-a de brincar com suas sobrinhas ou simplesmente relegando-a ao completo abandono dentro de casa.

Em simultâneo à crítica social, os contos de *Negrinha* sinalizam o pendor do escritor para a valorização dos relatos orais, dos "causos" que chegaram ao seu conhecimento por meio das conversas com o amplo universo de pessoas de sua convivência: parentes próximos e distantes, ex-escravizados, negros e negras contadores de estórias, viajantes, comerciantes, trabalhadores das fazendas, toda uma miríade de tipos humanos que fornecem a Lobato a matéria-prima para a forja de narrativas muitas vezes verossímeis, outras embebidas de muita fantasia e mistério, todas elas invariavelmente encantadoras porque transmutadas pelo estilo particularmente engenhoso do ficcionista.

Um aspecto que norteou a seleção desta antologia de contos de Lobato foi evidenciar como o escritor, na concepção de suas narrativas, pautou-se por distanciar-se de sentimentalismos, preferindo enveredar por outros caminhos, quais sejam, o de pavimentá-los por vezes de ironia, em outras ocasiões de sátira, em outras de irreverência, em outras de clara denúncia, conferindo a elas uma atmosfera de humanidade que remonta de certa forma às melhores páginas de Charles Dickens, cuja produção literária era, aliás, da predileção de Lobato. Trazendo à tona de forma impactante as contradições da sociedade brasileira do início do século XX, tingida pela miséria e pela pobreza, o escritor vislumbrou com clareza as mazelas de seu povo. A construção das personagens e seus complexos dilemas íntimos, a exposição minuciosa dos choques entre o mundo rural e o urbano e os impactantes flagrantes da modernidade em litígio com a tradição são marcas do exímio contador de histórias que foi Monteiro Lobato.

Gustavo Henrique Tuna

CONTOS

URUPÊS

O ENGRAÇADO ARREPENDIDO

Francisco Teixeira de Souza Pontes, galho bastardo duns Souza Pontes de trinta mil arrobas afazendados no Barreiro, só aos trinta e dois anos de idade entrou a pensar seriamente na vida.

Como fosse de natural engraçado, vivera até ali à custa da veia cômica, e com ela amanhara casa, mesa, vestuário e o mais. Sua moeda corrente eram micagens, pilhérias, anedotas de inglês e tudo quanto bole com os músculos faciais do animal que ri, vulgo homem, repuxando risos ou matracolejando gargalhadas.

Sabia de cor a *Enciclopédia do riso e da galhofa* de Fuão Pechincha, o autor mais dessaborido que Deus botou no mundo; mas era tal a arte do Pontes, que as sensaborias mais relambórias ganhavam em sua boca um chiste raro, de fazer os ouvintes babarem de puro gozo.

Para arremedar gente ou bicho, era um gênio. A gama inteira das vozes do cachorro, da acuação aos caititus ao uivo à lua, e o mais, rosnado ou latido, assumia em sua boca perfectibilidade capaz de iludir aos próprios — e à lua.

Também grunhia de porco, cacarejava de galinha, coaxava de untanha, ralhava de mulher velha, choramingava de fedelho, silenciava de deputado governista ou perorava de patriota em sacada. Que vozeio de bípede ou quadrúpede não copiava ele às maravilhas, quando tinha pela frente um auditório predisposto?

Descia outras vezes à pré-história. Como fosse d'algumas luzes, quando os ouvintes não eram pecos ele reconstituía os vozeirões paleontológicos dos bichos extintos — roncos de mastodontes ou berros de mamutes ao avistarem-se com peludos *Homos* repimpados em fetos arbóreos — coisa muito de rir e divulgar a ciência do senhor Barros Barreto.

Na rua, se pilhava um magote de amigos parados à esquina, aproximava-se de mansinho e — *nhoc!* — arremessava um bote de munheca à barriga da perna mais a jeito. Era de ver o pinote assustado e o *passa!* nervoso do incauto, e logo em seguida as risadas sem fim dos outros, e a do Pontes, o qual gargalhava dum modo todo seu, estrepitoso e musical — música d'Offenbach.

Pontes ria parodiando o riso normal e espontâneo da criatura humana, única que ri além da raposa bêbeda; e estacava de golpe, sem transição, caindo num sério de irresistível cômico.

Em todos os gestos e modos, como no andar, no ler, no comer, nas ações mais triviais da vida, o raio do homem diferençava-se dos demais no sentido de amolecá-los prodigiosamente. E chegou a ponto de que escusava abrir a boca ou esboçar um gesto para que se torcesse em risos a humanidade. Bastava sua presença. Mal o avistavam, já as caras refloriam; se fazia um gesto, espirravam risos; se abria a boca, espigaitavam-se uns, outros afrouxavam os coses, terceiros desabotoavam os coletes. E se entreabria o bico, Nossa Senhora! eram cascalhadas, eram rinchavelhos, eram guinchos, engasgos, fungações e asfixias tremendas.

— É da pele, este Pontes!
— Basta, homem, você me afoga!

E se o pândego se inocentava, com cara palerma:

— Mas que estou fazendo? Se nem abri a boca...
— *Quá, quá, quá*! — a companhia inteira, desmandibulada, chorava no espasmo supremo dos risos incoercíveis.

Com o correr do tempo não foi preciso mais que seu nome para deflagrar a hilaridade. Pronunciando alguém a palavra "Pontes", acendia-se logo o estopim das fungadelas pelas quais o homem se alteia acima da animalidade que não ri.

Assim viveu Pontes até a idade do Cristo, numa parábola risonha, a rir e fazer rir, sem pensar em nada sério — vida de filante que dá momos em troca de jantares e paga continhas miúdas com pilhérias de truz.

Um negociante caloteado disse-lhe um dia entre frouxos de riso babado:

— Você ao menos diverte, não é como o major Carapuça que caloteia de carranca.

Aquele recibo sem selo mortificou seu tanto ao nosso pândego; mas a conta subia a quinze mil-réis — valia bem a pelotada. Entretanto, lá ficou a lembrança dela espetada como alfinete na almofadinha do amor-próprio. Depois vieram outros e outros, estes fincados de leve, aqueles até a cabeça.

Tudo cansa. Farto de tal vida, entrou o hilarião a sonhar as delícias de ser tomado a sério, falar e ser ouvido sem repuxo de músculos faciais, gesticular sem promover a quebra da compostura humana, atravessar uma rua sem pressentir na peugada um coro de "Lá vem o Pontes!" em tom de quem se espreme na contensão do riso ou se ajeita para uma barrigada das boas.

Reagindo, tentou Pontes a seriedade.

Desastre.

Pontes sério mudava de tecla, caía no humorismo inglês. Se antes divertia como o Clown, passava agora a divertir como o Tony.

O estrondoso êxito do que a toda a gente se afigurou uma faceta nova da sua veia cômica verteu mais sombras na alma do engraçado arrependido. Era certo que não poderia traçar outro caminho na vida além daquele, ora odioso? Palhaço, então, eternamente palhaço à força?

Mas a vida de um homem-feito tem exigências sisudas, impõe gravidade e até casmurrice dispensáveis nos anos verdes. O cargo mais modesto da administração, uma simples vereança, requer na cara a imobilidade da idiotia que não ri. Não se concebe vereador risonho. Falta ao dito de Rabelais uma exclusão: o riso é próprio à espécie humana, fora o vereador.

Com o dobar dos anos a reflexão amadureceu, o brio cristalizou-se, e os jantares cavados deram a saber-lhe a azedo. A moeda pilhéria tornou-se-lhe dura ao cunho; já a não fundia com a frescura antiga; já usava dela como expediente de vida, não por folgança despreocupada, como outrora. Comparava-se mentalmente a um palhaço de circo, velho e achacoso, a quem a miséria obriga a transformar reumatismo em caretas hílares como as quer o público pagante.

Entrou a fugir dos homens e despendeu bons meses no estudo da transição necessária ao conseguimento de um emprego honesto. Pensou no balcão, na indústria, na feitoria duma fazenda, na montagem dum botequim — que tudo era preferível à paspalhice cômica de até ali.

Um dia, bem maturados os planos, resolveu mudar de vida. Foi a um negociante amigo e sinceramente lhe expôs os propósitos regeneradores, pedindo por fim um lugar na casa, de varredor que fosse. Mal acabou a exposição, o galego e os que espiavam de longe à espera do desfecho torceram-se em estrondoso gargalhar, como sob cócegas.

— Esta é boa! É de primeiríssima! *Quá! quá! quá!* Com que então... *Quá! quá! quá!* Você me arruína os fígados, homem! Se é pela continha dos cigarros, vá embora que me dou por bem pago! Este Pontes tem cada uma...

E a caixeirada, os fregueses, os sapos de balcão e até passantes que pararam na calçada para "aproveitar o espírito", desbocaram-se em *quás* de matraca até lhe doerem os diafragmas.

Atarantado e seriíssimo, Pontes tentou desfazer o engano.

— Falo sério, e o senhor não tem o direito de rir-se. Pelo amor de Deus não zombe de um pobre homem que pede trabalho e não gargalhadas.

O negociante desabotoou o cós da calça.

— Fala sério, *pff*! *Quá! quá! quá!* Olha Pontes, você...

Pontes largou-o em meio da frase, e se foi com a alma atenazada entre o desespero e a cólera. Era demais. A sociedade o repelia, então? Impunha-lhe uma comicidade eterna?

Correu outros balcões, explicou-se como melhor pôde, implorou. Mas por voz unânime o caso foi julgado como uma das melhores pilhérias do "incorrigível" — e muita gente o comentou com a observação do costume:

— Não se emenda o raio do rapaz! E olhem que já não é criança...

Barrado no comércio, voltou-se para a lavoura. Procurou um velho fazendeiro que despedira o feitor e expôs-lhe o seu caso.

Depois de ouvir-lhe atentamente as alegações, conclusas com o pedido do lugar de capataz, o coronel explodiu num ataque de hilaridade.

— O Pontes capataz! Ih! Ih! Ih!

— Mas...

— Deixe-me rir, homem, que cá na roça isto é raro. Ih! Ih! Ih! É muito boa! Eu sempre digo: graça como o Pontes, ninguém!

E berrando para dentro:

— Maricota, venha ouvir esta do Pontes. Ih! Ih! Ih!

Nesse dia o infeliz engraçado chorou. Compreendeu que não se desfaz do pé p'r'a mão o que levou anos a cristalizar-se. A sua reputação de pândego, de impagável, de monumental, de homem do chifre furado ou da pele, estava construída com muito boa cal e rijo cimento para que assim esboroasse de chofre.

Urgia, entretanto, mudar de tecla, e Pontes volveu as vistas para o Estado, patrão cômodo e único possível nas circunstâncias, porque abstrato, porque não sabe rir nem conhece de perto as células que o compõem. Esse patrão, só ele, o tomaria a sério — o caminho da salvação, pois, embicava por ali.

Estudou a possibilidade da agência do correio, dos tabelionatos, das coletorias e do resto. Bem ponderados os prós e contras, os trunfos e naipes, fixou a escolha na coletoria federal, cujo ocupante, major Bentes, por avelhantado e cardíaco, era de crer não durasse muito. Seu aneurisma andava na berra pública, com rebentamento esperado para qualquer hora.

O ás de Pontes era um parente do Rio, sujeito de posses, em via de influenciar a política no caso da realização de certa reviravolta no governo. Lá correu atrás dele e tantas fez para movê-lo à sua pretensão que o parente o despediu com promessa formal.

— Vai sossegado que, em a coisa arrebentando por cá e o teu coletor rebentando por lá, ninguém mais há de rir-se de ti. Vai, e avisa-me da morte do homem sem esperar que esfrie o corpo.

Pontes voltou radioso de esperança e pacientemente aguardou a sucessão dos fatos, com um olho na política e o outro no aneurisma salvador.

A crise afinal veio; caíram ministros, subiram outros e entre estes um politicão negocista, sócio do tal parente. Meio caminho já era andado. Restava apenas a segunda parte.

Infelizmente, a saúde do major encruara, sem sinais patentes de declínio rápido. Seu aneurisma, na opinião dos médicos que matavam pela alopatia, era coisa grave, de estourar ao menor esforço; mas o precavido velho não tinha pressa de ir-se para melhor, deixando uma vida onde os fados lhe conchegavam tão fofo ninho, e lá engambelava a doença com um regime ultrametódico. Se o mataria um esforço violento, sossegassem, ele não faria tal esforço.

Ora, Pontes, mentalmente dono daquela sinecura, impacientava-se com o equilíbrio desequilibrador dos seus cálculos. Como desembaraçar o caminho daquela travanca? Leu no Chernoviz o capítulo dos aneurismas, decorou-o; andou em indagações de tudo quanto se dizia ou se escreveu a respeito; chegou a entender da matéria mais que o doutor Iodureto, médico da terra, o qual, seja dito aqui à puridade, não entendia de coisa nenhuma desta vida.

O pomo da ciência, assim comido, induziu-o à tentação de matar o homem, forçando-o a estourar. Um esforço o mataria? Pois bem, Souza Pontes o levaria a esse esforço!

— A gargalhada é um esforço — filosofava satanicamente de si para si. — A gargalhada, portanto, mata. Ora, eu sei fazer rir...

Longos dias passou Pontes alheio ao mundo, em diálogo mental com a serpente.

— Crime? Não! Em que código fazer rir é crime? Se disso morresse o homem, culpa era da sua má aorta.

A cabeça do maroto virou picadeiro de luta onde o "plano" se batia em duelo contra todas as objeções mandadas ao encontro pela consciência. Servia de juiz à sua ambição amarga e Deus sabe quantas vezes tal juiz prevaricou, levado de escandalosa parcialidade por um dos contendores.

Como era de prever, a serpente venceu, e Pontes ressurgiu para o mundo um tanto mais magro, de olheiras cavadas, porém com um estranho brilho de resolução vitoriosa nos olhos. Também notaria nele o nervoso dos modos quem o observasse com argúcia — mas a argúcia não era virtude sobeja entre os seus conterrâneos, além de que estados d'alma do Pontes eram coisa de somenos, porque o Pontes...

— Ora o Pontes...

O futuro funcionário forjicou, então, meticulosos planos de campanha. Em primeiro era mister aproximar-se do major, homem recolhido consigo e pouco amigo de lérias; insinuar-se-lhe na intimidade; estudar suas venetas e cachacinhas até descobrir em que zona do corpo tinha ele o calcanhar d'aquiles.

Começou frequentando com assiduidade a coletoria, sob pretextos vários, ora para selos, ora para informações sobre impostos, que tudo era ensejo de um parolar manhoso, habilíssimo, calculado para combalir a rispidez do velho.

Também ia a negócios alheios, pagar sisas, extrair guias, coisinhas; fizera-se muito serviçal para os amigos que traziam negócios com a fazenda.

O major estranhou tanta assiduidade e disse-lho, mas Pontes escamoteou--se à interpelação montado numa pilhéria de truz, e perseverou num bem calculado dar tempo ao tempo que fosse desbastando as arestas agressivas do cardíaco.

Dentro de dois meses já se habituara Bentes àquele serelepe, como lhe chamava, o qual, em fim de contas, lhe parecia um bom moço, sincero, amigo de servir e sobretudo inofensivo... Daí a lá em dia d'acúmulo de serviço pedir--lhe um obséquio, e depois outro, e terceiro, e tê-lo afinal como espécie de adido à repartição, foi um passo. Para certas comissões não havia outro. Que diligência! Que finura! Que tato! Advertindo certa vez o escrevente, o major puxou aquela diplomacia como lembrete.

— Grande pasmado! Aprenda com o Pontes, que tem jeito para tudo e inda por cima tem graça.

Nesse dia convidou-o para jantar. Grande exultação na alma do Pontes! A fortaleza abria-lhe as portas.

Aquele jantar foi o início duma série em que o serelepe, agora factótum indispensável, teve campo de primeira ordem para evoluções tácticas.

O major Bentes, entretanto, possuía uma invulnerabilidade: não ria, limitava suas expansões hílares a sorrisos irônicos. Pilhéria que levava outros comensais a erguerem-se da mesa atabafando a boca nos guardanapos, encrespava apenas os seus lábios. E se a graça não era de superfina agudeza, ele desmontava sem piedade o contador.

— Isso é velho, Pontes, já num almanaque *Laemmert* de 1850 me lembra de o ter lido.

Pontes sorria com ar vencido; mas lá por dentro consolava-se, dizendo, dos fígados para o rim, que se não pegara daquela, doutra pegaria.

Toda a sua sagacidade enfocava o fito de descobrir o fraco do major. Cada homem tem predileção por um certo gênero de humorismo ou chalaça. Este morre por pilhérias fesceninas de frades bojudos. Aquele pela-se pelo chiste bonacheirão da chacota germânica. Aquel'outro dá a vida pela pimenta gaulesa. O brasileiro adora a chalaça onde se põe a nu a burrice tamancuda de galegos e ilhéus.

Mas o major? Por que não ria à inglesa, nem à alemã, nem à francesa, nem à brasileira? Qual o seu gênero?

Um trabalho sistemático de observação, com a metódica exclusão dos gêneros já provados ineficientes, levou Pontes a descobrir a fraqueza do rijo adversário: o major lambia as unhas por casos de ingleses e frades. Era preciso, porém, que viessem juntos. Separados, negavam fogo. Esquisitices do velho. Em surgindo bifes vermelhos, de capacete de cortiça, roupa enxadrezada, sapatões formidolosos e cachimbo, juntamente com frades redondos, namorados da pipa e da polpa feminina, lá abria o major a boca e interrompia o serviço da mastigação, como criança a quem acenam com cocada. E quando o lance cômico chegava, ele ria com gosto, abertamente, embora sem exagero capaz de lhe destruir o equilíbrio sanguíneo.

Com infinita paciência Pontes bancou nesse gênero e não mais saiu dali. Aumentou o repertório, a gradação do sal, a dose de malícia, e sistematicamente bombardeou a aorta do major com os produtos dessa hábil manipulação.

Quando o caso era longo, porque o narrador o floria no intento de esconder o desfecho e realçar o efeito, o velho interessava-se vivamente, e nas pausas manhosas pedia esclarecimento ou continuação.

— "E o raio do bife?" "E daí?" "Mister John apitou?"

Embora tardasse a gargalhada fatal, o futuro coletor não desesperava, confiando no apólogo da bilha que de tanto ir à fonte lá ficou. Não era mau o cálculo. Tinha a psicologia por si — e teve também por si a quaresma.

Certa vez, findo o Carnaval, reuniu o major os amigos em torno a uma enorme piabanha recheada, presente dum colega. O entrudo desmazorrara a alma dos comensais e a do anfitrião, que estava naquele dia contente de si e do mundo, como se houvera enxergado o passarinho verde. O cheiro vindo da cozinha, valendo por todos os aperitivos de garrafaria, punha nas caras um enternecimento estomacal.

Quando o peixe entrou, cintilaram os olhos do major. Pescado fino era com ele, inda mais cozido pela Gertrudes. E naquele bródio primara a Gertrudes num tempero que excedia às raias da culinária e se guindava ao mais puro lirismo. Que peixe! Vatel o assinaria com a pena da impotência molhada na tinta da inveja, disse o escrevente, sujeito lido em Brillat-Savarin e outros praxistas do paladar.

Entre goles de rica vinhaça ia a piabanha sendo introduzida nos estômagos com religiosa unção. Ninguém se atrevia a quebrar o silêncio da bromatológica beatitude.

Pontes pressentiu oportuno o momento do golpe. Trazia engatilhado o caso dum inglês, sua mulher e dois frades barbadinhos, anedota que elaborara à custa da melhor matéria cinzenta de seu cérebro, aperfeiçoando-a em longas noites de insônia. Já de dias a tinha de tocaia, só aguardando o momento em que tudo concorresse para levá-la a produzir o efeito máximo.

Era a derradeira esperança do facínora, seu último cartucho. Negasse fogo e, estava resolvido, metia duas balas nos miolos. Reconhecia impossível manipular-se torpedo mais engenhoso. Se o aneurisma lhe resiste ao embate, então é que o aneurisma era uma potoca, a aorta uma ficção, o Chernoviz um palavrório, a medicina uma miséria, o doutor Iodureto uma cavalgadura e ele, Pontes, o mais chapado sensaborão ainda aquecido pelo sol — indigno, portanto, de viver.

Matutava assim o Pontes, negaceando com os olhos da psicologia a pobre vítima, quando o major veio ao seu encontro: piscou o olho esquerdo — sinal de predisposição para ouvir.

— É agora! — pensou o bandido e com infinita naturalidade, pegando como por acaso uma garrafinha de molho, pôs-se a ler o rótulo.

— *Perrins; Lea and Perrins*. Será parente daquele lord Perrins que bigodeou os dois frades barbadinhos?

Inebriado pelos amavios do peixe, o major alumiou um olho concupiscente, guloso de chulice.

— Dois barbadinhos e um lord! A patifaria deve ser marca X.P.T.O. Conta lá, serelepe.

E, mastigando maquinalmente, absorveu-se no caso fatal.

A anedota correu capciosa pelos fios naturais até as proximidades do desfecho, narrada com arte de mestre, segura e firme, num andamento estratégico em que havia gênio. Do meio para o fim a maranha empolgou de tal forma o pobre velho que o pôs suspenso, de boca entreaberta, uma azeitona no garfo detida a meio caminho. Um ar de riso — riso parado, riso estopim, que não era senão o armar bote da gargalhada, iluminou-lhe o rosto.

Pontes vacilou. Pressentiu o estouro da artéria. Por uns instantes a consciência brecou-lhe a língua, mas Pontes deu-lhe um pontapé e com voz firme puxou o gatilho.

O major Antônio Pereira da Silva Bentes desferiu a primeira gargalhada da sua vida, franca, estrondosa, de ouvir-se no fim da rua, gargalhada igual à de Teufelsdröckh diante de Jean Paul Richter. Primeira e última, entretanto, porque no meio dela os convivas, atônitos, viram-no cair de borco sobre o prato, ao tempo que uma onda de sangue avermelhava a toalha.

O assassino ergueu-se alucinado; aproveitando a confusão, esgueirou-se para a rua, qual outro Caim. Escondeu-se em casa, trancou-se no quarto, bateu dentes a noite inteira, suou gelado. Os menores rumores retransiam-no de pavor. Polícia?

Semanas depois é que entrou a declinar aquele transtorno d'alma que toda gente levara à conta de mágoa pela morte do amigo. Não obstante, trazia sempre nos olhos a mesma visão: o coletor de bruços no prato, golfando sangue, enquanto no ar vibravam os ecos da sua derradeira gargalhada.

E foi nesse deplorável estado que recebeu a carta do parente do Rio. Entre outras coisas dizia o ás: "Como não me avisaste a tempo, conforme o combinado, só pelas folhas vim a saber da morte do Bentes. Fui ao ministro mas era tarde, já estava lavrada a nomeação do sucessor. A tua leviandade fez-te perder a melhor ocasião da vida. Guarda para teu governo este latim: *tarde venientibus ossa*, quem chega tarde só encontra os ossos — e sê mais esperto para o futuro."

Um mês depois descobriram-no pendente duma trave, com a língua de fora, rígido.

Enforcara-se numa perna de ceroula.

Quando a notícia deu volta pela cidade, toda gente achou graça no caso. O galego do armazém comentou para os caixeiros:

— Vejam que criatura! Até morrendo fez chalaça. Enforcar-se na ceroula! Esta só mesmo do Pontes...

E reeditaram em coro meia dúzia de *quás* — único epitáfio que lhe deu a sociedade.

1916

A COLCHA DE RETALHOS

— **U**pa!
Cavalgo e parto.
Por estes dias de março a natureza acorda tarde. Passa as manhãs embrulhada num roupão de neblina e é com espreguiçamentos de mulher vadia que despe os véus da cerração para o banho de sol.

A névoa esmaia o relevo da paisagem, desbota-lhe as cores. Tudo parece coado através dum cristal despolido.

Vejo a orla de capim tufada como debrum pelo fio dos barrancos; vejo o roxo-terra da estrada esmaecer logo adiante; e nada mais vejo senão, a espaços, o vulto gotejante dalguns angiqueiros marginais.

Agora, uma porteira.
Ali, a encruzilhada do Labrego.
Tomo à destra, em direitura ao sítio do José Alvorado. Este barba-rala mora-me a jeito de empreitar um roçado no capoeirão do Bilu, nata da terra que pelas bocas do caeté legítimo, da unha-de-vaca e da caquera[1] está a pedir foice e covas de milho.

Não é difícil a puxada: com cinquenta braças de carreador boto a roça no caminho.

Três alqueires, só no bom. Talvez quatro. A noventa por um — nove vezes quatro, trinta e seis; 360 alqueires de oito mãos. Descontadas as bandeiras[2] que o porco estraga e o que comem a paca e o rato...

Será a filha do Alvorada?
— Bom dia, menina! O pai está em casa?
É a filha única. Pelo jeito não vai além de quatorze anos. Que frescura! Lembra os pés d'avenca viçados nas grotas noruegas. Mas arredia e ité[3] como a fruta do gravatá. Olhem como se acanhou! D'olhos baixos, finge arrumar

---
[1] Padrões de terra boa.
[2] Bandeira de milho, diz-se de qualquer trecho do milharal.
[3] Sabor agreste, adstringente, ácido.

a rodilha.[4] Veio pegar água a este corgo e é milagre não se haver esgueirado por detrás daquela moita de taquaris, ao ver-me.

— O pai está lá? — insisti.

Respondeu um "está" enleado, sem erguer os olhos da rodilha.

Como a vida no mato asselvaja estas veadinhas! Note-se que os Alvoradas não são caipiras. Quando comprou a situação dos Periquitos, o velho vinha da cidade; lembro-me até que entrava em sua casa um jornal.

Mas a vida lhes correu áspera na luta contra as terras ensapezadas e secas, que encurtam a renda por mais que dê de si o homem. Foram rareando as idas à cidade e ao cabo de todo se suprimiram. Depois que lhes nasceu a menina, rebento floral em anos outoniços, e que a geada queimou o café novo — uma tamina,[5] três mil pés — o velho, amuado, nunca mais espichou o nariz fora do sítio.

Se o marido deu assim em urumbeva, a mulher, essa enraizou de peão para o resto da vida. Costumava dizer: mulher na roça vai à vila três vezes — uma a batizar, outra a casar, terceira a enterrar.

Com tais casmurrices na cabeça dos velhos, era natural que a pobrezinha da Pingo d'Água (tinha esse apelido a Maria das Dores) se tolhesse na desenvoltura ao extremo de ganhar medo às gentes. Fora uma vez à vila com vinte dias, a batizar. E já lá ia nos quatorze anos sem nunca mais ter-se arredado dali.

Ler? Escrever? Patacoadas, falta de serviço, dizia a mãe. Que lhe valeu a ela ler e escrever que nem uma professora, se des'que casou nunca mais teve jeito de abrir um livro? Na roça, como na roça.

Deixei a menina às voltas com a rodilha e embrenhei-me por um atalho conducente à morada.

Que descalabro!...

Da casa velha aluíra uma ala, e o restante, além da cumeeira selada, tinha o oitão fora do prumo.

O velho pomar, roído de formiga, morrera de inanição; na ânsia de sobreviver, três ou quatro laranjeiras macilentas, furadas de broca e sopesando o polvo retrançado da erva-de-passarinho, ainda abrolhavam rebentos cheios de compridos acúleos. Fora disso, mamoeiros, a silvestre goiaba e araçás,

---

[4] Rodela de pano torcido que os carregadores de água usam entre a cabeça e o pote ou a lata.
[5] Ninharia, coisa de nada.

promiscuamente com o mato invasor que só respeitava o terreirinho batido, fronteiro à casa. Tapera quase e, enluradas nela, o que é mais triste, almas humanas em tapera.

Bati palmas.

— Ó de casa!

Apareceu a mulher.

— Está seu Zé?

— Inda agorinha saiu, mas não demora. Foi queimar um mel na massaranduva do pasto. Apeie e entre.

Amarrei o cavalo a um moirão de cerca e entrei.

Acabadinha, a sinh'Ana. Toda rugas na cara — e uma cor... Estranhei-lhe aquilo.

— Doença! — gemeu. — Estou no fim. Estômago, fígado, uma dor aqui no peito que responde na cacunda. Casa velha, é o que é.

— Metade é cisma — disse-lhe para consolo.

— Eu é que sei! — retrucou-me suspirando.

Entrementes, surgiu da cozinha uma velhota bem-apessoada, no cerne, rija e tesa, que saudou e:

— Está espantado do jeito de Nhana? Esta gente de agora não presta para nada. Olhe, eu com setenta no lombo não me troco por ela. Criei minha neta e inda lavo, cozinho e coso. Admira-se? Coso, sim!...

— Mecê é gabola porque nunca padeceu doença — nem dor de dente! Mas eu? Pobre de mim! Só admiro ainda estar fora da cova... Aí vem o Zé.

Chegava o Alvorada. Ao ver-me abriu a cara.

— Ora viva quem se lembra dos pobres! Não pego na sua mão porque estou assim... É só melado. Bonito, hein? Estava difícil, num oco muito alto e sem jeito. Mas sempre tirei. Não é jiti, não! É mel-de-pau.

Depôs num mocho a cuia dos favos e se foi à janela, lavar as mãos à caneca d'água que a mulher despejava. Pôs os olhos no meu cavalo.

— Hoje veio no picaço... Bom bicho! Eu sempre digo: animais aqui no redor, só este picaço e a ruana do Izé de Lima. O mais é eguada de moenda.

Neste momento entrou a menina de pote à cabeça. Ao vê-la o pai apontou para a cuia de mel.

— Está aí, filha, o doce da aposta. Perdi, paguei. Que aposta? Ah! ah! Brincadeira. A gente cá na roça, quando não tem serviço, com qualquer coisa se diverte. Vinha passando um bando de maritacas. Eu disse à toa: "São mais de dez!" Pingo negou: "Não chega lá!" Apostamos. Eram nove. Ela ganhou o doce. Doce da roça mel é. Esta songuinha só vendo; não é o que parece, não...

A loquacidade daquele homem não desmedrara com o atraso da vida. Em se lhe dando corda, ressurgia nele o tagarela da cidade.

Expus-lhe o negócio. Alvorada enrugou a testa; refletiu um bocado, de queixo preso. Depois:

— Eu hoje, franqueza, não valho mais nada. Des'que caí daquela amaldiçoada ponte do Labrego, fiquei assim como quebrado por dentro. Não escoro serviço, e para lidar com camaradas no eito não basta ter boca. Sem puxar a enxada de par com eles, a coisa não vai, não! Lembra-se da empreitada do ano retrasado? Pois saí perdendo. O tranca do João Mina me quebrou um machado e furtou uma foice. Com esses prejuízos, não livrei o jornal. Desde então fiz cruz em serviço alheio. Se ainda teimo neste sapezal amaldiçoado é por via da menina; senão, largava tudo e ia viver no mato, como bicho. É Pingo que inda me dá um pouco de coragem — concluiu com ternura.

A velhinha sentara-se à luz da janela e, abrindo uma caixeta, pusera-se a coser, de óculos na ponta do nariz.

Aproximei-me, admirativo.

— Sim, senhora! Com setenta anos!

Sorriu, lisonjeada.

— É para ver. E isto aqui tem coisa. É uma colcha de retalhos que venho fazendo há quatorze anos, des'que Pingo nasceu. Dos vestidinhos dela vou guardando cada retalho que sobeja e um dia os coso. Veja que galantaria de serviço...

Estendeu-me ante os olhos um pano variegado, de quadrinhos maiores e menores, todos de chita, cada qual de um padrão.

— Esta colcha é o meu presente de noivado. O último retalho há de ser do vestido de casamento, não é, Pingo?

Pingo d'Água não respondeu. Metida na cozinha, percebi que nos espiava por uma fresta.

Mais dois dedos de prosa com Alvorada, um cafezinho ralo — escolha[6] com rapadura — e:

---
[6] Café de ínfima qualidade — resíduo do "café escolhido".

— Está bem — rematei, levantando-me do mocho de três pernas. Como não pode ser, paciência. Apesar disso acho que deve pensar um bocado. Olhe que este ano se estão pagando os roçados a oitenta mil-réis o alqueire. Dá para ganhar, não?

— Que dá, sei que dá — mas também sei para quem dá. Um perrengue como eu não pensa mais nisso, não. Quando era gente, muitos peguei a sessenta e não me arrependi. Mas hoje...

— Nesse caso...

Transcorreram dois anos sem que eu tornasse aos Periquitos. Nesse intervalo sinh'Ana faleceu. Era fatal a dor que respondia na cacunda. E não mais me aflorava à memória a imagem daqueles humildes urupês, quando me chegou aos ouvidos o zum-zum corrente no bairro, uma coisa apenas crível: o filho de um sitiante vizinho, rapaz de todo pancada, furtara Pingo d'Água aos Periquitos.

— Como isso? Uma menina tão acanhada!...

— É para ver! Desconfiem das sonsas... Fugiu, e lá rodou com ele para a cidade — não para casar, nem para enterrar. Foi ser "moça", a pombinha...

O incidente ficou a azoinar-me o bestunto. À noite perdi o sono, revivendo cenas da minha última visita ao sítio, e nasceu-me a ideia de lá tornar. Para? Confesso: mera curiosidade, para ouvir os comentários da triste velhinha. Que golpe! Desta feita ia-se-lhe a rijeza de cerne.

Fui.

Setembro entumecia gomos em cada arbusto. Nenhuma neblina. A paisagem desenhava-se nítida até aos cabeços dos morros distantes.

Por amor à simetria, montava eu o mesmo picaço. Transpus a mesma porteira. Atalhei pelo mesmo trilho.

No córrego vi, com os olhos da imaginação, o vulto da menina envergonhada com o pote em repouso na laje e toda às voltas com a rodilha. Mais uns passos e a tapera antolhou-se-me, deserta. As três árvores do pomar extinto eram já galhaça resseca e poenta. Só os mamoeiros subsistiam, mais crescidos, sempre apinhados de frutos. O resto piorara, descambando para o lúgubre. Ruíra o oitão e o terreirinho pintalgara-se de moitas de guanxuma, cordão-de-frade e juás.

— Ó de casa! — gritei.

Silêncio. Três vezes repeti o apelo. Por fim surgiu dos fundos uma sombra acurvada e trêmula.

— Bom dia, nhá Joaquina. Está seu Zé?

Não me reconheceu a velhinha. Zé fora à vila, vender a sitioca para mudar de terra.

Fez-me entrar, logo que me dei a conhecer, pedindo escusas da má vista.

— Tem coragem de estar aqui sozinha?

— Eu? Sozinha estou em toda parte. Morreu-me tudo, a filha, a neta... Sente-se — murmurou apontando para o mocho de dois anos atrás.

Sentei-me, com um nó na garganta. Não sabia o que dizer. Por fim:

— O que é a vida, nhá Joaquina! Parece que foi ontem que estive aqui. Apesar das doenças, iam vivendo felizes. Hoje...

A velha limpou no canhão da manga uma lágrima.

— Viver setenta e dois anos para acabar assim... Felizmente a morte não tarda. Já a sinto cá dentro.

Confrangia-me o coração aquele ermo onde tudo era passado — a terra, as laranjeiras, a casa, as vidas, salvo — trêmulo espectro sobrevivente como a alma da tapera — a triste velhinha encanecida, cujos olhos poucas lágrimas estilavam, tantas chorara.

— Que mais agora? — murmurou pausadamente em voz de quem já não é deste mundo. — Até a "desgraça", eu não queria morrer. Velha e inútil, inda gostava do mundo. Morreu-me a filha, mas restava a neta — que era duas vezes filha e o meu consolo. Desencaminharam a pobrezinha... Agora, que mais? Só peço a Deus que me retire, logo e logo.

Relanceei um olhar pela sala vazia. A caixeta de costura inda estava sobre a arca no lugar de sempre. Meus olhos pousaram ali, marasmados.

A velha adivinhou-me o pensamento e, levantando-se, tomou-a nas mãos mal firmes. Abriu-a. Tirou de dentro a colcha inacabada, contemplou-a longamente. Depois, com tremuras na voz:

— Dezesseis anos — e não pude acabar a colcha... Ninguém imagina o que é para mim esta prenda. Cada retalho tem sua história e me lembra um vestidinho de Pingo d'Água. Aqui leio a vidinha dela des'que nasceu.

"Este, olhe, foi da primeira camiseta que vestiu... Tão galantinha! Estou a vê-la no meu braço, tentando pegar os óculos com a mãozinha gorda...

"Este azul, de listas, lembra um vestido que a madrinha lhe deu aos três anos. Ela já andava pela casa inteira armando reinações, perseguindo o Romão — que um dia, por sinal, lhe meteu as unhas no rostinho. Chamava-me 'óó aquina'...

"Este vermelho de rosinhas foi quando completou os cinco anos. Estava com ele por ocasião do tombo na pedra do córrego, donde lhe veio aquela marquinha no queixo, não reparou?

"Este cá, de xadrezinho, foi pelos sete anos, e eu mesma o fiz, e o fiz de saia comprida e paletó de quartinho. Ficou tão engraçada, feita uma mulherzinha!

"Pingo d'Água já sabia temperar um virado, quando usou este aqui, de argolinhas roxas em fundo branco. Digo isto porque foi com ele que entornou uma panela e queimou as mãos.

"Este cor de batata foi quando tinha dez anos e caiu com sarampo, muito malzinha. Os dias e as noites que passei ao pé dela, a contar histórias! Como gostava da *Gata Borralheira*!..."

A velha enxugou na colcha uma lágrima perdida e calou-se.

— E este? — perguntei para avivá-la, apontando um retalho amarelo.

Pausou um bocado a triste avó, em contemplação. Depois:

— Este é novo. Já tinha quinze anos quando o vestiu pela primeira vez num mutirão[7] do Labrego. Não gosto dele. Parece que a desgraça começa aqui. Ficou um vestido muito assentadinho no corpo, e galante, mas pelas minhas contas foi o culpado do Labreguinho engraçar-se da coitada. Hoje sei disso. Naquele tempo de nada suspeitava.

— Este — disse-lhe eu, fingindo recordar-me — é o que ela vestia quando cá estive.

— Engano seu. Era, quer ver qual? Era este de pintas vermelhas, repare bem.

— É verdade, é verdade! — menti. — Agora me lembro, isso mesmo. E este último?

Após uma pausa dorida, a pobre criatura oscilou a cabeça e balbuciou:

— Este é o da desgraça. Foi o derradeiro que fiz. Com ele fugiu... e me matou.

---

[7] Ajuntamento de vizinhos num serviço de roça.

Calou-se, a lacrimejar, trêmula.

Calei-me também, opresso dum infinito apertão d'alma.

Que quadro imensamente triste, aquele fim de vida machucado pela mocidade louca!...

E ficamos ambos assim, imóveis, de olhos presos à colcha.

Ela por fim quebrou o silêncio.

— Ia ser o meu presente de noivado. Deus não quis. Será agora a minha mortalha. Já pedi que me enterrassem com ela.

E guardou-a dobradinha na caixa, envolta num suspiro arrancado ao imo do coração.

Um mês depois morria. Vim a saber que lhe não cumpriram a última vontade.

Que importa ao mundo a vontade última duma pobre velhinha da roça? Pieguices...

1915

MEU CONTO DE MAUPASSANT

Conversavam no trem dois sujeitos. Aproximei-me e ouvi:
— Anda a vida cheia de contos de Maupassant; infelizmente há pouquíssimos Guys...
— Por que Maupassant e não Kipling, por exemplo?
— Porque a vida é amor e morte, e a arte de Maupassant é nove em dez um enquadramento engenhoso do amor e da morte. Mudam-se os cenários, variam os atores, mas a substância persiste — o amor, sob a única face impressionante, a que culmina numa posse violenta de fauno incendido de luxúria, e a morte, o estertor da vida em transe, o quinto ato, o epílogo fisiológico. A morte e o amor, meu caro, são os dois únicos momentos em que a jogralice da vida arranca a máscara e freme num delírio trágico.
— ?
— Não te rias. Não componho frases. Justifico-me. Na vida, só deixamos de ser uns palhaços inconscientes a mentirmos à natureza quando esta, reagindo, põe a nu o instinto hirsuto ou acena o "basta" final que recolhe o mau ator ao pó. Só há grandeza, em suma, e "seriedade", quando cessa de agir o pobre jogral que é o homem-feito, guiado e dirigido por morais, religiões, códigos, modas e mais postiços de sua invenção — e entra em cena a natureza bruta.
— A propósito de quê tanta filosofia, com este calor de janeiro?...
O comboio corria entre São José e Quiririm. Região arrozeira em plena faina do corte. Os campos em sega tinham o aspecto de cabelos louros tosados à escovinha. Pura paisagem europeia de trigais.
A espaços feriam nossos olhos quadros de Millet, em fuga lenta, se longe, ou rápida, se perto. Vultos femininos de cesta à cabeça, que paravam a ver passar o trem. Vultos de homens amontoando feixes de espigas para a malhação do dia seguinte. Carroções tirados a bois recolhendo o cereal ensacado. E como caía a tarde e a Mantiqueira já era uma pincelada opaca de índigo a barrar a imprimadura evanescente do azul, vimos em certo trecho o original do "Angelus"...

— Já te digo a propósito de quê vem tanta filosofia.

E, enfiando os olhos pela janela, calou-se. Houve uma pausa de minutos. Súbito, apontando um velho saguaraji avultado à margem da linha e logo sumido para trás, disse:

— A propósito dessa árvore que passou. Foi ela comparsa no "meu conto de Maupassant".

— Conta lá, se é curto.

O primeiro sujeito não se ajeitou no banco, nem limpou o pigarro, como é de estilo. Sem transição foi logo narrando.

— Havia um italiano, morador destas bandas, que tinha vendola na estrada. Tipo mal-encarado e ruim. Bebia, jogava, e por várias vezes andou às voltas com as autoridades. Certo dia — eu era delegado de polícia — uns piraquaras vieram dizer-me que em tal parte jazia o "corpo morto" de uma velha, picado à foice.

"Organizei a diligência e acompanhei-os. — 'É lá naquele saguaraji', disseram ao aproximarem-se da árvore que passou. Espetáculo repelente! Ainda tenho na pele o arrepio de horror que me correu pelo corpo ao dar uma topada balofa num corpo mole. Era a cabeça da velha, semioculta sob folhas secas. Porque o malvado a decepara do tronco, lançando-a a alguns metros de distância.

"Como por sistema eu desconfiasse do italiano, prendi-o. Havia contra ele indícios fortes. Viram-no sair com a foice, a lenhar, na tarde do crime.

"Entretanto, por falta de provas foi restituído à liberdade, mau grado meu, pois cada vez mais me capacitava da sua culpabilidade. Eu pressentia naquele sórdido tipo — e negue-se valor ao pressentimento! — o miserável matador da pobre velha."

— Que interesse tinha no crime?

— Nenhum. Era o que alegava. Era como argumentava a logicazinha trivial de toda gente. Não obstante, eu o trazia de olho, certo de que era o homicida.

"O patife, não demorou muito, traspassou o negócio e sumiu-se. Eu do meu lado deixei a polícia e do crime só me ficou, nítida, a sensação da topada mole na cabeça da velha.

"Anos depois o caso reviveu. A polícia obteve indícios veementes contra o italiano, que andava por São Paulo num grau extremo de decadência moral, pensionista do xadrez por furtos e bebedices. Prenderam-no e remeteram-no para cá, onde o júri iria decidir da sua sorte."

— Os teus pressentimentos...

O sujeito sorriu com malícia e continuou.

— Não resistiu, não reagiu, não protestou. Tomou o trem no Brás e veio de cabeça baixa, sem proferir palavra, até São José; daí por diante (quem o conta é um soldado da escolta) metia amiúde os olhos pela janela, como preocupado em ver qualquer coisa na paisagem, até que defrontou o saguaraji. Nesse ponto armou um pincho de gato e despejou-se pela janela fora. Apanharam-no morto, de crânio rachado, a escorrer a couve-flor dos miolos perto da árvore fatal.

— O remorso!

— Está aqui o "meu conto de Maupassant". Tive a impressão dele nas palavras do soldado da escolta: "veio de cabeça baixa até São José, daí por diante enfiou os olhos pela janela até enxergar a árvore e pinchou-se". No progresso ingênuo da narrativa li toda a tragédia íntima daquele cérebro, senti todo um drama psicológico que nunca será escrito...

— É curioso! — comentou o outro, pensativamente.

Mas o primeiro sujeito acendeu o cigarro e concluiu sorridente, com pausada lentidão:

— O curioso é que mais tarde um dos piraquaras denunciadores do crime, e filho da velha, preso por picar um companheiro a foiçadas, *confessou-se também o assassino da velhinha, sua mãe...*

— ?

— Meu caro, aquele pobre Oscar Fingal O'Flahertie Wills Wilde disse muita coisa, quando disse que a vida sabe melhor imitar a arte do que a arte sabe imitar a vida.

1915

O MATA-PAU

Píncaros arriba e perambeiras abaixo, a serra do Palmital escurece de mataria virgem, sombria e úmida, tramada de taquaruçus, afestoada de taquaris, com grandes árvores velhas de cujos galhos pendem cipós e escorrem barbas-de-pau e musgos.

Quem sobe da várzea, depois de transpostas as capoeiras da raiz, ao emboscar-se de chofre no frio túnel vegetal que é ali a estrada inevitavelmente espirra. E se é homem das cidades, pouco afeito aos aspectos bravios do sertão, depois do espirro abre a boca, pasmado da paulama. Extasia-se ante a graciosa copa dos samambaiuçus, ante as borboletas azuis, ante as orquídeas, os liquens, tudo.

Sofreia o animal sem o sentir mas não para. Vai parar adiante, na Volta Fria, onde um broto d'água gelada, a fluir entremeio às pedras, o tenta a sorver um gole aparado em folha de caeté. Bebida a água, e dito que nas cidades não há daquilo, leva-lhe a vista o soberbo mata-pau que domina o grotão.

— Que raio de árvore é esta? — pergunta ele ao capataz, pasmado mais uma vez.

E tem razão de parar, admirar e perguntar, porque é duvidoso existir naquelas sertanias exemplar mais truculento da árvore assassina.

Eu, de mim, confesso, fiz as três coisas. O camarada respondeu à terceira:

— Não vê que é um mata-pau?

— E que vem a ser o mata-pau?

— Não vê que é uma árvore que mata outra. Começa, quer ver como? — disse ele escabichando as frondes com o olhar agudo em procura dum exemplar típico. — Está ali um!

— Onde? — perguntei, tonto.

— Aquele fiapinho de planta, ali no gancho daquele cedro — continuou o cicerone, apontando com dedo e beiço uma parasita mesquinha grudada na forquilha de um galho, com dois filamentos escorridos para o solo. — Começa assinzinho, meia dúzia de folhas piquiras; bota p'ra baixo esse fio de barbante na tenção de pegar a terra. E vai indo, sempre naquilo, nem p'ra mais nem p'ra menos, até que o fio alcança o chão. E vai então o fio vira raiz e pega a beber a sustância da terra. A parasita cria fôlego e cresce que nem embaúva. O barbantinho engrossa todo dia, passa a cordel, passa a corda, passa a pau de caibro e acaba virando tronco de árvore e matando a mãe — como este guampudo aqui — concluiu, dando com o cabo do relho no meu mata-pau.

— Com efeito! — exclamei admirado. — E a árvore deixa?

— Que é que há de fazer? Não desconfia de nada, a boba. Quando vê no seu galho uma isca de quatro folhinhas, imagina que é parasita e não se precata. O fio, pensa que é cipó. Só quando o malvado ganha alento e garra de engrossar, é que a árvore sente a dor dos apertos na casca. Mas é tarde. O poderoso daí por diante é o mata-pau. A árvore morre e deixa dentro dele a lenha podre.

Era aquilo mesmo! O lenho gordo e viçoso da planta facinorosa envolvia um tronco morto, a desfazer-se em carcoma. Viam-se por ele arriba, intervalados, os terríveis cíngulos estranguladores; inúteis agora, desempenhada já a missão constritora, jaziam frouxos e atrofiados.

Imaginação envenenada pela literatura, pensei logo nas serpentes de Laocoonte, na víbora aquecida no seio do homem da fábula, nas filhas do rei Lear, em todas as figuras clássicas da ingratidão. Pensei e calei, tanto o meu companheiro era criatura simples, pura dos vícios mentais que os livros inoculam. Encavalgamos de novo e partimos.

Não longe dali a serra complana-se em rechã e a mata míngua em capoeira rala, no meio da qual, em terreiro descoivarado, entremostra-se uma tapera. Esverdece o melão-de-são-caetano por sobre o derruído tapume do quintalejo, onde laranjeiras com erva-de-passarinho e uma ou outra planta doméstica marasmam agoniadas pelo mato sufocante.

— Antigo sítio do Elesbão do Queixo d'Anta — explicou o camarada.

— Largado? — perguntei.

— Há que anos! Des'que mataram o homem ficou assim.

Bacorejou-me história como as quero.

— Mataram-no? Conte lá isso como foi.

O camarada contou a história que para aqui traslado com a possível fidelidade. O melhor dela evaporou-se, a frescura, o correntio, a ingenuidade de um caso narrado por quem nunca aprendeu a colocação dos pronomes e por isso mesmo narra melhor que quantos por aí sorvem literaturas inteiras, e gramáticas, na ânsia de adquirir o estilo. Grandes folhetinistas andam por este mundo de Deus perdidos na gente do campo, ingramaticalíssima, porém pitoresca no dizer como ninguém.

Elesbão morava com o pai no Queixo d'Anta, onde nascera. Quando a puberdade lhe engrossou a voz, disse ao velho:

— Meu pai, quero casar.

O pai olhou para o filho pensativamente; em seguida falou:

— Passarinho cria pena é para voar. Se você já é homem, case.

O rapaz pediu-lhe que pusesse em prova a sua virilidade.

O pai refletiu e disse:

— Derrube o jataí da grotinha, sem tomar fôlego.

Elesbão afiou o machado, arregaçou as mangas e feriu o pau. Em toada de compasso, bateu firme a manhã inteira. À hora do almoço, o *pan pan* continuava sem esmorecimento. Só quando o sol aprumou no pino é que a madeira gemeu o primeiro estalido.

— Está no chão — disse o pai, que se acercara do filho exausto mas vitorioso. — Pode casar. É homem.

Elesbão trazia d'olho uma menina das redondezas filha do balaieiro João Poca, a Rosinha, bilro sapiroquento de treze anos, feiosa como um rastolho.

— Meu pai, eu quero a Rosinha Poca.

— Case. Mas ouça o que digo. Os Pocas não são boa gente. Os machos ainda servem — o João é um coitado, o Pedro não é má bisca; mas as saias nunca valeram nada. A mãe da Rosa é falada. Laranjeira-azeda não dá laranja--lima. Você pense.

— Meu pai, o futuro é de Deus. Eu quero casar com a Rosinha.

— Pois case.

Deliberado com tal firmeza, Elesbão tratou de sitiar-se. Arrendou a rechã da tapera, roçou, derrubou, queimou, plantou, armou a choça. Barreadas que foram as paredes, pediu a menina e casou-se.

Rosa só o era no nome. No corpo, simples botão inverniço, desses que melam aos frios extemporâneos de maio. Olhos cozidos e nariz arrebitado, tal qual a mãe. Feia, mas da feiura que o tempo às vezes conserta. Talvez se fiasse nisso o noivo.

Elesbão, rijo no trabalho, prosperou. Aos três anos de labuta era já sitiante de monjolo, escaroçador e cevadeira,[1] com dois agregados no eito.

Prole, até esse tempo nenhuma; e isso entristecia a casa. Mas resignavam-se já ao vazio da esterilidade quando certa noite soou choro de criança no terreiro.

Não se conta o terror de ambos — que aquilo era na certa alma penada de criança morta pagã. Como, entretanto, a pobre alma berrasse com pulmões muito da terra, e cada vez mais, Elesbão duvidou do bruxedo e, acendendo uma braçada de palha, lançou-a fora pela janela. O terreiro clareou até longe e eles viram, a pouca distância, uma criaturinha de gatas a berrar com desespero de quem é absolutamente deste mundo.

— E não é que é uma criança de verdade? — exclamou ele, saído de um assombro e entrado noutro. — E agora?

— Pois é recolhê-la — disse Rosa, cujo instinto de mulher só via no caso um pobre enjeitadinho ao léu, a reclamar conchego.

Recolheu-o Elesbão, depondo o chorincas no colo da esposa. Rosa o estreitou ao seio, acalmando-o, ao mesmo tempo que "assentava" o marido.

— Se não aparecer a mãe, cria-se o aparecido. Faz tanta falta um chorinho por aqui...

No dia seguinte bateram as vizinhanças em indagações, sem nada colherem explicativo do estranho caso. Resolveram, pois, adotar o pequeno.

O pai de Elesbão, consultado, ponderou:

— Não presta criar filho alheio.

Mas como o consulente armasse cara de vacilação, remendou logo a sua filosofia:

— Também não é caridade enjeitar um enjeitado — e ficou-se nisso.

Rosa conservou o pequeno e deu com ele criado à força de leite de cabra e caldinhos.

À medida, porém, que medrava, o menino punha a nu a má índole congenial. Não prometia boa coisa, não.

---

[1] Aparelho rústico de ralar mandioca.

— Eu avisei — recordou o velho, como Elesbão se queixasse um dia da ruim casta do recolhido.

— Meu pai disse também que não era caridade enjeitar um enjeitado...

— É verdade, é verdade... — confirmou o filósofo de pé no chão, e calou-se.

Manoel Aparecido era o nome do rapazinho. Como tivesse olhos gateados e cabelos louros de milho, denunciadores de origem estrangeira, puseram-lhe os vizinhos a alcunha de Ruço.

Ganhou fama de madraço, e o era perfeito, inimigo de enxada e foice, só atento a negociatas, barganhas, espertezas. Amado pela Rosa como filho, livrava-o ela da sanha do esposo escondendo suas malandragens, porque Elesbão vivia ameaçando endireitá-lo a rabo de tatu.

Não endireitou coisa nenhuma. Com dezoito anos era o Ruço a peste do bairro, atarantador dos pacíficos e traiçoeiro para com os escoradores.

— É ruim inteirado! — dizia o povo.

Por esse tempo navegava Rosa na casa dos trinta anos. Como a não estragaram filhos, nem se estragou ela em grosseiros trabalhos de roça, valia muito mais do que em menina. O tempo curou-lhe a sapiroca, e deu-lhe carnes a boa vida. De tal forma consertou que todo mundo gabava o arranjo.

— Ninguém perca a esperança. Olhem a mulher do Elesbão, aquela Poquinha sapiroquenta, como está chibante!...

A sua boniteza residia na saúde dos olhos e na gordura. Na roça, gordura é sinônimo de beleza — gordura e "olhos azuis que nem uma conta"...

Além disso Rosinha cuidava de si. Virou faceira. Sempre limpa, vestida de boas chitas da sua cor, cabelos bem alisados para trás, torcidos em pericote lustroso à força de pomada de lima, não havia na serra pimpona assim nem moça de fazenda com pai coronel.

Suas relações com o Ruço, maternais até ali, principiaram a mudar de rumo, como quer que espigasse em homem o menino. Por fim degeneraram em namoro — medroso no começo, descarado ao cabo. A má casta das Pocas, desmentida no decurso da primavera, reafirmava-se em plena sazão calmosa. O verão das Pocas! Que forno...

Tudo transpira. Transpirou nas redondezas a feia maromba daqueles amores. Boas línguas, e más, boquejavam o quase incesto.

Quem de nada nunca suspeitou foi o honradíssimo Elesbão; e como na porta dos seus ouvidos paravam os rumores do mundo, a vida das três criaturas corria-lhes na toada mansa a que se dá o nome de felicidade.

Foi quando caiu de cama o pai de Elesbão, doente de velhice.

Mandou chamar o filho e falou-lhe com voz de quem está com o pé na cova:

— Meu filho, abra os olhos com a Poca...

— Por que fala assim, meu pai?

O velho ouvira o zum-zum da má vida; vacilava, entretanto, em abrir os olhos ao empulhado. Correu a mão trêmula pela cabeça do filho, afagou-a e morreu sem mais palavra. Sempre fora amigo de reticências, o bom velho.

Elesbão regressou ao sítio com aquele aviso a verrumar-lhe os miolos. Passou dias de cara amarrada, acastelando hipóteses.

Vendo o marido assim demudado, casmurro, de prazenteiro que era, Rosa caiu em guarda. Chamou de banda o Ruço e disse-lhe:

— Lesbão, des'que morreu o pai, anda amode que ervado. Mas não é sentimento, não. Ele desconfia... Às vezes pega de olhar para mim dum jeito esquisito, que até me gea o coração...

Manuel segurou o queixo e refletiu. Continuar naquela vida era arriscado. Ir-se, pior; nada possuía de seu e trabalhar para outrem não era com ele. Se Elesbão morresse...

Não se sabe se houve concerto entre os amásios. Mas Elesbão morreu. E como!

Certa vez, de volta da vila próxima ali pelo escurecer, caiu de borco na Volta Fria, barbaramente foiçado na nuca. Descobriram-lhe o cadáver pela manhã, bem rente ao mata-pau.

A justiça, coitadinha, apalpou daqui e dali, numa cegueira... Desconfiou do Ruço — mas cadê provas? Era o Ruço mais fino que o delegado, o promotor, o juiz — mais até que o vigário da vila, um padre gozador da fama de enxergar através das paredes.

A viúva chorou como mamoeiro lanhado — fosse de sentimento, de remorso ou para iludir aos outros. Talvez sem cálculo nenhum pelos três motivos.

Manoel permaneceu na casa. Viviam como filho e mãe, dizia ela; como marido e mulher, resmungava o povo.

O sítio, porém, entrou logo a desmedrar. Comiam do plantado, sem lembrança de meter na terra novas sementes. O moço ambicionava vender as benfeitorias para mergulhar no Oeste, e como Rosa relutasse deu de maltratá-la.

Estes amores serôdios são como a vide: mais judiam deles, mais reviçam. Às brutalidades do Ruço respondia a viúva com redobros de carinho. Seu peito maduro, onde o estio no fim anunciava o inverno próximo, chamejava em fogo bravo, desses que roncam nas retranças dos taquaruçuzais. E isso vingava Elesbão, esse amor sem jeito, sem conta, sem medida, duas vezes criminoso sobre sacrílego e, o que era pior, aborrecido pelo facínora, já farto.

— Coroca! Sapicuá de defunto! Cangalha velha!

Não havia insulto com o peão do veneno plantado na nota da velhice que lhe não desfechasse, o monstro.

Rosa depereceu a galope. Adeus, gordura! Boniteza outoniça, adeus! Saias a ruflar tesas de goma, pericote luzidio recendente a lima, quando mais?

Os vizinhos comentavam:

— O Ruço dá cabo dela, como deu cabo do marido — e é bem feito.

Voz do povo...

Um dia o Ruço ameaçou de largá-la, se não vendesse tudo, já e já; e a pobre mulher deu ao bandido essa derradeira prova de amor. Vendeu por uma bagatela o que restava acumulado pelo esforço do defunto — a moenda, o monjolo, a casa, o canavial em soca. E combinaram para o outro dia o ambicionado mergulho na terra roxa.

Nessa noite Rosa despertou sufocada por violenta fumaceira. A casa ardia. Saltou como louca da enxerga e berrou pelo Ruço.

Ninguém lhe respondeu.

Atirou-se contra a porta: estava fechada por fora. O instinto fê-la agarrar o machado e romper a furiosos golpes as tábuas rijas. Escapa-se da fornalha, rola para o terreiro com as vestes em fogo, precipita-se no tanque e, livre das chamas, cai inerte para um lado — justamente onde vinte anos atrás vira o enjeitadinho chorando ao relento...

Quando de manhã passantes a recolheram, estava d'olhos pasmados, muda. Levaram-na em maca para o hospital, onde sarou das queimaduras, mas nunca mais do juízo. Foi feliz, Rosa. Enlouqueceu no momento preciso em que seu viver ia tornar-se puro inferno.

— E o Ruço?

— Abalou com o dinheiro...

Aí parava a história do Elesbão, como a sabia o meu camarada. Um crime vulgar como os há na roça às dezenas, se a lembrança do mata-pau o não colorisse com tintas de símbolo.

— Não é só no mato que há mata-paus!... — murmurei eu filosoficamente, à guisa de comentário.

O capataz entreparou um momento, como quem não entende. Depois abriu na cara o ar de quem entendeu e gostou.

— Não é por gabar, mas vosmecê disse aí uma palavra que merece escrita. É tal e qual...

E calou-se, de olho parado, pensativo.

1915

BOCATORTA

A quarto de légua do arraial do Atoleiro começam as terras da fazenda de igual nome, pertencente ao major Zé Lucas. A meio entre o povoado e o estirão das matas virgens dormia de papo acima um famoso pântano. Pego de insidiosa argila negra fraldejado de velhos guembês nodosos, a taboa esbelta cresce-lhe à tona, viçosa na folhagem eréctil que as brisas tremelicam. Pela inflorescência, longas varas soerguem-se a prumo, sustendo no ápice um chouriço cor de telha que, maturado, se esbruga em paina esvoaçante. Corre entre seus talos a batuíra de longo bico, e saltita pelas hastes a corruíla-do-brejo, cujo ninho bojudo se ouriça nos espinheiros marginais. Fora disso, rãs, mimbuias pensativas e, a rabear nas poças verdinhentas de algas, a traíra, esse voraz esqualozinho do lodo. Um brejo, enfim, como cem outros.

Notabiliza-o, porém, a profundidade. Ninguém ao vê-lo tão calmo sonha o abismo traidor oculto sob a verdura. Dois, três bambus emendados que lhe tentem alcançar o fundo subvertem-se na lama sem alcançar pé.

Além de vários animais sumidos nele, conta-se o caso do Simas, português teimoso que, na birra de salvar um burro já atolado a meio, se viu engolido lentamente pelo barro maldito. Desd'aí ficou o atoleiro gravado na imaginativa popular como uma das bocas do próprio inferno.

Transposto o abismo a vegetação encorpa, até formar a mata por cujo seio corre a estrada mestra da fazenda.

Na manhã daquele dia passara por ali o trole do fazendeiro, de volta da cidade. Além do velho, de sua mulher don'Ana e de Cristina, a filha única, vinha a passeio o bacharel Eduardo, primo longe e noivo da moça. Chegaram e agora ouviam na varanda, da boca do Vargas, fiscal, a notícia do sucedido durante a ausência. Já contara Vargas do café, da puxada dos milhos e estava na criação.

— Porcos têm sumido alguns. Uma leitoa rabicó e um capadete malhado dos "Polanchan",[1] há duas semanas que moita. Para mim — ninguém me tira

---
[1] Poland China.

da cabeça — o ladrão foi o negro, inda mais que essa criação costumava se alongar das bandas do brejo. Eu estou sempre dizendo: é preciso tocar de lá o raio do maldelazento. Aquilo, Deus me perdoe, é bicho ruim inteirado. Mas não "querem" me acreditar...

O major sorriu àquele "querem". Vargas, com ojeriza velha ao mísero Bocatorta, não perdia ensanchas de lhe atribuir malefícios e de estumar o patrão a corrê-lo das terras — que aquilo, Nossa Senhora!, até enguiçava uma fazenda...

Interessado, o moço indagou da estranha criatura.

— Bocatorta é a maior curiosidade da fazenda — respondeu o major. — Filho duma escrava de meu pai, nasceu, o mísero, disforme e horripilante como não há memória de outro. Um monstro, de tão feio. Há anos que vive sozinho, escondido no mato, donde raro sai e sempre de noite. O povo diz dele horrores — que come crianças, que é bruxo, que tem parte com o demo. Todas as desgraças acontecidas no arraial correm-lhe por conta. Para mim, é um pobre-diabo cujo crime único é ser feio demais. Como perdeu a medida, está a pagar o crime que não cometeu...

Vargas interveio, cuspilhando com cara de asco:

— Se o doutorzinho o visse!... É a coisa mais nojenta deste mundo.

— Feio como o Quasímodo?

— Esse não conheço, seu doutor, mas estou aqui, estou jurando que o negro passa adiante do... como é?

Eduardo apaixonava-se pelo caso.

— Mas, amigo Vargas, feio como? Por que feio? Explique-me lá essa feiura.

Grande parola quando lhe davam trela, Vargas entreparou um bocado e disse:

— O doutor quer saber como é o negro? Venha cá. Vossa Senhoria 'garre um juda de carvão e judie dele; cavoque o buraco dos olhos e afunde dentro duas brasas alumiando; meta a faca nos beiços e saque fora os dois; 'ranque os dentes e só deixe um toco; entorte a boca de viés na cara; faça uma coisa desconforme, Deus que me perdoe. Depois, como diz o outro, vá judiando, vá entortando as pernas e esparramando os pés. Quando cansar, descanse. Corra o mundo campeando feiura braba e aplique o pior no estupor.

Quando acabar 'garre no juda e ponha rente de Bocatorta. Sabe o que acontece? O juda fica lindo!...

Eduardo desferiu uma gargalhada.

— Você exagera, Vargas. Nem o diabo é tão feio assim, criatura de Deus!

— Homem, seu doutor, quer saber? Contando não se acredita. Aquilo é feiura que só vendo!

— Nesse caso quero vê-la. Um horror desse naipe merece bem uma pernada.

Nesse momento surgiu Cristina à porta, anunciando café na mesa.

— Sabe? — disse-lhe o noivo. — Temos um belo passeio em perspectiva: desentocar um gorila que, diz o Vargas, é o bicho mais feio do mundo.

— Bocatorta? — exclamou Cristina com um reverbero de asco no rosto. — Não me fale. Só o nome dessa criatura já me põe arrepios no corpo.

E contou o que dele sabia.

Bocatorta representara papel saliente em sua imaginação. Pequenita, amedrontavam-na as mucamas com a cuca, e a cuca era o horrendo negro. Mais tarde, com ouvir às crioulinhas todos os horrores correntes à conta dos seus bruxedos, ganhou inexplicável pavor ao notâmbulo. Houve tempo no colégio em que, noites e noites a fio, o mesmo pesadelo a atropelou. Bocatorta a tentar beijá-la, e ela, em transes, a fugir. Gritava por socorro, mas a voz lhe morria na garganta. Despertava arquejante, lavada em suores frios. Curou-a o tempo, mas a obsessão vincara fundos vestígios em su'alma.

Eduardo, não obstante, insistia.

— É o meio de te curares de vez. Nada como o aspecto cru da realidade para desmanchar exageros de imaginação. Vamos todos, em farrancho — e asseguro-te que a piedade te fará ver no espantalho, em vez dum monstro, um simples desgraçado digno do teu dó.

Cristina consultou-se por uns momentos e:

— Pode ser — disse. — Talvez vá. Mas não prometo! Na hora verei se tenho coragem...

A maturação do espírito em Cristina desbotara a vivacidade nevrótica dos terrores infantis. Inda assim vacilava. Renascia o medo antigo, como renasce a encarquilhada rosa-de-jericó ao contacto de humílima gota d'água. Mas vexada de aparecer aos olhos do noivo tão infantilmente medrosa, deliberou que iria; desde esse instante, porém, uma imperceptível sombra anuviou-lhe o rosto.

Ao jantar foram o assunto as novidades do arraial — eternas novidades de aldeia, o fulano que morreu, a sicrana que casou. Casara um boticário e morrera uma menina de quatorze anos, muito chegada à gente do major. Particularmente condoída, don'Ana não a tirava da ideia.

— Pobre da Luizinha! Não me sai dos olhos o jeito dela, tão galante, quando vinha aqui pelo tempo das jaboticabas. Ali, naquela porta — "Dá licença, don'Ana!" — tão cheia de vida, vermelhinha do sol... Quem diria...

— E ainda por cima a tal história de cemitério... — interveio Cristina. — Papai soube?

Corriam no arraial rumores macabros. No dia seguinte ao enterramento o coveiro topou a sepultura remexida, como se fora violada durante a noite; e viu na terra fresca pegadas misteriosas de uma "coisa" que não seria bicho nem gente deste mundo. Já duma feita sucedera caso idêntico por ocasião da morte da sinhazinha Esteves; mas todos duvidaram da integridade dos miolos do pobre coveiro sarapantado. Esses incréus não mofavam agora do visionário, porque o padre e outras pessoas de boa cabeça, chamadas a testemunhar o fato, confirmavam-no.

Imbuído do cepticismo fácil dos moços da cidade, Eduardo meteu a riso a coisa com muita fortidão de espírito.

— A gente da roça duma folha d'embaúva pendurada no barranco faz logo, pelo menos, um lobisomem e três mulas sem cabeça. Esse caso do cemitério: um cão vagabundo entrou lá e arranhou a terra. Aí está todo o grande mistério!

Cristina objetou:

— E os rastos?

— Os rastos! Estou a apostar como tais rastos são os do próprio coveiro. O terror impediu-lhe de reconhecer o molde do casco...

— E o padre Lisandro? — acudiu don'Ana, para quem um testemunho tonsurado era documento de muito peso.

Eduardo cascalhou uma risada anticlerical e, trincando um rabanete, expectorou:

— Ora, o padre Lisandro! Pelo amor de Deus, don'Ana! O padre Lisandro é o próprio coveiro de batina e coroa! A propósito...

E contou a propósito vários casos daquele tipo, os quais no correr do tempo vieram a explicar-se naturalmente, com grande cara d'asno dos coveiros e Lisandros respectivos.

Cristina ouviu, com o espírito absorto em cismas, a bela demonstração geométrica. Don'Ana concordou da boca para fora, por delicadeza. Mas o major, esse não piou sim nem não. A experiência da vida ensinara-lhe a não afirmar com despotismo, nem negar com "oras".

— Há muita coisa estranha neste mundo... — disse, traduzindo involuntariamente a safada réplica de Hamlet ao cabeça forte do Horácio.

Zangara o tempo quando à tarde o rancho se pôs de rumo ao casebre de Bocatorta.

Ventava. Rebojos de nuvens prenhes sorviam as últimas nesgas do azul.

Os noivos breve se distanciaram dos velhos que, a passos tardos, seguiam comentando a boa composição do futuro casal. Não havia nisso exagero de pais. Eduardo, embora vulgar, tinha a esbelteza necessária para ouvir sem favor o encômio de rapagão, e Cristina era um ramalhete completo das graças que os dezoito anos sabem compor.

Donaire, elegância, distinção... pintam lá vocábulos esbeiçados pelo uso esse punhado de quês particularíssimos, cuja soma a palavra "linda" totaliza?

Lábios de pitanga, a magnólia da pele acesa em rosas nas faces, olhos sombrios como a noite, dentes de pérola... as velhas tintas de uso em retratos femininos desde a Sulamita não pintam melhor que o "linda!" dito sem mais enfeites além do ponto de admiração.

Vê-la mordiscando o hastil duma flor de catingueiro colhida à beira do caminho, ora risonha, ora séria, a cor das faces mordida pelo vento frio, madeixas louras a brincarem-lhe nas têmporas, vê-la assim formosa no quadro agreste duma tarde de junho, era compreender a expressão dos roceiros: "Linda que nem uma santa".

Olhos, sobretudo, tinha-os Cristina de alta beleza. Naquela tarde, porém, as sombras de sua alma coavam neles penumbras de estranha melancolia. Melancolia e inquietação. O amoroso enlevo de Eduardo esfriava amiúde ante suas repentinas fugas. Ele a percebia distante, ou pelo menos introspectiva em excesso, reticência que o amor não vê de boa cara. E à medida que caminhavam recrescia aquela esquisitice. Um como intáctil morcego diabólico riscava-lhe a alma de voejos pressagos. Nem o estimulante das brisas ásperas, nem a ternura do noivo, nem o "cheiro de natureza" exsolvido da terra, eram de molde a esgarçar a misteriosa bruma de lá dentro.

Eduardo interpelou-a:

— Que tens hoje, Cristina? Tão sombria...

E ela, num sorriso triste:

— Nada!... Por quê?

Nada... É sempre nada quando o que quer que é lucila avisos informes na escuridão do subconsciente, como sutilíssimos zigue-zagues de sismógrafo em prenúncio de remota comoção telúrica. Mas esses nadas são tudo!...

— À esquerda, pelo trilho!

A voz do major chamou-os à realidade. Um carreiro mal batido na maceca esgueirava-se coleante até a beira dum córrego, onde se reuniram de novo.

O major tomou a frente, e guiou-os floresta adentro pelos meandros duma picada. Era ali o mato sinistro onde se alapavam Bocatorta e o seu cachorro lazarento, Merimbico, nome tresandante a satanismo para o faro do poviléu. Às sextas-feiras, na voz corrente do arraial, Merimbico virava lobisomem e se punha de ronda ao cemitério, com lamentosos uivos à lua e abocamentos às pobres almas penadas — coisa muito de arrepiar.

O sombrio da mata enoiteceu de vez o coração de Cristina.

— Mas, afinal, para onde vamos, meu pai? Afundar no atoleiro, como o Simas? Meu pai já fez o testamento?

— Já, minha filha — chasqueou o major —, e deixo o Bocatorta para você...

Cristina emudeceu. Retransia-a em doses crescentes o velho medo de outrora, e foi com um estremecimento arrepiado que ouviu o ladrido próximo de um cão.

— É Merimbico — disse o velho. — Estamos quase.

Mais cem passos e a mata rasgou-se em clareira, na qual Cristina entreviu a biboca do negro. Fez-se toda pequenina e achegou-se a don'Ana, apertando-lhe nervosamente as mãos.

— Bobinha! Tudo isso é medo?

— Pior que medo, mamãe; é... não sei quê!

Não tinha feição de moradia humana a alfurja do monstro. À laia de paredes, paus a pique mal juntos, entressachados de ramadas secas. Por cobertura, presos com pedras chatas, molhos de sapé no fio, defumado e podre. Em redor, um terreirinho atravancado de latas ferrugentas, trapos e cacaria velha. A entrada era um buraco por onde mal passaria um homem agachado.

— Olá, caramujo! Sai da toca, que estão cá o sinhô-moço e mais visitas! — gritou o major.

Respondeu de dentro um grunhido cavo. Ao ouvir tão desagradável som, Cristina sentiu correr na pele o arrepio dos pesadelos antigos, e num incoercível movimento de pavor abraçou-se com a mãe.

O negro saiu da cova meio de rastos, com a lentidão de monstruosa lesma. A princípio surdiu uma gaforinha arruçada, depois o tronco e os braços, e a traparia imunda que lhe escondia o resto do corpo, entremostrando nos rasgões o negror da pele craquenta.

Cristina escondeu o rosto no ombro de don'Ana — não queria, não podia ver.

Bocatorta excedeu a toda pintura. A hediondez personificara-se nele, avultando, sobretudo, na monstruosa deformação da boca. Não tinha beiços, e as gengivas largas, violáceas, com raros cotos de dentes bestiais fincados às tontas, mostravam-se cruas, como enorme chaga viva. E torta, posta de viés na cara, num esgar diabólico, resumindo o que o feio pode compor de horripilante. Embora se lhe estampasse na boca o quanto fosse preciso para fazer daquela criatura a culminância da ascosidade a natureza malvada fora além, dando-lhe pernas cambaias e uns pés deformados que nem remotamente lembravam a forma do pé humano. E olhos vivíssimos, que pulavam das órbitas empapuçadas, veiados de sangue na esclerótica amarela. E pele grumosa, escamada de escaras cinzentas. Tudo nele quebrava o equilíbrio normal do corpo humano, como se a teratologia caprichasse em criar a sua obra-prima.

À porta do casebre, Merimbico, cachorro à toa, todo ossos, pele e bernes, rosnava contra os importunos.

Don'Ana e a filha afastaram-se, engulhadas. Só os homens resistiram à nauseante vista, embora a Eduardo o tolhesse uma emoção jamais experimentada, misto de asco, piedade e horror. Aquele quadro de suprema repulsão, novo para seus nervos, desnorteava-lhe as ideias. Estarrecido como em face da Górgona, não lhe vinha palavra que dissesse.

O major, entretanto, trocava língua com o monstro, que em certo ponto, a uma pergunta alegre do velho, arregaçou na cara um riso. Eduardo não teve mão de si. Aquele riso naquela cara sobre-excedia a sua capacidade de horripilação. Voltou o rosto e se foi para onde as mulheres, murmurando:

— É demais! É de fazer mal a nervos de aço...

Seus olhos encontraram os de Cristina e neles viram a expressão de pavor da preá engrifada nas puas da suindara — o pavor da morte...

Quando deixaram a floresta, morria a tarde sob o chicote dum vento precursor de chuva.

— Foi imprudência, Cristina, vires sem um chalinho de cabeça ao menos!... Queira Deus...

A moça não respondeu. D'olhos baixos, retransida, respirava a largos haustos, para desafogo dum aperto de coração nunca sentido fora dos pesadelos.

Generalizara-se o silêncio. Só o major tentava espanejar a impressão penosa, chasqueando ora o terror da filha, ora o asco do moço; mas breve calou-se, ganho também pelo mal-estar geral.

Triste anoitecer o daquele dia, picado a espaços pelo surdo revoo dos curiangos. O vento zunia, e numa lufada mais forte trouxe da mata o uivo plangente de Merimbico. Ao ouvi-lo, um comentário apenas escapou da boca do major:

— Diabo!

Fechara-se a noite e vinham as primeiras gotas de chuva quando pisaram no alpendre do casarão.

Cristina sentiu pelo corpo inteiro um calafrio, como se a sacudisse a corrente elétrica.

No dia seguinte amanheceu febril, com ardores no peito e tremuras amiudadas. Tinha as faces vermelhas e a respiração opressa.

O rebuliço foi grande na casa.

Eduardo, mordido de remorsos, compulsava com mão nervosa um velho Chernoviz, tentando atinar com a doença de Cristina; mas perdia-se sem bússola no báratro das moléstias. Nesse em meio don'Ana esgotava o arsenal da medicina anódina dos símplices caseiros.

O mal, entretanto, recalcitrava às chazadas e sudoríferos. Chamou-se o boticário da vila. Veio a galope o Eusébio Macário e diagnosticou pneumonia.

Quem já não assistiu a uma dessas subitâneas desgraças que de golpe se abatem, qual negro avejão de presa, sobre uma família feliz, e estraçoam tudo quanto nela representa a alegria, e esperança, o futuro?

Noites em claro, o rumor dos passos abafados... E o doente a piorar... O médico da casa apreensivo, cheio de vincos na testa... Dias e dias de duelo mudo contra a moléstia incoercível... A desesperança, afinal, o irremediável antolhado iminente; a morte pressentida de ronda ao quarto...

Ao oitavo dia Cristina foi desenganada; no décimo o sino do arraial anunciou o seu prematuro fim.

— Morta!...

Eduardo escondia as lágrimas entre as almofadas do leito, repetindo cem vezes a mesma palavra.

Alcançava-lhe o significado tremendo e, no entanto, quantas vezes a ouvira como a um som oco de sentido!

A imagem de Cristina morta, a esfervilhar na dissolução dentro da terra gelada, contrapunha-se às visões da Cristina viva, toda mimos d'alma e corpo, radiosa manhã humana de cuja luz toda se impregnara sua alma. Cerrando os olhos, revia-a durante o passeio fatal, envolta nas brumas de vagos pressentimentos. Vinham-lhe à memória as suas palavras dúbias, a sua vacilação. E arrepelava-se por não ter adivinhado na repulsa da moça os avisos informes de qualquer coisa secreta que tenazmente a defendia. Tais pensamentos, enxameantes como moscas em torno à carne viva da dor de Eduardo, coavam nele venenos cruéis.

Fora, o sol redoirava cruamente a vida.

Brutalidade!...

Morria Cristina e não se desdobravam crepes pelo céu, nem murchavam as folhas das árvores, nem se recobria de cinzas a terra...

Espezinhado pela fria indiferença das coisas, fechou-se na clausura de si próprio, turvo e dolorido, sentindo-se amarfanhar pela pata cega do destino.

Correram horas. Noite alta, acudiu-lhe a ideia de ir ao cemiterinho beijar num último adeus o túmulo da noiva.

Por sobre a vegetação adormecida coava-se o palor cinéreo da minguante. Raras estrelas no céu, e na terra nenhum rumorejo além do remoto uivar de um cão — Merimbico talvez — a escandir o concerto das untanhas que coaxavam *glu-glus* nas aguadas.

Eduardo alcançou o cemitério. Estava encadeado o portão. Apoiou a testa nos frios varões ferrugentos e mergulhou os olhos queimados de lágrimas por entre os carneiros humildes, em busca do que recebera Cristina.

No ar, um silêncio de eternidade.

Brisas intermitentes carreavam o olor acre dos cravos-de-defunto floridos na tristeza daquele cemitério da roça.

Seu olhar pervagava de cruz em cruz na tentativa de atinar com o sítio onde Cristina dormia o grande sono, quando um rumor suspeito lhe feriu os ouvidos. Diríeis um arranhar de chão em raspões cautelosos, ao qual se casava o resfôlego sôfrego duma criatura viva.

Pulsou-lhe violento o sangue. Os cabelos cresceram-lhe na cabeça. Alucinação? Apurou os ouvidos: o rumor estranho lá continuava, vindo de um ponto sombreado de ciprestes. Firmou a vista: qualquer coisa agachava-se na terra.

Súbito, num relâmpago, fulgurou em sua memória a cena do jantar, o caso de Luizinha, as palavras de Cristina. Eduardo sentiu arrepiarem-se-lhe os cabelos e, ganho dum pânico desvairado, deitou a correr como um louco rumo à fazenda, em cujo casarão penetrou de pancada, sem fôlego, lavado em suor frio, despertando de sobressalto a família.

Com gritos de espanto, que o cansaço e o bater dos dentes entrecortavam, exclamou entre arquejos:

— Estão desenterrando Cristina... Eu vi uma coisa desenterrando Cristina...

— Que loucura é essa, moço?

— Eu vi... — continuava Eduardo com os olhos desmesuradamente abertos. — Eu vi uma coisa desenterrando Cristina...

O major apertou entre as mãos a testa. Esteve assim imóvel uns instantes. Depois sacudiu a cabeça num gesto de decisão e, horrivelmente calmo, murmurou entre dentes, como em resposta a si próprio:

— Será possível, meu Deus?

Vestiu-se de golpe, meteu no bolso o revólver e atirando três palavras enigmáticas à estarrecida don'Ana gritou para Eduardo com inflexão de aço na voz:

— Vamos!

Magnetizado pela energia do velho, o moço acompanhou-o qual sonâmbulo.

No terreiro apareceu-lhes o capataz.

— Venha conosco. A "coisa" está no cemitério.

Vargas passou mão de uma foice.

— Vai ver que é ele, patrão, até juro!

O major não respondeu — e os três homens partiram a correr pelos campos em fora.

A meio caminho Eduardo, exausto de tantas emoções, atrasou-se. Seus músculos recusaram-lhe obediência. Ao defrontar com o atoleiro as pernas lhe fraquearam de vez e ele caiu, ofegante.

Entrementes, o major e o feitor alcançavam o cemitério, galgavam o muro e aproximavam-se como gatos do túmulo de Cristina.

Um quadro hediondo antolhou-se-lhes de golpe: um corpo branco jazia fora do túmulo — abraçado por um vulto vivo, negro e coleante como o polvo.

O pai de Cristina desferiu um rugido de fera, e qual fera mal ferida arrojou-se para cima do monstro. A hiena, malgrado a surpresa, escapou ao bote e fugiu. E, coxeando, cambaio, seminu, de tropeço nas cruzes, a galgar túmulos com agilidade inconcebível em semelhante criatura, Bocatorta saltou o muro e fugiu, seguido de perto pela sombra esganiçante de Merimbico.

Eduardo, que concentrara todas as forças para seguir de longe o desfecho do drama, viu passar rente de si o vulto asqueroso do necrófilo, para em seguida desaparecer mergulhando na massa escura dos guembês.

Voando-lhe no encalço, viu passar em seguida o vulto dos perseguidores.

Houve uma pausa, em que só lhe feriu o ouvido o rumor da correria. Depois, gritos de cólera, d'envolta a um grunhir de queixada caído em mundéu — e tudo se misturou ao barulho da luta que o uivo de Merimbico dominava lugubremente.

O moço correu a mão pela testa gelada: estaria nas unhas dum pesadelo? Não; não era sonho. Disse-lho a voz alterada do feitor, esboçando o epílogo da tragédia:

— Não atire, major, ele não merece bala. P'ra que serve o atoleiro?

E logo após Eduardo sentiu recrudescer a luta, entre imprecações de cólera e os grunhidos cada vez mais lamentosos do monstro. E ouviu farfalhar o mato, como se por ele arrastassem um corpo manietado, a debater-se em convulsões violentas. E ouviu um rugido cavo de supremo desespero. E após, o baque fofo de um fardo que se atufa na lama.

Uma vertigem escureceu-lhe a vista; seus ouvidos cessaram de ouvir; seu pensamento adormeceu...

Quando voltou a si, dois homens borrifavam-lhe o rosto com água gelada. Encarou-os, marasmado. Ergueu-se, mal firme, apoiado a um deles. E reconheceu a voz do major, que entre arquejos de cansaço lhe dizia:

— Seja homem, moço. Cristina já está enterrada, e o negro...

— ... está beijando o barro — concluiu sinistramente o Vargas.

Ao raiar do dia Merimbico ainda lá estava, sentado nas patas traseiras, a uivar saudosamente com os olhos postos no sítio onde sumira o seu companheiro.

Nada mais lembrava a tragédia noturna, nem denunciava o túmulo de lodo açaimador da boca hedionda que babujara nos lábios de Cristina o beijo único de sua vida.

1915

O COMPRADOR DE FAZENDAS

Pior fazenda que a do Espigão, nenhuma. Já arruinara três donos, o que fazia dizer aos praguentos: "Espiga é o que aquilo é!"

O detentor último, um Davi Moreira de Souza, arrematara-a em praça, convicto de negócio da China; mas já lá andava, também ele, escalavrado de dívidas, coçando a cabeça, num desânimo...

Os cafezais em vara, ano sim ano não batidos de pedra ou esturrados de geada, nunca deram de si colheita de entupir tulha. Os pastos ensapezados, enguanxumados, ensamambaiados nos topes, eram acampamentos de cupins com entremeios de macegas mortiças, formigantes de carrapatos. Boi entrado ali punha-se logo de costelas à mostra, encaroçado de bernes, triste e dolorido de meter dó.

As capoeiras substitutas das matas nativas revelavam pela indiscrição das tabocas a mais safada das terras secas. Em tal solo a mandioca bracejava a medo varetinhas nodosas; a cana-caiana assumia aspecto de caninha, e esta virava um taquariço magrela dos que passam incólumes entre os cilindros moedores.

Piolhavam os cavalos. Os porcos escapos à peste encruavam na magrém faraônica das vacas egípcias.

Por todos os cantos imperava o ferrão das saúvas, dia e noite entregues à tosa dos capins para que em outubro se toldasse o céu de nuvens de içás, em saracoteios amorosos com enamorados savitus.

Caminhos por fazer, cercas no chão, casas d'agregados engoteiradas, combalidas de cumeeira, prenunciando feias taperas. Até na moradia senhorial insinuava-se a breca, aluindo panos de reboco, carcomendo assoalhos. Vidraças sem vidro, mobília capengante, paredes lagarteadas... intacto que é que havia lá?

Dentro dessa esborcinada moldura, o fazendeiro, avelhuscado por força das sucessivas decepções e, a mais, roído pelo cancro feroz dos juros, sem esperança e sem conserto, coçava cem vezes ao dia a coroa da cabeça grisalha.

Sua mulher, a pobre dona Isaura, perdido o viço do outono, agrumava no rosto quanta sarda e pé de galinha inventam os anos de mãos dadas à trabalhosa vida.

Zico, o filho mais velho, saíra-lhes um pulha, amigo de erguer-se às dez, ensebar a pastinha até às onze e consumir o resto do dia em namoriscos mal azarados.

Afora este malandro tinham a Zilda, então nos dezessete, menina galante, porém sentimental mais do que manda a razão e pede o sossego da casa. Era um ler Escrich, a moça, e um cismar amores de Espanha!...

Em tal situação só havia uma aberta: vender a fazenda maldita para respirar a salvo de credores. Coisa difícil, entretanto, em quadra de café a cinco mil-réis, botar unhas num tolo das dimensões requeridas. Iludidos por anúncios manhosos alguns pretendentes já haviam abicado ao Espigão; mas franziam o nariz, indo-se a arrenegar da pernada sem abrir oferta.

— De graça é caro! — cochichavam de si para consigo.

O redemoinho capilar do Moreira, a cabo de coçadelas, sugeriu-lhe um engenhoso plano mistificatório: entreverar de caetés, cambarás, unhas-de-vaca e outros padrões de terra boa, transplantados das vizinhanças, a fímbria das capoeiras e uma ou outra entrada acessível aos visitantes. Fê-lo, o maluco, e mais: meteu em certa grota um pau-d'alho trazido da terra roxa, e adubou os cafeeiros margeantes ao caminho no suficiente para encobrir a mazela do resto.

Onde um raio de sol denunciava com mais viveza um vício da terra, ali o alucinado velho boiava a peneirinha...

Um dia recebeu carta de um agente de negócios anunciando novo pretendente. "Você tempere o homem", aconselhava o pirata, "e saiba manobrar os padrões que este cai. Chama-se Pedro Trancoso, é muito rico, muito moço, muito prosa, e quer fazenda de recreio. Depende tudo de você espigá-lo com arte de barganhista ladino.".

Preparou-se Moreira para a empresa. Advertiu primeiro aos agregados para que estivessem a postos, afiadíssimos de língua. Industriados pelo patrão, estes homens respondiam com manha consumada às perguntas dos visitantes, de jeito a transmutar em maravilhas as ruindades locais.

Como lhes é suspeita a informação dos proprietários, costumam os pretendentes interrogar à socapa os encontradiços. Ali, se isso acontecia — e acontecia sempre, porque era Moreira em pessoa o maquinista do acaso — havia diálogos desta ordem:

"— Gea por aqui?"

"— Coisinha, e isso mesmo só em ano brabo."

"— O feijão dá bem?"

"— Nossa Senhora! Inda este ano plantei cinco quartas e malhei cinquenta alqueires. E que feijão!"

"— Berneia o gado?"

"— Qual o quê! Lá um ou outro carocinho de vez em quando. Para criar, não existe terra melhor. Nem erva nem feijão-bravo.[1] O patrão é porque não tem força. Tivesse ele os meios e isto virava um fazendão."

Avisados os espoletas, debateram-se à noite os preparativos da hospedagem, alegres todos com o reviçar das esperanças emurchecidas.

— Estou com palpite que desta feita a "coisa" vai! — disse o filho maroto. E declarou necessitar, à sua parte, de três contos de réis para estabelecer-se.

— Estabelecer-se com quê? — perguntou admirado o pai.

— Com armazém de secos e molhados na Volta Redonda...

— Já me estava espantando uma ideia boa nessa cabeça de vento. Para vender fiado à gente da Tudinha, não é?

O rapaz, se não corou, calou-se; tinha razões para isso.

Já a mulher queria casa na cidade. De há muito trazia d'olho uma de porta e janela, em certa rua humilde, casa baratinha, d'arranjados.

Zilda, um piano — e caixões e mais caixões de romances...

Dormiram felizes essa noite e no dia seguinte mandaram cedo à vila em busca de gulodices de hospedagem — manteiga, um queijo, biscoitos.

Na manteiga houve debate.

— Não vale a pena! — reguingou a mulher. — Sempre são seis mil-réis. Antes se comprasse com esse dinheiro a peça de algodãozinho que tanta falta me faz.

— É preciso, filha! Às vezes uma coisa de nada engambela um homem e facilita um negócio. Manteiga é graxa — e a graxa engraxa!

Venceu a manteiga.

---

[1] Plantas venenosas para o gado.

Enquanto não vinham os ingredientes, meteu dona Isaura unhas à casa, varrendo, espanando e arrumando o quarto dos hóspedes; matou o menos magro dos frangos e uma leitoa manquitola; temperou a massa do pastel de palmito, e estava a folheá-la quando:

— Ei vem ele! — gritou Moreira da janela, onde se postara desde cedo, muito nervoso, a devassar a estrada por um velho binóculo; e sem deixar o posto de observação foi transmitindo à ocupadíssima esposa os pormenores divisados.

— É moço... Bem trajado... Chapéu-panamá... Parece o Chico Canhambora...

Chegou, afinal, o homem. Apeou-se. Deu cartão: Pedro Trancoso de Carvalhais Fagundes. Bem-apessoado. Ares de muito dinheiro. Mocetão e bem-falante mais que quantos até ali aparecidos.

Contou logo mil coisas com o desembaraço de quem no mundo está de pijama em sua casa — a viagem, os acidentes, um mico que vira pendurado num galho d'embaúva.

Entrados que foram para a saleta de espera, Zico, incontinente, grudou-se de ouvido ao buraco da fechadura, a cochichar para as mulheres ocupadas na arrumação da mesa o que ia pilhando à conversa.

Súbito, esganiçou para a irmã, numa careta sugestiva:

— É solteiro, Zilda!

A menina largou disfarçadamente os talheres e sumiu-se.

Meia hora depois voltava trazendo o melhor vestido e no rosto duas redondinhas rosas de carmim.

Quem a ess'hora penetrasse no oratório da fazenda notaria nas vermelhas rosas de papel de seda que enfeitavam o Santo Antônio a ausência de várias pétalas, e aos pés da imagem uma velinha acesa. Na roça, o ruge e o casamento saem do mesmo oratório.

Trancoso dissertava sobre variados temas agrícolas.

— O canastrão? *Pff!* Raça tardia, meu caro senhor, muito agreste. Eu sou pelo Poland China. Também não é mau, não, o Large Black. Mas o Poland! Que precocidade! Que raça!

Moreira, chucro na matéria, só conhecedor das pelhancas famintas, sem nome nem raça, que lhe grunhiam nos pastos, abria insensivelmente a boca.

— Como em matéria de pecuária bovina — continuou Trancoso — tenho para mim que, de Barreto a Prado, andam todos erradíssimos. Pois não! Er-ra-dís-si-mos! Nem seleção, nem cruzamento. Quero a adoção i-me-di-a-ta das mais finas raças inglesas, o Polled Angus, o Red Lincoln. Não temos pastos? Façamo-los. Plantemos alfafa. Fenemos. Ensilemos. O Assis[2] confessou-me uma vez...

O Assis! Aquele homem confessava os mais altos paredros da agricultura! Era íntimo de todos eles — o Prado, o Barreto, o Cotrim...[3] E de ministros! "Eu já aleguei isso ao Bezerra..."[4]

Nunca se honrara a fazenda com a presença de cavalheiro mais distinto, assim bem relacionado e tão viajado. Falava da Argentina e de Chicago como quem veio ontem de lá. Maravilhoso!

A boca de Moreira abria, abria, e acusava o grau máximo de abertura permitida a ângulos maxilares, quando uma voz feminina anunciou o almoço.

Apresentações.

Mereceu Zilda louvores nunca sonhados, que a puseram de coração aos pinotes. Também os teve a galinha ensopada, o tutu com torresmos, o pastel e até a água do pote.

— Na cidade, senhor Moreira, uma água assim, pura, cristalina, absolutamente potável, vale o melhor dos vinhos. Felizes os que podem bebê-la!

A família entreolhou-se; nunca imaginaram possuir em casa semelhante preciosidade, e cada um insensivelmente sorveu o seu golezinho, como se naquele instante travassem conhecimento com o precioso néctar. Zico chegou a estalar a língua...

Quem não cabia em si de gozo era dona Isaura. Os elogios à sua culinária puseram-na rendida; por metade daquilo já se daria por bem paga da trabalheira.

— Aprenda, Zico — cochichava ela ao filho —, o que é educação fina.

Após o café, brindado com um "delicioso!", convidou Moreira o hóspede para um giro a cavalo.

---

[2] Assis Brasil.
[3] Antônio Prado, Luiz Pereira Barreto e Eduardo Cotrim, assim como Assis Brasil, homens de muita autoridade em assuntos de pecuária, na época.
[4] José Bezerra, ministro da Agricultura entre 1915 e 1917.

— Impossível, meu caro, não monto em seguida às refeições; dá-me cefalalgia.

Zilda corou. Zilda corava sempre que não entendia uma palavra.

— À tarde sairemos, não tenho pressa. Prefiro agora um passeiozinho pedestre pelo pomar, a bem do quilo.

Enquanto os dois homens em pausados passos para lá se dirigiam, Zilda e Zico correram ao dicionário.

— Não é com "s" — disse o rapaz.

— Veja com "c" — alvitrou a menina.

Com algum trabalho encontraram a palavra "cefalalgia".

— "Dor de cabeça!" Ora! Uma coisa tão simples...

À tarde, no giro a cavalo, Trancoso admirou e louvou tudo quanto ia vendo, com grande espanto do fazendeiro que, pela primeira vez, ouvia gabos às coisas suas. Os pretendentes em geral malsinam de tudo, com olhos abertos só para defeitos; diante de uma barroca, abrem-se em exclamações quanto ao perigo das terras frouxas; acham más e poucas as águas; se enxergam um boi, não despregam a vista dos bernes.

Trancoso, não. Gabava! E quando Moreira, nos trechos mistificados, com dedo trêmulo assinalou os padrões, o moço abriu a boca.

— Caquera? Mas isto é fantástico!...

Em face do pau-d'alho culminou-lhe o assombro.

— É maravilhoso o que vejo! Nunca supus encontrar nesta zona vestígios de semelhante árvore! — disse, metendo na carteira uma folha como lembrança.

Em casa abriu-se com a velha.

— Pois, minha senhora, a qualidade destas terras excedeu de muito à minha expectativa. Até pau-d'alho! Isto é positivamente famoso!...

Dona Isaura baixou os olhos. A cena passava-se na varanda. Era noite. Noite trilada de grilos, coaxada de sapos, com muitas estrelas no céu e muita paz na terra. Refestelado numa cadeira preguiçosa, o hóspede transfez o sopor da digestão em quebreira poética.

— Este *cri-cri* de grilos, como é encantador! Eu adoro as noites estreladas, o bucólico viver campesino, tão sadio e feliz...

— Mas é muito triste!... — aventurou Zilda.

— Acha? Gosta mais do canto estridente da cigarra, modulando cavatinas em plena luz? — disse ele, amelaçando a voz. — É que no seu coraçãozinho há qualquer nuvem a sombreá-lo...

Vendo Moreira assim atiçado o sentimentalismo, e dessa feita passível de consequências matrimoniais, houve por bem dar uma pancada na testa e berrar: "Oh, diabo! Não é que ia me esquecendo do..." Não disse do que, nem era preciso. Saiu precipitadamente, deixando-os sós.

Prosseguiu o diálogo, mais mel e rosas.

— O senhor é um poeta! — exclamou Zilda a um regorjeio dos mais sucados.

— Quem o não é debaixo das estrelas do céu, ao lado duma estrela da terra?

— Pobre de mim! — suspirou a menina, palpitante.

Também do peito de Troncoso subiu um suspiro.

Seus olhos alçaram-se a uma nuvem que fazia no céu as vezes da Via Láctea, e sua boca murmurou em solilóquio um rabo d'arraia desses que derrubam meninas.

— O amor!... A Via Láctea da vida!... O aroma das rosas, a gaze da aurora! Amar, ouvir estrelas... Amai, pois só quem ama entende o que elas dizem.

Era zurrapa de contrabando; não obstante, ao paladar inexperto da menina soube a fino moscatel. Zilda sentiu subir à cabeça um vapor. Quis retribuir. Deu busca aos ramilhetes retóricos da memória em procura da flor mais bela. Só achou um bogari humílimo:

— Lindo pensamento para um cartão-postal!

Ficaram no bogari; o café com bolinhos de frigideira veio interromper o idílio nascente.

Que noite aquela! Dir-se-ia que o anjo da bonança distendera suas asas de ouro por sobre a casa triste. Via Zilda realizar-se todo o Escrich deglutido. Dona Isaura gozava-se da possibilidade de casá-la rica. Moreira sonhava quitações de dívidas, com sobras fartas a tilintar-lhe no bolso. E imaginariamente transfeito em comerciante, Zico fiou, a noite inteira, em sonhos, à gente da Tudinha, que, cativa de tanta gentileza, lhe concedia afinal a ambicionada mão da pequena.

Só Trancoso dormiu o sono das pedras, sem sonhos nem pesadelos. Que bom é ser rico!

No dia imediato visitou o resto da fazenda, cafezais e pastos, examinou criação e benfeitorias; e como o gentil mancebo continuasse no enlevo, Moreira, deliberado na véspera a pedir quarenta contos pela Espiga, julgou de bom aviso elevar o preço. Após a cena do pau-d'alho, suspendeu-o mentalmente para quarenta e cinco; findo o exame do gado, já estava em sessenta. E quando foi abordada a magna questão, o velho declarou corajosamente, na voz firme de um *alea jacta*:

— Sessenta e cinco! — e esperou de pé-atrás a ventania.

Trancoso, porém, achou razoável o preço.

— Pois não é caro — disse —, está um preço bem mais razoável do que imaginei.

O velho mordeu os lábios e tentou emendar a mão.

— Sessenta e cinco, sim, mas... o gado fora!...
— É justo — respondeu Trancoso.
— ... e fora também os porcos!...
— Perfeitamente.
— ... e a mobília!
— É natural.

O fazendeiro engasgou; não tinha mais o que excluir e confessou de si para consigo que era uma cavalgadura. Por que não pedira logo oitenta?

Informada do caso, a mulher chamou-lhe pax-vóbis.

— Mas, criatura, por quarenta já era um negocião! — justificou-se o velho.

— Por oitenta seria o dobro melhor. Não se defenda. Eu nunca vi Moreira que não fosse palerma e sarambé. É do sangue. Você não tem culpa.

Amuaram um bocado; mas a ânsia de arquitetar castelos com a imprevista dinheirama varreu para longe a nuvem. Zico aproveitou a aura para insistir nos três contos do estabelecimento — e obteve-os. Dona Isaura desistiu da tal casinha. Lembrava agora outra maior, em rua de procissão — a casa do Eusébio Leite.

— Mas essa é de doze contos — advertiu o marido.

— Mas é outra coisa que não aquele casebre! Muito mais bem repartida. Só não gosto da alcova pegada à copa; escura...

— Abre-se uma claraboia.

— Também o quintal precisa de reforma; em vez do cercado das galinhas...

Até noite alta, enquanto não vinha o sono, foram remendando a casa, pintando-a, transformando-a na mais deliciosa vivenda da cidade. Estava o casal nos últimos retoques, dorme não dorme, quando Zico bateu à porta.

— Três contos não bastam, papai; são precisos cinco. Há a armação, de que não me lembrei, e os direitos, e o aluguel da casa, e mais coisinhas...

Entre dois bocejos o pai concedeu-lhe generosamente seis.

E Zilda? Essa vogava em alto-mar dum romance de fadas. Deixemo-la vogar.

Chegou enfim o momento da partida. Trancoso despediu-se. Sentia muito não poder prolongar a deliciosa visita, mais interesses de monta o chamavam. A vida do capitalista não é livre como parece... Quanto ao negócio, considerava-o quase feito; daria a palavra definitiva dentro de semana.

Partiu Trancoso, levando um pacote de ovos — gostara muito da raça de galinhas criada ali; e um saquito de carás — petisco de que era mui guloso. Levou ainda uma bonita lembrança, o rosilho do Moreira, o melhor cavalo da fazenda. Tanto gabara o animal durante os passeios, que o fazendeiro se viu na obrigação de recusar uma barganha proposta e dar-lho de presente.

— Vejam vocês! — disse Moreira, resumindo a opinião geral. — Moço, riquíssimo, direitão, instruído como um doutor e no entanto amável, gentil, incapaz de torcer o focinho como os pulhas que cá têm vindo. O que é ser gente!

À velha agradara sobretudo a sem-cerimônia do jovem capitalista. Levar ovos e carás! Que mimo!

Todos concordaram, louvando-o cada um a seu modo. E assim, mesmo ausente, o gentil ricaço encheu a casa durante a semana inteira.

Mas a semana transcorreu sem que viesse a ambicionada resposta. E mais outra. E outra ainda.

Escreveu-lhe Moreira, já apreensivo e nada. Lembrou-se dum parente morador na mesma cidade e endereçou-lhe carta pedindo que obtivesse do capitalista a solução definitiva. Quanto ao preço, abatia alguma coisa. Dava a fazenda por cinquenta e cinco, por cinquenta e até por quarenta, com criação e mobília.

O amigo respondeu sem demora. Ao rasgar do envelope, os quatro corações da Espiga pulsaram violentamente: aquele papel encerrava o destino de todos quatro.

Dizia a carta: "Moreira. Ou muito me engano ou estás iludido. Não há por aqui nenhum Trancoso Carvalhais capitalista. Há o Trancosinho, filho da nhá Veva, vulgo Sacatrapo. É um espertalhão que vive de barganhas e sabe iludir aos que o não conhecem. Ultimamente tem corrido o estado de Minas, de fazenda em fazenda, sob vários pretextos. Finge-se às vezes comprador, passa uma semana em casa do fazendeiro, a caceteá-lo com passeios pelas roças e exames de divisas; come e bebe do bom, namora as criadas, ou a filha, ou o que encontra — é um vassoura de marca! — e no melhor da festa some-se. Tem feito isto um cento de vezes, mudando sempre de zona. Gosta de variar de tempero, o patife. Como aqui Trancoso só há este, deixo de apresentar ao pulha a tua proposta. Ora o Sacatrapo a comprar fazenda! Tinha graça..."

O velho caiu numa cadeira, aparvalhado, com a missiva sobre os joelhos. Depois o sangue lhe avermelhou as faces e seus olhos chisparam.

— Cachorro!

As quatro esperanças da casa ruíram com fragor, entre lágrimas da menina, raiva da velha e cólera dos homens.

Zico propôs-se a partir incontinente na peugada do biltre, a fim de quebrar-lhe a cara.

— Deixe, menino! O mundo dá voltas. Um dia cruzo-me com o ladrão e justo contas.

Pobres castelos! Nada há mais triste que estes repentinos desmoronamentos de ilusões. Os formosos palácios d'Espanha, erigidos durante um mês à custa da mirífica dinheirama, fizeram-se taperas sombrias. Dona Isaura chorou até os bolinhos, a manteiga e os frangos.

Quanto a Zilda, o desastre operou como pé de vento através de paineira florida. Caiu de cama, febricitante. Encovaram-se-lhe as faces. Todas as passagens trágicas dos romances lidos desfilaram-lhe na memória; reviu-se na vítima de todos eles. E dias a fio pensou no suicídio.

Por fim habituou-se a essa ideia e continuou a viver. Teve azo de verificar que isso de morrer de amores, só em Escrich.

Acaba-se aqui a história — para a plateia; para as torrinhas segue ainda por meio palmo. As plateias costumam impar umas tantas finuras de bom gosto e tom muito de rir; entram no teatro depois de começada a peça e saem mal as ameaça o epílogo.

Já as galerias querem a coisa pelo comprido, a jeito de aproveitar o rico dinheirinho até ao derradeiro vintém. Nos romances e contos pedem esmiuçamento completo do enredo; e se o autor, levado por fórmulas de escola, lhes arruma para cima, no melhor da festa, com a caudinha reticenciada a que chama "nota impressionista", franzem o nariz. Querem saber — e fazem muito bem — se Fulano morreu, se a menina casou e foi feliz, se o homem afinal vendeu a fazenda, a quem e por quanto.

Sã, humana e respeitabilíssima curiosidade!

— Vendeu a fazenda o pobre Moreira?

Pesa-me confessá-lo: não! E não a vendeu por artes do mais inconcebível quiproquó de quantos tem armado neste mundo o diabo — sim, porque afora o diabo quem é capaz de intrincar os fios da meada com laços e nós cegos, justamente quando vai a feliz remate o crochê?

O acaso deu a Trancoso uma sorte de cinquenta contos na loteria. Não se riam. Por que motivo não havia Trancoso de ser o escolhido, se a sorte é cega e ele tinha no bolso um bilhete? Ganhou os cinquenta contos, dinheiro que para um pé-atrás daquela marca era significativo de grande riqueza.

De posse do bolo, após semanas de tonteira deliberou afazendar-se. Queria tapar a boca ao mundo realizando uma coisa jamais passada pela sua cabeça: comprar fazenda. Correu em revista quantas visitara durante os anos de malandragem, propendendo, afinal, para a Espiga. Ia nisso, sobretudo, a lembrança da menina, dos bolinhos da velha e a ideia de meter na administração o sogro, de jeito a folgar-se uma vida vadia de regalos, embalada pelo amor de Zilda e os requintes culinários da sogra. Escreveu, pois, ao Moreira anunciando-lhe a volta, a fim de fechar-se o negócio.

Ai, ai, ai! Quando tal carta penetrou na Espiga houve rugidos de cólera, entremeio a bufos de vingança.

— É agora! — berrou o velho. — O ladrão gostou da pândega e quer repetir a dose. Mas desta feita curo-lhe a balda, ora se curo! — concluiu, esfregando as mãos no antegozo da vingança.

No murcho coração da pálida Zilda, entretanto, bateu um raio de esperança. A noite de su'alma alvorejou ao luar de um "Quem sabe?". Não se atreveu, todavia, a arrostar a cólera do pai e do irmão, concertados ambos num tremendo ajuste de contas. Confiou no milagre. Acendeu outra velinha a Santo Antônio...

O grande dia chegou. Trancoso rompeu à tarde pela fazenda, caracolando o rosilho.

Desceu Moreira a esperá-lo embaixo da escada, de mãos às costas.

Antes de sofrear as rédeas, já o amável pretendente abria-se em exclamações.

— Ora viva, caro Moreira! Chegou enfim o grande dia. Desta vez, compro-lhe a fazenda.

Moreira tremia. Esperou que o biltre apeasse e mal Trancoso, lançando as rédeas, dirigiu-se-lhe de braços abertos, todo risos, o velho saca de sob o paletó um rabo de tatu e rompe-lhe para cima com ímpeto de queixada.

— Queres fazenda, grandissíssimo tranca? Toma, toma fazenda, ladrão! — e — *lepte, lepte* — finca-lhe rijas rabadas coléricas.

O pobre rapaz, tonteando pelo imprevisto da agressão, corre ao cavalo e monta às cegas, de passo que Zico lhe sacode no lombo nova série de lambadas de agravadíssimo ex-quase-cunhado.

Dona Isaura atiça-lhe os cães:

— Pega, Brinquinho! Ferra, Joli!

O mal azarado comprador de fazendas, acuado como raposa em terreiro, dá de esporas e foge à toda, sob uma chuva de insultos e pedras. Ao cruzar a porteira inda teve ouvidos para distinguir na grita os desaforos esganiçados da velha:

— Comedor de bolinhos! Papa-manteiga! Toma! Em outra não hás de cair, ladrão de ovo e cará!...

E Zilda?

Atrás da vidraça, com os olhos pisados do muito chorar, a triste menina viu desaparecer para sempre, envolto em uma nuvem de pó, o cavaleiro gentil dos seus dourados sonhos.

Moreira, o caipora, perdia assim naquele dia o único negócio bom que durante a vida inteira lhe deparara a Fortuna: o duplo descarte — da filha e da Espiga...

1917

VELHA PRAGA

O artigo "Velha Praga" com que o tal fazendeirinho "veio pela imprensa", era o seguinte:

Andam todos em nossa terra por tal forma estonteados com as proezas infernais dos belacíssimos "vons" alemães, que não sobram olhos para enxergar males caseiros.

Venha, pois, uma voz do sertão dizer às gentes da cidade que se lá fora o fogo da guerra lavra implacável, fogo não menos destruidor devasta nossas matas, com furor não menos germânico.

Em agosto, por força do excessivo prolongamento do inverno, "von Fogo" lambeu montes e vales, sem um momento de tréguas, durante o mês inteiro.

Vieram em começos de setembro chuvinhas de apagar poeira e, breve, novo "verão de sol" se estirou por outubro adentro, dando azo a que se torrasse tudo quanto escapara à sanha de agosto.

A serra da Mantiqueira ardeu como ardem aldeias na Europa, e é hoje um cinzeiro imenso, entremeado aqui e acolá de manchas de verdura — as restingas úmidas, as grotas frias, as nesgas salvas a tempo pela cautela dos aceiros. Tudo mais é crepe negro.

À hora em que escrevemos, fins de outubro, chove. Mas que chuva cainha! Que miséria d'água! Enquanto caem do céu pingos homeopáticos, medidos a conta-gotas, o fogo, amortecido mas não dominado, amoita-se insidioso nas piúcas,[1] a fumegar imperceptivelmente, pronto para rebentar em chamas mal se limpe o céu e o sol lhe dê a mão.

Preocupa a nossa gente civilizada o conhecer em quanto fica na Europa por dia, em francos e cêntimos, um soldado em guerra; mas ninguém cuida

---
[1] Tocos semicarbonizados.

de calcular os prejuízos de toda sorte advindos de uma assombrosa queima destas. As velhas camadas de húmus destruídas; os sais preciosos que, breve, as enxurradas deitarão fora, rio abaixo, via oceano; o rejuvenescimento florestal do solo paralisado e retrogradado; a destruição das aves silvestres e o possível advento de pragas insetiformes; a alteração para pior do clima com a agravação crescente das secas; os vedos e aramados perdidos; o gado morto ou depreciado pela falta de pastos; as cento e uma particularidades que dizem respeito a esta ou aquela zona e, dentro delas, a esta ou aquela "situação" agrícola.

Isto, bem somado, daria algarismos de apavorar; infelizmente no Brasil subtrai-se; somar ninguém soma...

É peculiar de agosto, e típica, esta desastrosa queima de matas; nunca, porém, assumiu tamanha violência, nem alcançou tal extensão, como neste tortíssimo 1914 que, benza-o Deus, parece aparentado de perto com o célebre ano 1000 de macabra memória. Tudo nele culmina, vai logo às do cabo, sem conta nem medida. As queimas não fugiram à regra.

Razão sobeja para, desta feita, encararmos a sério o problema. Do contrário a Mantiqueira será em pouco tempo toda um sapezeiro sem fim, erisipelado de samambaias — esses dois términos à uberdade das terras montanhosas.

Qual a causa da renitente calamidade?

É mister um rodeio para chegar lá.

A nossa montanha é vítima de um parasita, um piolho da terra, peculiar ao solo brasileiro como o *Argas* o é aos galinheiros ou o *Sarcoptes mutans* à perna das aves domésticas. Poderíamos, analogicamente, classificá-lo entre as variedades do *Porrigo decalvans*, o parasita do couro cabeludo produtor da "pelada", pois que onde ele assiste[2] se vai despojando a terra de sua coma vegetal até cair em morna decrepitude, nua e descalvada. Em quatro anos, a mais ubertosa região se despe dos jequitibás magníficos e das peroberias milenárias — seu orgulho e grandeza, para, em achincalhe crescente, cair em capoeira, passar desta à humildade da vassourinha e, descendo sempre, encruar definitivamente na desdita do sapezeiro — sua tortura e vergonha.

---

[2] Reside; está estabelecido.

Este funesto parasita da terra é o CABOCLO, espécie de homem baldio, seminômade, inadaptável à civilização, mas que vive à beira dela na penumbra das zonas fronteiriças. À medida que o progresso vem chegando com a via férrea, o italiano, o arado, a valorização da propriedade, vai ele refugindo em silêncio, com o seu cachorro, o seu pilão, a pica-pau[3] e o isqueiro, de modo a sempre conservar-se fronteiriço, mudo e sorna. Encoscorado numa rotina de pedra, recua para não adaptar-se.

É de vê-lo surgir a um sítio novo para nele armar a sua arapuca de "agregado"; nômade por força de vagos atavismos, não se liga à terra, como o campônio europeu, "agrega-se", tal qual o *Sarcoptes*, pelo tempo necessário à completa sucção da seiva convizinha; feito o que, salta para diante com a mesma bagagem com que ali chegou.

Vem de um sapezeiro para criar outro. Coexistem em íntima simbiose: sapé e caboclo são vidas associadas. Este inventou aquele e lhe dilata os domínios; em troca o sapé lhe cobre a choça e lhe fornece fachos para queimar a colmeia das pobres abelhas.

Chegam silenciosamente, ele e a "sarcopta" fêmea, esta com um filhote no útero, outro ao peito, outro de sete anos à ourela da saia — este já de pitinho na boca e faca à cinta. Completam o rancho um cachorro sarnento — Brinquinho, a foice, a enxada, a pica-pau, o pilãozinho de sal, a panela de barro, um santo encardido, três galinhas pevas e um galo índio. Com estes simples ingredientes, o fazedor de sapezeiros perpetua a espécie e a obra de esterilização iniciada com os remotíssimos avós.

Acampam.

Em três dias uma choça, que por eufemismo chamam casa, brota da terra como um urupê. Tiram tudo do lugar, os esteios, os caibros, as ripas, os barrotes, o cipó que os liga, o barro das paredes e a palha do teto. Tão íntima é a comunhão dessas palhoças com a terra local, que dariam ideia de coisa nascida do chão por obra espontânea da natureza — se a natureza fosse capaz de criar coisas tão feias.

Barreada a casa, pendurado o santo, está lavrada a sentença de morte daquela paragem.

---

[3] Espingarda de carregar pela boca.

Começam as requisições. Com a pica-pau o caboclo limpa a floresta das aves incautas. Pólvora e chumbo adquire-os vendendo palmitos no povoado vizinho. É este um traço curioso da vida do caboclo e explica o seu largo dispêndio de pólvora; quando o palmito escasseia, rareiam os tiros, só a caça grande merecendo sua carga de chumbo; se o palmital se extingue, exultam as pacas: está encerrada a estação venatória.

Depois ataca a floresta. Roça e derruba, não perdoando ao mais belo pau. Árvores diante de cuja majestosa beleza Ruskin choraria de comoção, ele as derriba, impassível, para extrair um mel-de-pau escondido num oco.

Pronto o roçado, e chegado o tempo da queima, entra em funções o isqueiro. Mas aqui o "sarcopte" se faz raposa. Como não ignora que a lei impõe aos roçados um aceiro de dimensões suficientes à circunscrição do fogo, urde traças para iludir a lei, cocando destarte a insigne preguiça e a velha malignidade.

Cisma o caboclo à porta da cabana.[4]

Cisma, de fato, não devaneios líricos, mas jeitos de transgredir as posturas com a responsabilidade a salvo. E consegue-o. Arranja sempre um álibi demonstrativo de que não esteve lá no dia do fogo.

Onze horas.

O sol quase a pino queima como chama. Um "sarcopte" anda por ali, ressabiado. Minutos após crepita a labareda inicial, medrosa, numa touça mais seca; oscila incerta; ondeia ao vento; mas logo encorpa, cresce, avulta, tumultua infrene e, senhora do campo, estruge fragorosa com infernal violência, devorando as tranqueiras, estorricando as mais altas frondes, despejando para o céu golfões de fumo estrelejado de faíscas.

É o fogo de mato!

E como não o detém nenhum aceiro, esse fogo invade a floresta e caminha por ela adentro, ora frouxo, nas capetingas[5] ralas, ora maciço, aos estouros, nas moitas de taquaruçu; caminha sem tréguas, moroso e tíbio quando a noite fecha, insolente se o sol o ajuda.

---

[4] Verso de Ricardo Gonçalves.
[5] Capins de mato dentro, sempre ralos, magrelas.

E vai galgando montes em arrancadas furiosas, ou descendo encostas a passo lento e traiçoeiro até que o detenha a barragem natural dum rio, estrada ou grota noruega.[6]

Barrado, inflete para os flancos, ladeia o obstáculo, deixa-o para trás, esgueira-se para os lados — e lá continua o abrasamento implacável. Amordaçado por uma chuva repentina, alapa-se nas piúcas, quieto e invisível, para no dia seguinte, ao esquentar do sol, prosseguir na faina carbonizante.

Quem foi o incendiário? Donde partiu o fogo?

Indaga-se, descobre-se o Nero: é um urumbeva qualquer, de barba rala, amoitado num litro[7] de terra litigiosa.

E agora? Que fazer? Processá-lo?

Não há recurso legal contra ele. A única pena possível, barata, fácil e já estabelecida como praxe, é "tocá-lo".

Curioso este preceito: "ao caboclo, toca-se".

Toca-se, como se toca um cachorro importuno, ou uma galinha que vareja pela sala. E tão afeito anda ele a isso, que é comum ouvi-lo dizer: "Se eu fizer tal coisa o senhor não me toca?"

Justiça sumária — que não pune, entretanto, dado o nomadismo do paciente.

Enquanto a mata arde, o caboclo regala-se.

— Eta fogo bonito!

No vazio de sua vida semisselvagem, em que os incidentes são um jacu abatido, uma paca fisgada n'água ou o filho novimensal, a queimada é o grande espetáculo do ano, supremo regalo dos olhos e dos ouvidos.

Entrado setembro, começo das "águas", o caboclo planta na terra em cinzas um bocado de milho, feijão e arroz; mas o valor da sua produção é nenhum diante dos males que para preparar uma quarta de chão ele semeou.

O caboclo é uma quantidade negativa. Tala cinquenta alqueires de terra para extrair deles o com que passar fome e frio durante o ano. Calcula as sementeiras pelo máximo da sua resistência às privações. Nem mais, nem

---

[6] Grota fria onde não bate o sol.
[7] A terra se mede pela quantidade de milho que nela pode ser plantada; daí, um alqueire, uma quarta, um litro de terra.

menos. "Dando para passar fome", sem virem a morrer disso, ele, a mulher e o cachorro — está tudo muito bem; assim fez o pai, o avô; assim fará a prole empanzinada que naquele momento brinca nua no terreiro.

Quando se exaure a terra, o agregado muda de sítio. No lugar fica a tapera e o sapezeiro. Um ano que passe e só este atestará a sua estada ali; o mais se apaga como por encanto. A terra reabsorve os frágeis materiais da choça e, como nem sequer uma laranjeira ele plantou, nada mais lembra a passagem por ali do Manoel Peroba, do Chico Marimbondo, do Jeca Tatu ou outros sons ignaros, de dolorosa memória para a natureza circunvizinha.

URUPÊS

Esboroou-se o balsâmico indianismo de Alencar ao advento dos Rondons que, ao invés de imaginarem índios num gabinete, com reminiscências de Chateaubriand na cabeça e a *Iracema* aberta sobre os joelhos, metem-se a palmilhar sertões de Winchester em punho.

Morreu Peri, incomparável idealização dum homem natural como o sonhava Rousseau, protótipo de tantas perfeições humanas que no romance, ombro a ombro com altos tipos civilizados, a todos sobreleva em beleza d'alma e corpo.

Contrapôs-lhe a cruel etnologia dos sertanistas modernos um selvagem real, feio e brutesco, anguloso e desinteressante, tão incapaz, muscularmente, de arrancar uma palmeira, como incapaz, moralmente, de amar Ceci.

Por felicidade nossa — e de Dom Antônio de Mariz — não os viu Alencar; sonhou-os qual Rousseau. Do contrário lá teríamos o filho de Araré a moquear a linda menina num bom braseiro de pau-brasil, em vez de acompanhá-la em adoração pelas selvas, como o Ariel benfazejo do Paquequer.

A sedução do imaginoso romancista criou forte corrente. Todo o clã plumitivo deu de forjar seu indiozinho refegado de Peri e Atala. Em sonetos, contos e novelas, hoje esquecidos, consumiram-se tabas inteiras de aimorés sanhudos, com virtudes romanas por dentro e penas de tucano por fora.

Vindo o público a bocejar de farto, já céptico ante o crescente desmantelo do ideal, cessou no mercado literário a procura de bugres homéricos, inúbias, tacapes, borés, piagas e virgens bronzeadas. Armas e heróis desandaram cabisbaixos, rumo ao porão onde se guardam os móveis fora de uso, saudoso museu de extintas pilhas elétricas que a seu tempo galvanizaram nervos. E lá acamam poeira cochichando reminiscências com a barba de Dom João de Castro, com os franquisques de Herculano, com os frades de Garrett e que tais...

Não morreu, todavia.

Evoluiu.

O indianismo está de novo a deitar copa, de nome mudado. Crismou-se de "caboclismo". O cocar de penas de arara passou a chapéu de palha rebatido à testa; a ocara virou rancho de sapé; o tacape afilou, criou gatilho, deitou ouvido e é hoje espingarda trochada; o boré descaiu lamentavelmente para pio de inambu; a tanga ascendeu a camisa aberta ao peito.

Mas o substrato psíquico não mudou: orgulho indomável, independência, fidalguia, coragem, virilidade heroica, todo o recheio em suma, sem faltar uma azeitona, dos Peris e Ubirajaras.

Este setembrino rebrotar duma arte morta inda se não desbagoou de todos os frutos. Terá o seu "I-Juca-Pirama", o seu "Canto do Piaga" e talvez dê ópera lírica.

Mas, completado o ciclo, virão destroçar o inverno em flor da ilusão indianista os prosaicos demolidores de ídolos — gente má e sem poesia. Irão os malvados esgaravatar o ícone com as curetas da ciência. E que feias se hão de entrever as caipirinhas cor de jambo de Fagundes Varela! E que chambões e somas os Peris de calça, camisa e faca à cinta!

Isso, para o futuro. Hoje ainda há perigo em bulir no vespeiro: o caboclo é o "Ai Jesus!" nacional.

É de ver o orgulhoso entono com que respeitáveis figurões batem no peito exclamando com altivez: — Sou raça de caboclo!

Anos atrás o orgulho estava numa ascendência de tanga, inçada de penas de tucano, com dramas íntimos e flechaços de curare.

Dia virá em que os veremos, murchos de prosápia, confessar o verdadeiro avô: — um dos quatrocentos de Gedeão trazidos por Tomé de Souza[1] num barco daqueles tempos, nosso mui nobre e fecundo *Mayflower*.

Porque a verdade nua manda dizer que entre as raças de variado matiz, formadoras da nacionalidade e metidas entre o estrangeiro recente e o aborígene de tabuinha no beiço, uma existe a vegetar de cócoras, incapaz de evolução, impenetrável ao progresso. Feia e sorna, nada a põe de pé.

Quando Pedro I lança aos ecos o seu grito histórico e o país desperta estrouvinhado à crise duma mudança de dono, o caboclo ergue-se, espia e acocora-se do novo.

---

[1] Tomé de Souza veio ao Brasil com um carregamento de quatrocentos degredados e uns tantos jesuítas.

Pelo Treze de Maio, mal esvoaça o florido decreto da Princesa e o negro exausto larga num *uf!* o cabo da enxada, o caboclo olha, coça a cabeça, 'magina e deixa que do velho mundo venha quem nele pegue de novo.

A 15 de Novembro troca-se um trono vitalício pela cadeira quadrienal. O país bestifica-se ante o inopinado da mudança.[2] O caboclo não dá pela coisa.

Vem Floriano; estouram as granadas de Custódio; Gumercindo bate às portas de Roma; Incitatus derranca o país.[3] O caboclo continua de cócoras, a modorrar...

Nada o esperta. Nenhuma ferrotoada o põe de pé. Social, como individualmente, em todos os atos da vida Jeca, antes de agir, acocora-se.

Jeca Tatu é um piraquara do Paraíba, maravilhoso epítome de carne onde se resumem todas as caraterísticas da espécie.

Ei-lo que vem falar ao patrão. Entrou, saudou. Seu primeiro movimento após prender entre os lábios a palha de milho, sacar o rolete de fumo e disparar a cusparada d'esguicho, é sentar-se jeitosamente sobre os calcanhares. Só então destrava a língua e a inteligência.

"— Não vê que..."

De pé ou sentado as ideias se lhe entramam, a língua emperra e não há de dizer coisa com coisa.

De noite, na choça de palha, acocora-se em frente ao fogo para "aquentá-lo", imitado da mulher e da prole.

Para comer, negociar uma barganha, ingerir um café, tostar um cabo de foice, fazê-lo noutra posição será desastre infalível. Há de ser de cócoras.

Nos mercados, para onde leva a quitanda domingueira, é de cócoras, como um faquir do Bramaputra, que vigia os cachinhos de brejaúva ou o feixe de três palmitos.

Pobre Jeca Tatu! Como és bonito no romance e feio na realidade!

Jeca mercador, Jeca lavrador, Jeca filósofo...

Quando comparece às feiras, todo mundo logo adivinha o que ele traz: sempre coisas que a natureza derrama pelo mato e ao homem só custa o gesto de espichar a mão e colher — cocos de tucum ou jiçara, guabirobas, bacuparis,

---

[2] Aristides Lobo: "O país assistiu bestificado à Proclamação da República".
[3] O presidente Hermes da Fonseca!

maracujás, jataís, pinhões, orquídeas; ou artefatos de taquara-poca — peneiras, cestinhas, samburás, tipitis, pios de caçador; ou utensílios de madeira mole — gamelas, pilõezinhos, colheres de pau.

Nada mais.

Seu grande cuidado é espremer todas as consequências da lei do menor esforço — e nisto vai longe.

Começa na morada. Sua casa de sapé e lama faz sorrir aos bichos que moram em toca e gargalhar ao joão-de-barro. Pura biboca de bosquímano. Mobília, nenhuma. A cama é uma espipada esteira de peri posta sobre o chão batido.

Às vezes se dá ao luxo de um banquinho de três pernas — para os hóspedes. Três pernas permitem equilíbrio; inútil, portanto, meter a quarta, o que ainda o obrigaria a nivelar o chão. Para que assentos, se a natureza os dotou de sólidos, rachados calcanhares sobre os quais se sentam?

Nenhum talher. Não é a munheca um talher completo — colher, garfo e faca a um tempo?

No mais, umas cuias, gamelinhas, um pote esbeiçado, a pichorra e a panela de feijão.

Nada de armários ou baús. A roupa, guarda-a no corpo. Só tem dois parelhos; um que traz no uso e outro na lavagem.

Os mantimentos apaiola nos cantos da casa.

Inventou um cipó preso à cumeeira, de gancho na ponta e um disco de lata no alto: ali pendura o toucinho, a salvo dos gatos e ratos.

Da parede pende a espingarda pica-pau, o polvarinho de chifre, o São Benedito defumado, o rabo de tatu e as palmas bentas de queimar durante as fortes trovoadas. Servem de gaveta os buracos da parede.

Seus remotos avós não gozaram maiores comodidades. Seus netos não meterão quarta perna ao banco. Para quê? Vive-se bem sem isso.

Se pelotas de barro caem, abrindo seteiras na parede, Jeca não se move a repô-las. Ficam pelo resto da vida os buracos abertos, a entremostrarem nesgas de céu.

Quando a palha do teto, apodrecida, greta em fendas por onde pinga a chuva, Jeca, em vez de remendar a tortura, limita-se, cada vez que chove, a aparar numa gamelinha a água gotejante...

Remendo... Para quê? Se uma casa dura dez anos e faltam "apenas" nove para que ele abandonar aquela? Esta filosofia economiza reparos.

Na mansão de Jeca a parede dos fundos bojou para fora um ventre empanzinado, ameaçando ruir; os barrotes, cortados pela umidade, oscilam na podriqueira do baldrame. A fim de neutralizar o desaprumo e prevenir suas consequências, ele grudou na parede uma Nossa Senhora enquadrada em moldurinha amarela — santo de mascate.

"— Por que não remenda essa parede, homem de Deus?

"— Ela não tem coragem de cair. Não vê a escora?"

Não obstante, "por via das dúvidas", quando ronca a trovoada Jeca abandona a toca e vai agachar-se no oco dum velho embiruçu do quintal — para se saborear de longe com a eficácia da escora santa.

Um pedaço de pau dispensaria o milagre; mas entre pendurar o santo e tomar da foice, subir ao morro, cortar a madeira, atorá-la, baldeá-la e especar a parede, o sacerdote da Grande Lei do Menor Esforço não vacila. É coerente.

Um terreirinho descalvado rodeia a casa. O mato o beira. Nem árvores frutíferas, nem horta, nem flores — nada revelador de permanência.

Há mil razões para isso; porque não é sua a terra; porque se o "tocarem" não ficará nada que a outrem aproveite; porque para frutas há o mato; porque a "criação" come; porque...

"— Mas, criatura, com um vedozinho por ali... A madeira está à mão, o cipó é tanto..."

Jeca, interpelado, olha para o morro coberto de moirões, olha para o terreiro nu, coça a cabeça e cuspilha.

"— Não paga a pena."

Todo o inconsciente filosofar do caboclo grulha nessa palavra atravessada de fatalismo e modorra. Nada paga a pena. Nem culturas, nem comodidades. De qualquer jeito se vive.

Da terra só quer a mandioca, o milho e a cana. A primeira, por ser um pão já amassado pela natureza. Basta arrancar uma raiz e deitá-la nas brasas. Não impõe colheita, nem exige celeiro. O plantio se faz com um palmo de rama fincada em qualquer chão. Não pede cuidados. Não a ataca a formiga. A mandioca é sem-vergonha.

Bem ponderado, a causa principal da lombeira do caboclo reside nas benemerências sem conta da mandioca. Talvez que sem ela se pusesse de pé e andasse. Mas enquanto dispuser de um pão cujo preparo se resume no plantar, colher e lançar sobre brasas, Jeca não mudará de vida. O vigor das raças humanas está na razão direta da hostilidade ambiente. Se a poder de estacas e diques o holandês extraiu de um brejo salgado a Holanda, essa joia do esforço, é que ali nada o favorecia. Se a Inglaterra brotou das ilhas nevoentas da Caledônia, é que lá não medrava a mandioca. Medrasse, e talvez os víssemos hoje, os ingleses, tolhiços, de pé no chão, amarelentos, mariscando de peneira no Tâmisa. Há bens que vêm para males. A mandioca ilustra este avesso de provérbio.

Outro precioso auxiliar da calaçaria é a cana. Dá rapadura, e para Jeca, o simplificador da vida, dá garapa. Como não possui moenda, torce a pulso sobre a cuia de café um rolete, depois de bem macetados os nós; açucara assim a beberagem, fugindo aos trâmites condutores do caldo de cana à rapadura.

Todavia, *est modus in rebus*. E assim como ao lado do restolho cresce o bom pé de milho, contrasta com a cristianíssima simplicidade do Jeca a opulência de um seu vizinho e compadre que "está muito bem". A terra onde mora é sua. Possui ainda uma égua, monjolo e espingarda de dois canos. Pesa nos destinos políticos do país com o seu voto e nos econômicos com o polvilho azedo de que é fabricante, tendo amealhado com ambos, voto e polvilho, para mais de quinhentos mil-réis no fundo da arca.

Vive num corrupio de barganhas nas quais exercita uma astúcia nativa muito irmã da de Bertoldo. A esperteza última foi a barganha de um cavalo cego por uma égua de passo picado. Verdade é que a égua mancava das mãos, mas inda assim valia dez mil-réis mais do que o rocinante zanaga.

Esta e outras celebrizaram-lhe os engrimanços potreiros num raio de mil braças, granjeando-lhe a incondicional e babosa admiração do Jeca, para quem, fino como o compadre, "home"... nem mesmo o vigário de Itaoca!

Aos domingos vai à vila bifurcado na magreza ventruda da Serena; leva apenso à garupa um filho e atrás o potrinho no trote, mais a mulher, com a criança nova enrolada no xale. Fecha o cortejo o indefectível Brinquinho, a resfolgar com um palmo de língua de fora.

O fato mais importante de sua vida é sem dúvida votar no governo. Tira nesse dia da arca a roupa preta do casamento, sarjão furadinho de traça e todo vincado de dobras; entala os pés num alentado sapatão de bezerro; ata ao pescoço um colarinho de bico e, sem gravata, ringindo e mancando, vai pegar o diploma de eleitor às mãos do chefe Coisada, que lho retém para maior garantia da fidelidade partidária.

Vota. Não sabe em quem, mas vota. Esfrega a pena no livro eleitoral, arabescando o aranhol de gatafunhos e que chama "sua graça".

Se há tumulto, chuchurreia de pé firme, com heroísmo, as porretadas oposicionistas, e ao cabo segue para a casa do chefe, de galo cívico na testa e colarinho sungado para trás, a fim de novamente lhe depor nas mãos o "dipeloma".

Grato e sorridente, o morubixaba galardoa-lhe o heroísmo, flagrantemente documentado pelo latejar do couro cabeludo, com um aperto de munheca e a promessa, para logo, duma inspetoria de quarteirão.

Representa este freguês o tipo clássico do sitiante já com um pé fora da classe. Exceção, díscolo que é, não vem ao caso. Aqui tratamos da regra e a regra é Jeca Tatu.

O mobiliário cerebral de Jeca, à parte o suculento recheio de superstições, vale o do casebre. O banquinho de três pés, as cuias, o gancho de toucinho, as gamelas, tudo se reedita dentro de seus miolos sob a forma de ideias: são as noções práticas da vida, que recebeu do pai e sem mudança transmitirá aos filhos.

O sentimento de pátria lhe é desconhecido. Não tem sequer a noção do país em que vive. Sabe que o mundo é grande, que há sempre terras para diante, que muito longe está a Corte com os graúdos e mais distante ainda a Bahia, donde vêm baianos pernósticos e cocos.

Perguntem ao Jeca quem é o presidente da República.

"— O homem que manda em nós tudo?

"— Sim.

"— Pois de certo que há de ser o imperador.

Em matéria de civismo não sobe de ponto.

"— Guerra? T'esconjuro! Meu pai viveu afundado no mato p'ra mais de cinco anos por causa da guerra grande.[4] Eu, para escapar do 'reculutamento', sou inté capaz de cortar um dedo, como o meu tio Lourenço..."

---

[4] Guerra do Paraguai.

Guerra, defesa nacional, ação administrativa, tudo quanto cheira a governo resume-se para o caboclo numa palavra apavorante — "reculutamento".

Quando em princípios da presidência Hermes andou na balha um recenseamento esquecido a Offenbach, o caboclo tremeu e entrou a casar em massa. Aquilo "haverá de ser reculutamento", e os casados, na voz corrente, escapavam à redada.

A sua medicina corre parelhas com o civismo e a mobília — em qualidade. Quantitativamente, assombra. Da noite cerebral pirilampejam-lhe apózemas, cerotos, arrobes e eletuários escapos à sagacidade cômica de Mark Twain. Compendia-os um Chernoviz não escrito, monumento de galhofa onde não há rir, lúgubre como é o epílogo. A rede na qual dois homens levam à cova as vítimas de semelhante farmacopeia é o espetáculo mais triste da roça.

Quem aplica as mezinhas é o "curador", um Eusébio Macário de pé no chão e cérebro trancado como moita de taquaruçu. O veículo usual das drogas é sempre a pinga — meio honesto de render homenagem à deusa Cachaça, divindade que entre eles ainda não encontrou heréticos.

Doenças hajam que remédios não faltam.

Para bronquite, é um porrete cuspir o doente na boca de um peixe vivo e soltá-lo: o mal se vai com o peixe água abaixo...

Para "quebranto de ossos", já não é tão simples a medicação. Tomam-se três contas de rosário, três galhos de alecrim, três limas de bico, três iscas de palma benta, três raminhos de arruda, três ovos de pata preta (com casca; sem casca desanda) e um saquinho de picumã; mete-se tudo numa gamela d'água e banha-se naquilo o doente, fazendo-o tragar três goles da zurrapa. É infalível!

O específico da brotoeja consiste em cozimento de beiço de pote para lavagens. Ainda há aqui um pormenor de monta; é preciso que antes do banho a mãe do doente molhe na água a ponta de sua trança. As brotoejas saram como por encanto.

Para dor de peito que "responde na cacunda", cataplasma de "jasmim-de-cachorro" é um porrete.

Além desta alopatia, para a qual contribui tudo quanto de mais repugnante e inócuo existe na natureza, há a medicação simpática, baseada na influição misteriosa de objetos, palavras e atos sobre o corpo humano.

O ritual bizantino dentro de cujas maranhas os filhos do Jeca vêm ao mundo, e do qual não há fugir sob pena de gravíssimas consequências futuras, daria um in-fólio d'alto fôlego ao Sílvio Romero bastante operoso que se propusesse a compendiá-lo.

Num parto difícil nada tão eficaz como engolir três caroços de feijão mouro, de passo que a parturiente veste pelo avesso a camisa do marido e põe na cabeça, também pelo avesso, o seu chapéu. Falhando esta simpatia, há um derradeiro recurso: colar no ventre encruado a imagem de São Benedito.

Nesses momentos angustiosos outra mulher não penetre no recinto sem primeiro defumar-se ao fogo, nem traga na mão caça ou peixe: a criança morreria pagã. A omissão de qualquer destes preceitos fará chover mil desgraças na cabeça do chorincas recém-nascido.

A posse de certos objetos confere dotes sobrenaturais. A invulnerabilidade às facadas ou cargas de chumbo é obtida graças à flor da samambaia.

Esta planta, conta Jeca, só floresce uma vez por ano, e só produz em cada samambaial uma flor. Isto à meia-noite, no dia de São Bartolomeu. É preciso ser muito esperto para colhê-la, porque também o diabo anda à cata. Quem consegue pegar uma, ouve logo um estouro e tonteia ao cheiro de enxofre — mas livra-se de faca e chumbo pelo resto da vida.

Todos os volumes do Larousse não bastariam para catalogar-lhe as crendices, e como não há linhas divisórias entre estas e a religião, confundem-se ambas em maranhada teia, não havendo distinguir onde para uma e começa outra.

A ideia de Deus e dos santos torna-se jecocêntrica. São os santos os graúdos lá de cima, os coronéis celestes, debruçados no azul para espreitar-lhes a vidinha e intervir nela ajudando-os ou castigando-os, como os metediços deuses de Homero. Uma torcedura de pé, um estrepe, o feijão entornado, o pote que rachou, o bicho que arruinou — tudo diabruras da corte celeste, para castigo de más intenções ou atos.

Daí o fatalismo. Se tudo movem cordéis lá de cima, para que lutar, reagir? Deus quis. A maior catástrofe é recebida com esta exclamação, muito parenta do "Allah Kébir" do beduíno.

E na arte?

Nada.

A arte rústica do campônio europeu é opulenta a ponto de constituir preciosa fonte de sugestões para os artistas de escol. Em nenhum país o povo vive sem a ela recorrer para um ingênuo embelezamento da vida. Já não se fala no camponês italiano ou teutônico, filho de alfobres mimosos, propícios a todas as florações estéticas. Mas o russo, o hirsuto mujique a meio atolado em barbárie crassa. Os vestuários nacionais da Ucrânia nos quais a cor viva e o sarapantado da ornamentação indicam a ingenuidade do primitivo, os isbas da Lituânia, sua cerâmica, os bordados, os móveis, os utensílios de cozinha, tudo revela no mais rude dos campônios o sentimento da arte.

No samoiedo, no pele-vermelha, no abexim, no papua, um arabesco ingênuo costuma ornar-lhes as armas — como lhes ornam a vida canções repassadas de ritmos sugestivos.

Que nada é isso, sabido como já o homem pré-histórico, companheiro do urso das cavernas, entalhava perfis de mamutes em chifres de rena.

Egresso à regra, não denuncia o nosso caboclo o mais remoto traço de um sentimento nascido com o troglodita.

Esmerilhemos o seu casebre: que é que ali denota a existência do mais vago senso estético? Uma chumbada no cabo do relho e uns zigue-zagues a canivete ou fogo pelo roliço do porretinho de guatambu. É tudo.

Às vezes surge numa família um gênio musical cuja fama esvoaça pelas redondezas. Ei-lo na viola: concentra-se, tosse, cuspilha o pigarro, fere as cordas e "tempera". E fica nisso, no tempero.

Dirão: e a modinha?

A modinha, como as demais manifestações de arte popular existentes no país, é obra do mulato, em cujas veias o sangue recente do europeu, rico de atavismos estéticos, borbulha d'envolta com o sangue selvagem, alegre e são do negro.

O caboclo é soturno.

Não canta senão rezas lúgubres.

Não dança senão o cateretê aladainhado.

Não esculpe o cabo da faca, como o cabila.

Não compõe sua canção, como o felá do Egito.

No meio da natureza brasílica, tão rica de formas e cores, onde os ipês floridos derramam feitiços no ambiente e a infolhescência dos cedros, às primeiras chuvas de setembro, abre a dança dos tangarás; onde há abelhas de sol, esmeraldas vivas, cigarras, sabiás, luz, cor, perfume, vida dionisíaca em escachoo permanente, o caboclo é o sombrio urupê de pau podre a modorrar silencioso no recesso das grotas.

Só ele não fala, não canta, não ri, não ama.

Só ele, no meio de tanta vida, não vive...

CIDADES MORTAS

CIDADES MORTAS

A quem em nossa terra percorre tais e tais zonas, vivas outrora, hoje mortas, ou em via disso, tolhidas de insanável caquexia, uma verdade, que é um desconsolo, ressinto de tantas ruínas: nosso progresso é nômade e sujeito a paralisias súbitas. Radica-se mal. Conjugado a um grupo de fatores sempre os mesmos, reflui com eles duma região para outra. Não emite peão. Progresso do cigano, vive acampado. Emigra, deixando atrás do si um rastilho de taperas.

A uberdade nativa do solo é o fator que o condiciona. Mal a uberdade se esvai, pela reiterada sucção de uma seiva não recomposta, como no velho mundo, pelo adubo, o desenvolvimento da zona esmorece, foge dela o capital — e com ele os homens fortes, aptos para o trabalho. E lentamente cai a tapera nas almas e nas coisas.

Em São Paulo temos perfeito exemplo disso na depressão profunda que entorpece boa parte do chamado Norte.

Ali tudo foi, nada é. Não se conjugam verbos no presente. Tudo é pretérito.

Umas tantas cidades moribundas arrastam um viver decrépito, gasto em chorar na mesquinhez de hoje as saudosas grandezas de dantes.

Pelas ruas ermas, onde o transeunte é raro, não matracoleja sequer uma carroça; de há muito, em matéria de rodas, se voltou aos rodízios desse rechinante símbolo do viver colonial — o carro de boi. Erguem-se por ali soberbos casarões apalaçados, de dois e três andares, sólidos como fortalezas, tudo pedra, cal e cabiúna; casarões que lembram ossaturas de megatérios donde as carnes, o sangue, a vida, para sempre refugiram.

Vivem dentro, mesquinhamente, vergônteas mortiças de famílias fidalgas, de boa prosápia entroncada na nobiliarquia lusitana. Pelos salões vazios, cujos frisos dourados se recobrem da pátina dos anos e cujo estuque, lagarteado de fendas, esboroa à força de goteiras, paira o bafio da morte. Há nas paredes quadros antigos, *crayons*, figurando efígies de capitães-mores de barba em colar. Há sobre os aparadores Luiz XV brônzeos candelabros de dezoito velas, esverdecidos de azinhavre. Mas nem se acendem as velas, nem se guardam os nomes dos enquadrados — e por tudo se agruma o bolor râncido da velhice.

São os palácios mortos da cidade morta.

Avultam em número, nas ruas centrais, casas sem janelas, só portas, três e quatro: antigos armazéns hoje fechados, porque o comércio desertou também. Em certa praça vazia, vestígios vagos de "monumento" de vulto: o antigo teatro — um teatro onde já ressoou a voz da Rosina Stolze, da Candiani...

Não há na cidade exangue nem pedreiros, nem carapinas; fizeram-se estes remendões; aqueles, meros demolidores — tanto vai da última construção. A tarefa se lhes resume em especar muros que deitam ventres, escorar paredes rachadas e remendá-las mal e mal. Um dia metem abaixo as telhas: sempre vale trinta mil-réis o milheiro — e fica à inclemência do tempo o encargo de aluir o resto.

Os ricos são dois ou três forretas, coronéis da Briosa, com cem apólices a render no Rio; e os sinecuristas acarrapatados ao orçamento: juiz, coletor, delegado. O resto é a "mob": velhos mestiços de miserável descendência, ruídos de opilação e álcool; famílias decaídas, a viverem misteriosamente umas, outras à custa do parco auxílio enviado de fora por um filho mais audacioso que emigrou. "Boa gente", que vive de aparas.

Da geração nova, os rapazes debandam cedo, quase meninos ainda; só ficam as moças — sempre fincadas de cotovelos à janela, negaceando um marido que é um mito em terra assim, donde os casadouros fogem. Pescam, às vezes, as mais jeitosas, o seu promotorzinho, o seu delegadozinho de carreira — e o caso vira prodigioso acontecimento histórico, criador de lendas.

Toda a ligação com o mundo se resume no cordão umbilical do correio — magro estafeta bifurcado em pontiagudas éguas pisadas, em eterno ir e vir com duas malas postais à garupa, murchas como figos secos.

Até o ar é próprio; não vibraram nele *fonfons* de auto, nem cornetas de bicicletas, nem campainhas de carroça, nem pregões de italianos, nem *ten-tens* de sorveteiros, nem *plás-plás* de mascates sírios. Só os velhos sons coloniais — o sino, o chilreio das andorinhas na torre da igreja, o rechino dos carros de boi, o cincerro de tropas raras, o taralhar das baitacas que em bando rumoroso cruzam e recruzam o céu.

Isso, nas cidades. No campo não é menor a desolação. Léguas a fio se sucedem de morraria áspera, onde reinam soberanos a saúva e seus aliados, o sapé e a samambaia. Por ela passou o Café, como um Átila. Toda a seiva foi bebida e, sob forma de grão, ensacada e mandada para fora. Mas do ouro que veio em troca nem uma onça permaneceu ali, empregada em restaurar o torrão. Transfiltrou-se para o Oeste, na avidez de novos assaltos à virgindade da terra nova; ou se transfez nos palacetes em mina; ou reentrou na circulação europeia por mão de herdeiros dissipados.

À mãe fecunda que o produziu nada coube; por isso, ressentida, vinga-se agora, enclausurando-se numa esterilidade feroz. E o deserto lentamente retoma as posições perdidas.

Raro é o casebre de palha que fumega e entremostra em redor o quartelzinho de cana, a rocinha de mandioca. Na mor parte os escassíssimos existentes, descolmados pelas ventanias, esburaquentos, afestoam-se do melão-de-são-caetano — a hera rústica das nossas ruínas.

As fazendas são Escoriais de soberbo aspecto vistas de longe, entristecedoras quando se lhes chega ao pé. Ladeando a casa-grande, senzalas vazias e terreiros de pedra com viçosas guanxumas nos interstícios. O dono está ausente. Mora no Rio, em São Paulo, na Europa. Cafezais extintos. Agregados dispersos. Subsistem unicamente, como lagartixas na pedra, um pugilo de caboclos opilados, de esclerótica biliosa, inermes, incapazes de fecundar a terra, incapazes de abandonar a querência, verdadeiros vegetais de carne que não florescem nem frutificam — a fauna cadavérica de última fase a roer os derradeiros capões de café escondidos nos grotões.

— Aqui foi o Breves. Colhia oitenta mil arrobas!...

A gente olha assombrada na direção que o dedo cicerone aponta. Nada mais!... A mesma morraria nua, a mesma saúva, o mesmo sapé de sempre. De banda a banda, o deserto — o tremendo deserto que o Átila Café criou.

Outras vezes o viajante lobriga ao longe, rente ao caminho, uma ave branca pousada no topo dum espeque. Aproxima-se devagar ao chouto rítmico do cavalo; a ave esquisita não dá sinais de vida; permanece imóvel.

Chega-se inda mais, franze a testa, apura a vista. Não é ave, é um objeto de louça... O progresso cigano, quando um dia levantou acampamento dali, rumo Oeste, esqueceu de levar consigo aquele isolador de fios telegráficos... E lá ficará ele, atestando mudamente uma grandeza morta, até que decorram os muitos decênios necessários para que a ruína consuma o rijo poste de "candeia" ao qual o amarraram um dia — no tempo feliz em que Ribeirão Preto era ali...

1906

CAVALINHOS

Elsa entrou da rua repuxando com o dedo a gola da blusa de seda carmesim, para refrescar com abanos frenéticos de leque o pescoço afogueado. Falou da procissão, que estivera linda — povaréu, muitas palmas. Disse que nunca vira tanta gente na igreja; que nem se podia respirar, que estava assim! (e apinhava os dedos). Que a filha de nhá Vica fizera um berreiro dos demônios; que não sabe porque levam crianças à igreja. Depois interpelou o primo:

— Por que não foi, Lauro?

— Eu... — ganiu o rapaz derreado na cadeira de balanço.

Não terminou. Entrava dos fundos dona Didi. Elsa, sua filha casada, beijou-lhe a mão, abraçou-a.

— Por que não foi, mamãe, aos cavalinhos, ontem? Esperei-a lá. Não imagina o que perdeu! A companhia é ótima.

— Não pude, passei mal o dia — dor de cabeça, visitas...

— Pois perdeu. Há lá um menino que é um prodígio — pouco maior que o Juquinha, completamente desengonçado. Faz trabalhos pasmosos, que contados ninguém acredita. Pega nas duas perninhas, cruza-as na cabeça, aqui na nuca, e com as mãos pula como um sapo. Depois desengonça a cabeça e gira com ela como se a tivesse presa por um barbante. Uma coisa extraordinária! O sujeito do trapézio não trabalha mal. Achei muita graça no Juquinha — era a primeira vez que ele ia ao circo: "De que é que você gostou mais, meu filho?" perguntei. "Gostei mais do homem que se balança na rede e cai na peneira." A rede é o trapézio e a peneira é a rede de malhas...

Todos riram; a vovó, com delícias; Lauro, complacente — e Juquinha, que estava à janela cuspilhando nos transeuntes, recebeu olhares cheios de amorosa admiração.

Elsa parolou inda um bocado. Depois, voltando-se para o primo:

— Que horas são, Lauro?

— Sete e meia — expectorou o moço, com um pigarro que foi cuspir à janela.

— Quase horas!... Começa às oito. Não vai, mamãe? Vá, a senhora precisa de distrações. É por causa desse aferrolhamento em casa que anda assim magra e amarela. Saia, espaneje-se!

Nisto espocaram foguetes. Elsa contou-os, de dedo para o ar.

— Três! É o sinal. E você, Lauro, vai ou...

— Pode ser que sim, pode ser que não — gemeu o filósofo.

— Diabo de rapaz este! "Pode ser!..." Ó velho de cem anos! Ó caramujo! Desate isso, vá!

— Fazer? Ver trapézios? Meninos desossados? Palhaços?... Iria, se não houvesse lá nenhuma dessas coisas, nem a moça que corre no cavalo, nem o homem do arame, nem...

— Mas que é então que havia de haver?

— Nada. Gente nas prateleiras, cochilando, e no picadeiro um gato morto... a cheirar.

— Só? Ai, que já é mania de originalidade! Pois vou eu. Não tanto pelos trabalhos, como pela troça, o farrancho. Bole-se com um, atira-se uma casca de pinhão noutro, e assim corre a noite alegremente. E quem não fizer isto neste cinismo de terra, morre encarangado, cria orelha-de-pau.

Ajeitou sobre o penteado o fichu de sedinha vermelha, deu diante do espelho uns retoques à cara e, com um "Até logo, corujas!" saiu com o Juquinha pela mão.

Dona Didi recolheu.

Lauro ficou outra vez só na saleta, uma perna sobre o braço da cadeira, fumando pensativamente. Zoava-lhe ao ouvido a parolice trêfega da prima. Consultou o relógio: quase oito! Ergueu-se, tomou do chapéu e saiu.

Noite linda. No alto, a lua cheia apascentando um rebanho de nuvenzinhas acarneiradas.

Lauro deambulou a esmo, de mãos cruzadas às costas, batendo o calcanhar com o ponteiro da bengala. Famílias deslizavam pelas ruas, de rumo ao circo; deslizavam como sombras, à luz baça dos lampiões de querosene. Magotes de pretas passavam, taralhando, num rufo de saias engomadas. Iam com pressa, numa açodada ânsia pelas molecagens do palhaço.

E Lauro rememorou os tempos em que também ele se tomava daquela sofreguidão, nos dias magníficos em que o pai anunciava ao jantar:

"Aprontem-se, que hoje vamos aos cavalinhos". Com longa antecedência já ele e os irmãos vestiam a roupa nova, punham o gorro de marinheiro e de bengalinha de junco na mão sentavam-se à porta da rua à espera do anoitecer.

Lauro reviu nitidamente o Laurinho de outrora, trotando para o circo à frente do farrancho, e depois sentado na terceira fila das arquibancadas, com olhadelas gulosas para a última, rente ao pano, onde se repimpavam os moleques. Lá é que era a pândega!

Soava a sineta. O povo pedia o "paiaço". Vinha um "casaca de ferro" espevitar os lampiões. Grosso berreiro: "Arara! Arara! Ó caradura!" Impassível, o homem graduava a luz dos belgas, um por um, sem pressa; depois pegava da corda e içava aquela coroa de lampiões acesos, aos goles, até meio mastro.

Rompia a música. Bem maçante a música. Dava sono...

Afinal, começava a função e o palhaço entrava como um bólide, rolando às cambalhotas. Tão engraçado!... O relógio dos fundilhos do calção marcava meio-dia. Na cabeça, inclinado para a orelha, o chapelinho de funil, microscópico. Bastava ver o palhaço e Lauro desandava a espremer risos sem fim. A cara caiada, as enormes sobrancelhas de zarcão, os modos, a roupa, tinha tudo tanta graça...

Mas o melhor eram as micagens e as histórias. "Vem cá, seu cara de burro: quem de vinte tira dois quanto fica?" O "casaca de ferro" respondia: "Dezoito, naturalmente". "Ó asno! Fica zero!" O povo estourava de riso — e Lauro com ele...

Vinham depois os trabalhos. Não gostava. O arame, que caceteação! O trapézio, maçante... Mas gostava dos cavalos porque com eles reaparecia o palhaço e mais o Tony.

Oh, como era bom quando havia Tony! A gente estava distraída e de repente *plaf!* Que foi? Foi o Tony que caiu! E cada tombo...

No melhor da festa aparecia um idiota com uma tabuleta: INTERVALO. Era um desmancha-prazeres e por isso objeto de ódio. Todos saíam. Ficava só a mulherada. Lauro cochilava então, e às vezes dormia recostado na tábua dura. Ao termo dum quarto de hora voltavam todos, e o papai trazia embrulhos de doces, empadas, pastéis.

A pantomima! Era o melhor. Os salteadores da Calábria, A estátua de carne...

E a Maria Borralheira? Vira-a duas vezes, e nunca havia de esquecer aquele desfile de figurões históricos — Garibaldi de muletas, o general Deodoro, Napoleão...

Suas recordações estavam em Napoleão, quando Lauro chegou à praça onde zumbia o circo. Reviu a clássica barraca iluminada por dentro, deixando ver, desenhada no pano, a silhueta dos espectadores repimpados nos bancos de cima. Em redor, tabuleiros com lanternas dúbias a alumiarem as cocadinhas queimadas, os pés de moleques, os bons-bocados; e mulatas gordas ao pé, vendendo; e baús de pastéis, cestas de amendoim torrado, balaios de pinhão cozido. E, grulhantes em torno, os pés-rapados de bolso vazio, que namoram as cocadas, engolindo em seco, e admiram com respeito os "peitudos" que chegam à bilheteria e malham na tábua um punhado de níqueis, pedindo com entono:

— Uma geral!

O encanto de tudo aquilo, porém, estava morto, tanto é certo que a beleza das coisas não reside nelas senão na gente.

1900

O "RESTO DE ONÇA"

— Leram o conto de Alberto de Oliveira?[1]
— O imortal?
— Sim.
— Perdemos alguma coisa?
— Não perderam coisa nenhuma, que aquilo é maçador. Confesso que bocejei de enfado e, consoante velho costume, passei-o à minha cozinheira, velha mulata sabidíssima, parenta da cozinheira de Molière.

"— Josefa, lê-me isto e bota opinião.

"A excelente criatura lavou as munhecas, diminuiu o gás ao fogão, acavalou no nariz os óculos através de cujos vidros costuma coar-se-lhe para o cérebro todo o rodapé dos jornais e albertizou-se durante meia hora. Ao cabo, veio ter comigo.

"— Pronto, sinhozinho, está lido.
"— E que tal?

"Josefa tem um maravilhoso paladar quituteiro. Seus tutus com torresmo, o picadinho que ela faz, as moquecas!... São puríssimas obras de arte capazes de rematar de inveja ao próprio Vatel, se Vatel acaso ressuscitasse. Pois bem: o mesmo gênio que a Zefa demonstra na confeição de uma obra-prima culinária, revela-o no julgamento das coisas de literatura. Tem o faro que não falha do rato, o qual entre cem queijos escolhe sempre o melhor. Por essa razão, quando me sinto em dúvidas apelo para o seu juízo instintivo, e acato-lhe a sentença como emanada da própria Minerva.

"— Então, Zefa? — insisti.

Ela refranziu os lábios num muxoxo.

"— Não fede, nem cheira — disse —; é virado de feijão velho mexido com farinha mal torrada. Falta sal, tem gordura demais — parece comida feita por menina da Escola Normal — concluiu, com sorriso de veterano ao ouvir falar em proezas de recruta.

---
[1] Na primeira edição a frase inicial é a seguinte: "— Leram o conto do Artur Pecegueiro?"

"— Mas, Zefa, que diz o homem, afinal de contas?

"— Não diz nada; engrola, engrola, vai p'ra lá, vem p'ra cá e a gente fica na mesma. É dos tais perobinhas da miúda que outro dia mecê chamou... como é mesmo?... pici... pici.

"— ... cólogos, psicólogos. Os homens dos estados d'alma. Penso como você, Josefa. Quero conto que conte coisas; conto donde eu saia podendo contar a um amigo o que aconteceu, como o fulano morreu, se a menina casou, se o mau foi enforcado ou não. Contos, em suma, como os de Maupassant ou Kipling...

"— Ou de seu Cornélio Pires...

"— Perfeitamente, do Cornélio, do Artur Azevedo, contos onde haja drama, comédia ou pelo menos uma anedota original. Mas estas pretensiosas águas panadas, este fantasiar por páginas e páginas sem lance que arrepie os cabelos ou repuxe músculos faciais, esta gelatina insossa da Academia de Letras de Itaoca...

"Josefa, quando lhe falam na Academia de Itaoca, regala-se toda, e toda se expande em risos. Ficou assim desde que leu a *Condessa Hermínia* e outras imortalices quejandas.

"— E então este seu Alberto também é imortal, dos tais que escrevem 'homem' sem 'h'?

"— É, Zefa, é imortal vitalício, com patente e direito de podar os 'hh' da língua e comer o 's' de 'sciência', e — o que é pior — com privilégio de maçar a humanidade com sornices pacóvias, que só não engolem criaturas como tu, sãs de paladar e sinceridade."

E a conversa recaiu sobre contos. Disse um da roda:

— Contos andam aí aos pontapés, a questão é saber apanhá-los. Não há sujeito que não tenha na memória uma dúzia de arcabouços magníficos, aos quais, pra virarem obra d'arte, só falta o vestuário da forma, bem cortado, bem cosido, com pronomes bem colocadinhos. Querem vocês a prova? Vou arrancar um conto ao primeiro conhecido que entrar.

E pusemo-nos de tocaia.

Não tardou muito, surge o Cerqueira César.

— Viva! Fazia-te ainda no sertão, homem — comecei eu.

— Pois estou cá. Cheguei ontem, refeito, oxigenado, reverdecido de alma e corpo. Que delícia o sertão!

— Muita caçada?

— Dez queixadas, três onças... E, por falar — já ouviram vocês a história do "Resto de Onça"?

— "Resto de Onça?!" — exclamamos, aparvalhados.

César gozou o nosso espanto. Depois narrou.

— Estávamos organizando uma batida às onças. Quem tudo dirigia era lá o meu capataz, Quim da Peroba, o mais terrível caçador das redondezas. Quando é ele quem dirige o serviço, a bicharia sofre destroço pela certa, tão hábil se mostra na escolha dos companheiros, dos cães e das disposições estratégicas.

— Vai — dizia o Quim contando nos dedos —, vai o Nico, vai o Peva, vai o "Resto de Onça"...

— "Resto de Onça"? — exclamei eu — tão aparvalhado como vocês inda agora. — Que diabo de bicho é esse?

"Quim sorriu e disse, depois de sacar uma palha:

"— É um pedaço de homem; um homem a quem a onça comeu uma parte e que continua a viver com o resto do corpo. Pois assim mesmo ainda é um cuera que eu não troco por três sujeitos inteiros da cidade. Mecê vai ver.

De fato, vi. Tudo organizado, na véspera da caçada, à tarde, o primeiro a apresentar-se foi "Resto de Onça".

"— 'Stardes'.

"Era um caboclo chupado, sem o braço direito, sem um olho, sem um pedaço de cara. Horrível! Uma bochecha fora lanhada e despegara com parte dos lábios e um dos olhos, de modo que aquilo por ali era uma só pavorosa cicatriz, repuxada em várias direções. Entreabriu a camisa: no peito, a mama esquerda, arrancada a unhaço, era outra horrível cicatriz de arrepiar.

"Pedi-lhe que contasse a sua história. 'Resto' não se fez de rogado.

"— Não vê que — foi dizendo — lá na fazenda do coronel Eusébio, na beira do sertão, havia onça que era um castigo. Foi preciso bater nelas, de cachorrada e chumbo, um ano inteiro para livrar o gado. O coronel tanto lidou que venceu. As que não caíram mortas afundaram para longe. Mas ficou uma. Era uma bela onça-pintada, matreira como cachorro-do-mato. Tinha manhas de negro fujão. Nem mundéu, nem cachorro mestre, nem o Leopoldino Onceiro, que é um cabra-macho para desiludir uma bicha mesquinha, nunca puderam atinar com ela de jeito a barrear a volta do apá com um lote de paula-sousa. Escapava sempre e de birra vinha pegar os porcos no chiqueiro.

"Um dia — o coronel estava na mesa almoçando — rebentou uma tormenta no chiqueirão, detrás da casa. Corremos todos: estava a onça ferrada na mais bonita porca da fazenda, já moída com um munhecaço. Corre que corre, grita, atira: — ela escapuliu.

"O coronel virou bicho e jurou que seria a última vez.

"— Ela volta — disse eu. — Ela não desiste da porca. O melhor é ficar um bom atirador de plantão, dia e noite.

"— Pois fica você.

Fiquei na tocaia, escondido de jeito que a onça não pudesse desconfiar. Varei a noite de olho aceso: nada. Rompeu a manhã: nada. Eu disse comigo:

"— Agora dou um pulo lá dentro, bebo café e volto.

Fui, engoli um cafezinho com mistura, depressa, depressa; mas quando voltei... quedele a porca? A onça tinha me logrado!...

"Quando soube da coisa, o coronel bufou que nem queixada em mundéu.

"— Quim — disse ele —, vá juntar gente e cachorrada. Bote um exército aqui p'ra domingo, e vamos picar de bala essa malvada. Quero ver o couro dela aqui no chão, com seiscentos milhões de diabos!

"Eu saí, corri a vizinhança e apalavrei para domingo tudo quanto era espingarda, foice e cachorro de cinco léguas de roda.

"Chegado o momento, começou uma batida em regra.

"Tudo corria bem, senão quando, de repente, *au!*, *au!*, o meu Brinquinho — conheci a voz! — acuou primeiro de todos. E logo a cachorrada inteira, uns cinquenta — *au! au! au!* — música de arrepiar a gente. Ah, moço, que festa foi esse dia! A bicha de cada tapa esmigalhava um cão... Ia parando na carreira, de tocaia atrás dos troncos e mal o cachorro dianteiro fronteava, ela — *baf!* — tripas de fora! Um castigo...

"Já levara um tiro, mas nem conta fez; e, assim, fugindo, ia arrasando os cachorros onceiros. Eu corria na frente, seco por ganhar a glória da caçada, e por via disso me distanciei dos companheiros. De repente, sem ver nada —

paf! — um manotaço de unha na cara me pinchou de costas no chão; um corpo caiu sentado em cima de mim. Ah, mundo! Que luta aquela! Eu c'os braços só defendia a cara, que se a onça me aboca era o fim; e como a espingarda me ficasse debaixo do corpo, minha porfia era passar a unha nela.

"O que me salvou foi a coragem do Brinquinho. Como os caçadores e os outros cães ainda não tivessem chegado, só ele me ajudava, latindo com desespero e ferrando o dente nos traseiros da fera. A cada dentada a onça se voltava para estapear o cachorro, que fugia — que fugia para atacar de novo, logo que a onça virava p'ra mim.

"Tudo isto que levo agora um tempão contando se passou num corisco de minuto. Lá em certo momento pude alcançar a faca — faquinha à toa de matar porco. Saquei a faca e casquei no pescoço da bicha. Quem disse enterrar? Vergou, a porqueira, como se fosse de lata, sem calar nem a pontinha! Me vi perdido. 'Ferra, Brinquinho!' Aquela pessoa de quatro pés, com uma coragem louca, *zás!* outra dentada. A onça me folgou, e eu vi romper do mato o primeiro caçador. Era justamente meu sogro.

"— Atira, nhô Vadô! — gritei.

Que atirar nada! O raio do maleiteiro ficou tão estuporado de me ver na goela da onça, que estarreceu no lugar.

"— Atira, nhô Vadô!

Que, nada! Nisto houve jeito d'eu desentalar a espingarda e entrouxar o cano na boca da onça. Estrondei o tiro; a bicha moleou de banda.

"Eu estava em pedaços, mas não sentia dor nenhuma. Só me lembro que, ainda no chão, puxei a espingarda de dentro da boca da onça, virei o cano p'r'o lado do meu sogro e sapequei nele o segundo tiro, junto com um nome ofensivo à defunta avó da minha mulher, Deus que me perdoe! De reiva... Depois veio a dor e perdi os sentidos.

"Resto de Onça" tomou fôlego.

"— E fiquei assim. O braço direito, sem carne, sem osso inteiro, foi preciso o médico cortar c'a serra; a cara e o peito foram sarando e fiquei assim resto de onça, caco de gente, mas homem ainda pra escorar o diabo!"

— Então, que lhes dizia eu? — comentou, voltando-se para os companheiros, o que prometera extrair um conto ao primeiro conhecido que passasse.

— Sim — retrucou o ranzinza do grupo —, mas não é bem um conto, não passa dum caso, duma anedota de caçador.

— Está enganado. Tem todas as qualidades do conto e tem a principal: poder ser contado adiante, de modo a interessar por um momento o auditório.

Dê ao fato forma literária, umas pitadas de descritivo, pronomes p'r'ali, uns enfeites pimpões e pronto! — vira conto dos autênticos, dos que não secam a paciência da humanidade com a arquimaçadora psicologia do senhor Alberto de Oliveira...

1918

O FÍGADO INDISCRETO

Que há um Deus para o namoro e outro para os bêbados, está provado — a *contrario sensu*. Sem eles, como explicar tanto passo falso sem tombo, tanto tombo sem nariz partido, tanta beijoca lambiscada a medo sem maiores consequências afora uns sobressaltos desagradáveis, quando passos inoportunos põem termo a duos de sofá em sala momentaneamente deserta?

Acontece, todavia, que esses deuses, ao jeito dos de Homero, também cochilam: e o borracho parte o nariz de encontro ao lampião, ou a futura sogra lá apanha Romeu e Julieta em flagrante contacto de mucosas petrificando-os com o clássico: "Que pouca vergonha!..."

Outras vezes acontece aos protegidos decaírem da graça divina.

Foi o que sucedeu a Inácio, o calouro, e isso lhe estragou o casamento com a Sinharinha Lemos, boa menina a quem cinquenta contos de dote faziam ótima.

Inácio era o rei dos acanhados. Pelas coisas mínimas avermelhava, saía fora de si e permanecia largo tempo idiotizado.

O progresso do seu namoro foi, como era natural, menos obra sua que da menina, e da família de ambos, tacitamente concertadas numa conspiração contra o celibato do futuro bacharel. Uma das manobras constou do convite que ele recebeu para jantar nos Lemos, em certo dia de aniversário familiar comemorado a peru.

Inácio barbeou-se, laçou a mais famosa gravata, floriu de orquídeas a botoeira, friccionou os cabelos com loção de violetas e lá foi, de roupa nova, lindo como se saíra da forma naquel'hora. Levou consigo, entretanto, para mal seu, o acanhamento — e daí proveio a catástrofe...

Havia mais moças na sala, afora a eleita, e caras estranhas, vagamente suas conhecidas, que o olhavam com a benévola curiosidade a que faz jus um possível futuro parente.

Inácio, de natural mal firme nas estribeiras, sentiu-se já de começo um tanto desmontado com o papel de galã à força que lhe atribuíam. Uma das moças, criaturinha de requintada malícia, muito "saída" e "semostradeira", interpelou-o sobre coisas do coração, ideias relativas ao casamento e também sobre a "noivinha" — tudo com meias palavras intencionais, sublinhadas de piscadelas para a direita e a esquerda.

Inácio avermelhou e tartamudeou palavras desconchavadas, enquanto o diabrete maliciosamente insistia: "Quando os doces, seu Inácio?"

Respostas mascadas, gaguejadas, ineptas, foram o que saiu de dentro do moço, incapaz de réplicas jeitosas sempre que ouvia risos femininos em redor de si. Salvou-o a ida para a mesa.

Lá, enquanto engoliam a sopa, teve tempo de voltar a si e arrefecer as orelhas. Mas não demorou muito no equilíbrio. Por dá cá aquela palha o pobre rapaz mudava-se de si para fora, sofrendo todos os horrores consequentes. A culpada aqui foi a dona da casa. Serviu-lhe dona Luiza um bife de fígado sem consulta prévia.

Esquisitice dos Lemos: comiam-se fígados naquela casa até nos dias mais solenes.

Esquisitice do Inácio: nascera com a estranha idiossincrasia de não poder sequer ouvir falar em fígado — seu estômago, seu esôfago e talvez o seu próprio fígado tinham pela víscera biliar uma figadal aversão. E não insistisse ele em contrariá-los: amotinavam-se, repelindo indecorosamente o pedaço ingerido.

Nesse dia, mal dona Luiza o serviu, Inácio avermelhou de novo, e novamente saiu fora de si. Viu-se só, desamparado e inerme ante um problema de inadiável solução. Sentiu lá dentro o motim das vísceras; sentiu o estômago, encrespado de cólera, exigir, com império, respeito às suas antipatias. Inácio parlamentou com o órgão digestivo, mostrou-lhe que mau momento era aquele para uma guerra intestina. Tentou acalmá-lo a goles de clarete, jurando eterna abstenção para o futuro. Pobre Inácio! A porejar suor nas asas do nariz, chamou a postos o heroísmo, evocou todos os martírios sofridos pelos cristãos na era romana e os padecidos na era cristã pelos heréticos; contou um, dois, três e *glug*!, engoliu meio fígado sem mastigar. Um gole precipitado de vinho rebateu o empache. E Inácio ficou a esperar, de olhos arregalados, imóvel, a revolução intestina.

Em redor a alegria reinava. Riam-se, palestravam ruidosamente, longe de suspeitarem o suplício daquele mártir posto a tormentos de uma nova espécie.

"— Você já reparou, Miloca, na ganja da Sinharinha? — disse uma sirigaita de 'beleza' na testa. — Está como quem viu o passarinho verde... — e olhou de soslaio para Inácio."

O calouro, entretanto, não deu fé da tagarelice; surdo às vozes do mundo, todo se concentrava na auscultação das vozes viscerais. Além disso, a tortura não estava concluída: tinha ainda diante de si a segunda parte do fígado engulhento. Era mister atacá-la e concluir de vez a ingestão penosa. Inácio engatilhou-se de novo e — um, dois, três — *glug*! — lá rodou, esôfago abaixo, o resto da miserável glândula.

Maravilha! Por inexplicável milagre de polidez, o estômago não reagiu. Estava salvo Inácio. E como estava salvo, voltou lentamente a si, muito pálido, com o ar lorpa dos ressuscitados. Chegou a rir-se. Riu-se alvarmente, de gozo, como riria Hércules após o mais duro dos seus trabalhos. Seus ouvidos ouviam de novo os rumores do mundo, seu cérebro voltava a funcionar normalmente e seus olhos volveram outra vez às visões habituais.

Estava nessa doce beatitude, quando:

— Não sabia que o senhor gostava tanto de fígado — disse dona Luiza, vendo-lhe o prato vazio. — Repita a dose.

O instinto de conservação de Inácio pulou em guarda. E fora de si outra vez o pobre moço exclamou, tomado de pânico:

— Não! Não! Muito obrigado!...

— Ora, deixe-se de luxo! Tamanho homem com cerimônias em casa de amigos. Coma, coma, que não é vergonha gostar de fígado. Aqui está o Lemos, que se pela por uma isca.

— Iscas são comigo — confirmou o velho. — Lá isso não nego. Com elas ou sem elas, nunca as enjeitei.[1] Tens bom gosto, rapaz. Serve-lhe, serve-lhe mais, Luiza.

E não houve salvação! Veio para o prato de Inácio um novo naco — este formidável, dose dupla.

Não se descreve o drama criado no seu organismo. Nem um Shakespeare, nem Conrad — ninguém dirá nunca os lances trágicos daquela estomacal tragédia sem palavras. Nem eu, portanto. Direi somente que à memória de

---

[1] "Iscas com elas ou sem elas" é como os restaurantes portugueses anunciam fígado com ou sem batatas.

Inácio acudiu o caso da Nora de Ibsen na *Casa de bonecas*, e disfarçadamente ele aguardou o milagre.

E o milagre veio! Um criado estouvadão, que entrava com o peru, tropeçou no tapete e soltou a ave no colo de uma dama. Gritos, reboliço, tumulto. Num lampejo de gênio, Inácio aproveitou-se do incidente para agarrar o fígado e metê-lo no bolso.

Salvo! Nem dona Luiza nem os vizinhos perceberam o truque — e o jantar chegou à sobremesa sem maior novidade.

Antes da dançata lembrou alguém recitativos e a espevitadíssima Miloca veio ter com Inácio.

— A festa é sua, doutor. Nós queremos ouvi-lo. Dizem que recita admiravelmente. Vamos, um sonetinho de Bilac. Não sabe? Olhe o luxinho! Vamos, vamos! Repare quem está ao piano. *Ela*... Nem assim? Mauzinho!... Quer decerto que a Sinharinha insista?... Ora, até que enfim! A *Douda de Albano*? Conheço sim, é linda, embora um pouco fora da moda. Toque a *Dalila*, Sinharinha, bem *piano*... assim...

Inácio, vexadíssimo, vermelhíssimo, já em suores, foi para pé do piano onde a futura consorte preludiava *Dalila* em surdina. E declamou a *Douda de Albano*.

Pelo meio dessa hecatombe em verso, ali pela quarta ou quinta desgraça, uma baga de suor escorrida da testa parou-lhe na sobrancelha, comichando qual importuna mosca. Inácio lembra-se do lenço e saca-o fora. Mas com o lenço vem o fígado, que faz *plaf*! no chão. Uma tossida forte e um pé plantado sobre a infame víscera, manobras do instinto, salvam o lance.

Mas desde esse momento a sala começou a observar um extraordinário fenômeno. Inácio, que tanto se fizera rogar, não queria agora sair do piano. E mal terminava um recitativo, logo iniciava outro, sem que ninguém lho pedisse. É que o acorrentava àquele posto, novo Prometeu, o implacável fígado...

Inácio recitava. Recitou, sem música, "O navio negreiro", "As duas ilhas", "Vozes da África", "O Tejo era sereno".

Sinharinha, desconfiada, abandonou o piano. Inácio, firme. Recitou "O Corvo" de Edgar Poe, traduzido pelo senhor João Kopke; recitou o "Quisera amar-te", o "Acorda donzela"; borbotou poemetos, modinhas e quadras.

Num canto da sala Sinharinha estava chora-não-chora. Todos se entreolhavam. Teria enlouquecido o moço?

Inácio, firme. Completamente fora de si (era a quarta vez que isso lhe acontecia naquela festa) e falto já de recitativos de salão, recorreu aos Lusíadas. E declamou "As armas e os barões", "Estavas linda Inez", "Do reino a rédea leve", o *Adamastor* — tudo!...

E esgotado Camões ia-lhe saindo um "ponto" de Filosofia do Direito — A escola de Bentham — a coisa última que lhe restava de cor na memória, quando perdeu o equilíbrio, escorregou e caiu, patenteando aos olhos arregalados da sala a infamérrima víscera de má morte...

O resto não vale a pena contar. Basta que saibam que o amor de Sinharinha morreu nesse dia; que a conspiração matrimonial falhou; e que Inácio teve de mudar de terra. Mudou de terra porque o desalmado major Lemos deu de espalhar pela cidade inteira que Inácio era, sem dúvida, um bom rapaz, mas com um grave defeito: quando gostava de um prato não se contentava de comer e repetir — ainda levava escondido no bolso o que podia...

1904

O PLÁGIO

— **V**ocê sai, Nenesto, com um tempo destes?
— Não há outro.
— Dia de São Bartolomeu, inda mais?...
— Importa-me lá o santo.
— Está bem. Depois não se arrependa...
Isto dizia dona Eucaris ao "queixo-duro" do seu marido Ernesto d'Olivais, ao vê-lo tomar o chapéu do cabide para sair.
Fora, remoinhava o vento, anunciando tempestade próxima.
Por castigo, nem bem caminhara o teimoso duzentos passos e desaba o aguaceiro. Tão repentino, que mal teve tempo de barafustar por um sebo adentro, no instante preciso em que o belchior cerrava a última folha de porta. Mesmo assim resfriou-se e foi com três espirros que retribuiu à saudação do homem.
— *Atchim!*...
— Viva!
— *Atchim!*...
— Viva!
— *Atchim...* Brr! P'ra burro! Espirro p'ra burro. *C'est le diable*.
(Século trinta! Se por acaso um exemplar deste livro chegar ao conhecimento dos teus fariscadores de antigualhas, não se assombrem eles com a expressão curralina do meu Ernesto. Nem quebrem a cabeça a interpretá-la com ajuda da filologia comparada, da veterinária e mais ciências conexas. Cá fica a chave do enigma. A expressão "p'ra burro" viveu correntia pelas imediações da Grande Guerra, com significação de abundante, excessivo ou estupendo. Nascida nalguma cocheira, alargou-se às ruas e passou destas aos salões. Penetrou até na retórica amorosa. Romeus houve que, pintando a formosura das respectivas Julietas, substituíam o arcaico — linda como os amores — por este soberbo jacto de impressionismo cavalar: É linda p'ra burro! Não obstante, as Julietas casavam com eles e eram felizes. Lá se entendiam.)

O belchior era francês, e Ernesto taramelava na língua adotiva do senhor Jacques d'Avray o necessário para embrulhar língua com um belchior francês. Sabia diferenciar *femme sage* de *sage femme*, distinguia *chair* de *viande* e alambicava a primor os "uu" gauleses. Além disso tinha ciência de vários idiotismos, usando amiúde o *qu'est-ce que c'est que ça?*; sabia de cor a história do *Didon dit-on*, além duma dúzia de prosopopeias d'alto calibre, forrageadas nos *Miseráveis* de Victor Hugo — o que já é bagagem glóssica de peso para um carrapato orçamentário com seis anos de sucção.

Tais conhecimentos, mensalmente postos em jogo, bastavam para espezinhar a paciência do livreiro, a quem Ernesto, em todo dia dois de cada mês, tomava alugado um bacamarte de Escrich, matador das horas vazias da repartição.

Naquela tarde, porém, Ernesto não queria livros, sim um teto, razão pela qual falhou o usual encetamento da seca. (Esse ritual começava assim: *Qu'est-ce que vous avez de nouveau, monsieur?*).

Fora, em regougos sibilantes, o vento pulverizava a chuva.

Tinha de esperar.

Ernesto esperou. Esperou a remexer as estantes, a folhear revistas, a ler a meia-voz os títulos dourados. De longe em longe tomava dum volume e perguntava ao francês acurvado na escrituração de um livro de capa preta:

— *Combien, monsieur?...*

E à resposta do homem repicava invariavelmente:

— *C'est très salé, c'est très salé, c'est très salé* — estribilho trauteado em surdina até que novo livro lhe empolgasse a atenção.

Empolgou-lha, logo depois, uma brochura esborcinada: *A maravilha*, de Ernesto Souza.

— Olé! Um xará! *Combien, monsieur?*

O livreiro, sem maior atenção, rosnou qualquer coisa, enquanto Ernesto, absorto no manuseio do livro, ia murmurando maquinalmente o *très salé*...

Leu-lhe o período inicial e o final, vezo antigo adquirido no colégio, onde colecionava num caderninho a primeira e a última frase de quanto livro lhe transitava pela carteira.

A maravilha era um desses romances esquecidos, que trazem o nome do autor à frente duma comitiva de identificações, à laia de passaporte à posteridade, muito em moda no tempo do onça:

ALFREDO MARIA JACUACANGA

(Natural do Recife)

3º anista da Escola de Medicina da Bahia

OU

DOUTOR CORNÉLIO RODRIGUES FONTOURA

Ex-lente disto, ex-diretor daquilo, ex-membro do Pedagogium, ex-deputado provincial, ex-cavaleiro da Cruz Preta, etc., etc.

Romances descabelados, onde há lágrimas grandes como punhos, punhais vingativos e virtudes premiadíssimas, de par com vícios arquicastigados pela intervenção final e apoteótica do Dedo de Deus — livros que a traça rendilhou nos poucos exemplares escapos à função, sobre todas bendita, de capear bombas de foguetes.

O período final rezava assim: "E um rubro fio de sangue correu do níveo seio da donzela apunhalada como uma víbora de coral num mármore pagão".

Ernesto, *né* de Oliveira mas d'Olivais por contingências estéticas, enrubesceu de apolíneo prazer. E assoou-se, demonstração muito sua de entusiasmo chegado a ponto de arrepio.

— Sim, senhor! Está aqui uma frase soberba! "Como víbora de coral..." Magnífico! E este "mármore pagão"...

Foi ter com o *monsieur* e leu-lha "com alma"; mas o tipo, absorvido numa adição, miou apenas o *oui, oui*, sem sequer erguer a cabeça.

Ernesto não comprou o livro (não era dois do mês) mas escondeu-o num desvão para que até o dia aquisitivo ninguém lhe pusesse a vista em cima.

Entrementes a chuva amainara.

Ernesto entreabriu a porta para a rua murmurejante e resolveu abalar.

— *Monsieur, au revoir!*

— *Oui, oui* — miou pela última vez o belchior.

Na rua endireitou para casa, ruminando que, sim, senhor, era ter fogo sagrado! Uma frase daquelas fazia um nome. O xará tinha talento. Bem dizia Victor Hugo nos *Miseráveis* que o gênio... é o gênio!

E foi pelo caminho a redizê-la com cariciosa unção, a remirá-la de todos os lados, sob todas as luzes. Degustou-a em surdina inúmeras vezes; pela forma, revendo o jeito com que a fixaram no papel os caracteres tipográficos;

pelas correlações associadas, evocando vagos helenismos clássicos que o padre mestre Jordão lhe embutira no cérebro a palmatoadas — Frineia, o cão de Alcebíades, as Termópilas, o barril de Diógenes.

Por fim, à noite, já a preciosa frase se lhe encrustara nos miolos, no lugar onde costumam encruar as ideias fixas. Chegou a repeti-la à dona Eucaris. Mas dona Eucaris, uma criatura sovada, toda virtudes conjugais e preocupações caseiras, interrompeu-o prosaicamente:

— E você trouxe, Nenesto, o pavio de lampião que encomendei?

Ernesto d'Olivais arrepanhou a cara num assomo de dó ante a chinfrinice mental da companheira. Dó, despeito e meia cólera, coisa rara em seu imo de amanuense gomoso e manso.

— Que pavio? Que me importa o pavio? Quem fala aqui de pavio? Ora não me aborreça com histórias de pavio!

E voltando-se para o canto (que a cena se passava na cama) embezerrou.

O sono dessa noite não foi bom conselheiro, e no dia seguinte Ernesto andou pela repartição mais meditativo que do costume, com olhos parados — olhos de cabra morta que olham sem ver.

É que uma ideia...

Não era bem uma ideia ainda, mas células vagas, destroços vogantes de ideias mortas, lampejos de ideias futuras, coisas tão afins que ao cabo de três dias se englobavam numa ideia-mãe de imperiosa vitalidade.

— Escrever um conto, uma simples "variedade", em linguagem bem caprichada, com floreados bem bonitos, arabescos de alto estilo... Duas ou três personagens — não gostava de muita gente. Um conde, uma condessa pálida, a cidade de Três Estrelinhas, o ano de 18... Como enredo, uma paixão violenta da condessa de X pelo pintor Gontran. Gostava muito deste nome. A cena, já se sabe, passava-se em França, que nunca achara jeito em personagens nacionais, vivendo em nosso meio, ao nosso lado. Perdiam o encanto. A narrativa vinha crescendo até engastar-se naquele final... oh, sim!... naquele final, porque, em suma, o conto só viveria para justificar a exibição daquela joia de "celinio lavor". E logo abaixo o seu nome por extenso: Ernesto da Cunha Olivais.

Esse remate furtado ao xará d'*A maravilha* insinuou-se aos poucos na consciência de Ernesto como coisa muito sua, propriedade artística indiscutível.

A maravilha, ora! Um miserável caco de livro cuja existência ninguém conhecia...

Plágio? Como plágio? Por que plágio? É tão comum duas criaturas terem a mesma ideia... Coincidência, apenas. E, além disso, quem daria pela coisa?

Ernesto era literato.

"Fazer literatura" é a forma natural da calaçaria indígena. Em outros países o desocupado caça, pesca, joga o murro. Aqui beletrea. Rima sonetos, escorcha contos ou tece desses artiguetes inda não classificados nos manuais de literatura, onde se adjetiva sonoramente uma aparência de ideia, sempre feminina, sem pé e raramente com cabeça, que goza a propriedade, aliás preciosa, de deixar o leitor na mesma. A gramática sofre umas tantas marradas, os tipógrafos lá ganham sua vida, as beldades se saboreiam na cândi-adjetivação e o sujeito autor lucra duas coisas: mata o tempo, que entre nós em vez de dinheiro é uma simples maçada, e faz jus a qualquer academia de letras, existente ou por existir, de Sapopemba a Icó.

Ernesto não fugira à regra. Em moço, enquanto vivia às sopas do pai à espera de que lhe caísse do céu um amanuensado, fundara *A Violeta*, órgão literário e recreativo, com charadas, sonetos, variedades e mais mimos de Apolo e Minerva. Redigiu depois certa folha "crítica, científica e literária" com dois "tt", *O Combatente*, que morreu aos sete meses, combatendo a gramática até no derradeiro transe. Compôs nesse intervalo, e publicou, um livro de sonetos, cuja impressão deu com o pai na miséria.

Incompreendido pelo público, que não percebia o advento de um novo gênio, Ernesto amargou como peroba da miúda, deixou crescer grenha e barba, esgrouviou-se e disse cobras cascavéis do país, do público, da crítica, de José Veríssimo e da "cambada" da Academia de Letras. Citava amiúde Schopenhauer e Kropotkin, mostrando tendências para saltar dum pessimismo inofensivo ao perigoso niilismo russo. Foi quando o pai, farto das atitudes teatrais do filho, meteu-o numa roda de guatambu e pô-lo fora de casa com um valente pontapé: — "Vá ganhar a vida, seu anarquista de borra!"

Ernesto, jururu, achegou-se a um tio influente na política e afinal cavou o empreguinho. No empreguinho amou, casou e tomou a seu cargo a seção "Conselhos úteis" d'*O Batalhado*r. Estava nisso quando ventou, choveu, entrou no sebo, pilhou *A maravilha* e patinhou como Hamlet no pego da indecisão, até que...

Ernesto, em tiras de papel do governo, lançou em belo cursivo um lindo começo bem arredondado:

"Era por uma dessas noites de abril, em que o céu recamado de estrelas lembra um manto negro com mil buraquinhos..."

Na roda de orçamentívoros que domingueiramente bebericavam o chá com torradas de dona Eucaris, todos afinados pela cravelha do Ernesto — vítimas imbeles da incompreensão — o conto estampado n'*O Lírio* causou agradável surpresa. O João Damasceno foi o primeiro a dar-lhe um abraço num vaivém de café.

— Olha, li o teu "Never more" n'*O Lírio*. Esplêndido! O final, então, divino! Tens miolo, meu caro! Pagas o chope?

Nesse dia Ernesto contou à esposa toda a vida do João, terminando cismático: É um caráter, Eucaris, um nobilíssimo caráter...

O capitão Prelidiano, chefe da sua seção, foi comedido e pausado como o convinha à eminência do seu tamanco: "Li o seu trabalho, senhor Ernesto e gostei; termina com brilhantismo; continue, continue..."

E o Claro Vieira? Fora brutal, esse.

— Que ótimo fecho arranjaste para o teu conto! O resto está pulha, mas o final é *un morceau de roi*!

O que nessa noite dona Eucaris ouviu relativo ao caráter baixo, infame e vil do Claro...

Ernesto entrou-se de receios. Pareceu-lhe que o Claro estava no segredo do "encontro de ideias". Como medida de precaução deu busca aos sebos em cata de quanto exemplar d'*A maravilha* empoava por lá. Encontrou meia dúzia, adquiriu-os e queimou-os, com grande assombro de dona Eucaris, que duvidou da integridade dos miolos maritais ao vê-lo transfeito em Torquemada de inocentes brochuras carunchosas.

Mas nem assim sossegou.

— Quem me assegura não existirem outras, espalhadas aí pelas bibliotecas públicas? Se ao menos houvesse eu variado a forma, conservando apenas a ideia...

Fora audacioso, não havia dúvida. Fora tolo, pois não.

— Sou uma besta, bem mo dizia o pai...

Ernesto arrependeu-se do plagiato — sim, porque, afinal de contas, vamos e venhamos, era um plágio aquilo! Sua consciência proclamava-o de cabeça erguida, reagindo contra as chicanas peitadas em provar o contrário. E Ernesto arrependia-se, sobretudo por causa do "Dizem..." d'*O Cromo*. Constava ser Claro o enredeiro daquelas maldades — e o Claro era impiedoso na mofina. Sabia revestir as palavras dum jossá urente de urtiga.

Fizera mal, sim, porque afinal de contas, um plágio... é sempre um plágio.

Quando no domingo seguinte recebeu *O Cromo*, tremeu ao correr os olhos pelo "Dizem...". Mas não vinha nada e respirou. No "Recebemos e Agradecemos" havia boa referência ao conto, muito elogiosa para o remate.

Também *A Dália* desse dia trouxe algo: "O conto do senhor F. é um desses etc., etc. O final é uma dessas frases que chispam beleza helênica, etc."

— O final, sempre o final! Estão todos apostados em fazerem-me perder a paciência. Ora pistolas!

Ernesto deblaterou contra os jornalistas, contra os amigos, contra os dez exemplares d'*O Lírio* em seu poder — dez arautos do seu crime. E queimou-os.

Na repartição, a um novo elogio do Damasceno, Ernesto rompeu desabridamente.

— Ora vá ser besta na casa da sogra!

Damasceno abriu a boca.

Nas palavras mais inocentes o pobre autor via alusões irônicas, diretas, claras, brutais. Num simples "bom dia" enxergava risinhos de mofa. O próprio capitão Prelidiano, honestíssima cavalgadura incapaz de ironias, afigurava-se-lhe o chefe da tropa.

Conspiravam contra ele, não havia dúvida.

Ernesto pôs-se em guarda. Fugiu aos amigos. Deu cabo do mate domingueiro. Não podia sequer ouvir falar em literatura, o assunto dileto de tantos anos. Emagreceu.

Dona Eucaris, pensabunda, matutava:

— Serão lombrigas?

E deu-lhe quenopódio às ocultas.

— Afinal...

— Afinal? É o diabo ser a vida tão pouco romântica como é! Os casos mais interessantes descambam a meio para o mais reles prosaísmo. Este do Ernesto d'Olivais, por exemplo. Merecia fim trágico, duelo ou quebramento de cara. Quando nada, uma remoçãozinha a pedido.

Mas seria mentir. Nem toda a gente encontra, como Ernesto, remates de estrondo à mão.

É o caso deste caso.

Ernesto adoeceu, mas sarou. O quenopódio revelou-se um porrete para o seu mal. Depois, com o decorrer do tempo, esqueceu o plágio. Os amigos esqueceram o "Never more". *O Lírio* morreu como morrem *Lírios*, *Dálias* e *Cromos*: calote na tipografia. Ernesto engordou. Já é major. Tem seis filhos. Continua a fazer literatura — clandestinamente, embora. E se encontrar a talho de foice um novo final de estrondo, plagiará de novo.

Moralidade há nas fábulas. Na vida, muito pouca — ou nenhuma...

O ROMANCE DO CHOPIM

Ouvíamos no cine a música precursora da primeira fita, quando entrou na sala um curioso casal. Ela, feiarona, na idade em que a natureza começa a recolher uma a uma todas as graças da mocidade, como a lavadeira recolhe as roupas do varal. Tirara-lhe já a frescura da pele e o viço da cor, deixando-lhe em troca as sardas e os primeiros pés de galinha. Tirara-lhe também os flexuosos meneios de corpo, a garridice amável, os tiques todos que, somados, formam essa teia de sedução feminina onde se enreda o homem para proveito multiplicativo da espécie. Quase gorda, as linhas do rosto entravam a perder-se num empaste balofo. Certa pinta da face, mimo que aos dezoito anos inspiraria sonetos, virara verruga, com um sórdido fio de cabelo no píncaro. No nariz amarelecido, o *pince-nez* clássico da professora que se preza. Em matéria de vestuário, suas roupas escuriças, mais atentas à comodidade do que à elegância, denunciavam a transição da "moda" para o "fora da moda".

Ele, bem mais moço, tinha um ar vexado e submisso de "coisa humana", em singular contraste com o ar mandão da companheira. O estranho do casal residia sobretudo nisso, no ar de cada um, senhoril do lado fraco, servil do lado forte. Inquilino e senhorio; quem manda e quem obedece; quem dá e quem recebe. Ela falava d'alto; ele ouvia de baixo e mansinho; caso evidente em que cantava a galinha e o galo chocava os pintos.

Meu amigo apontou o homem com o beiço e murmurou:

— Um chopim.

— Chopim? — repeti interrogativamente, estranhando a palavra que ouvia pela primeira vez.

— Quer dizer *marido de professora*. O povo alcunha-os desse modo por analogia com o passarinho preto que vive à custa do tico-tico. Conheces?

Lembrei-me da cena tão comum em nossos campos do tico-tico a pajear um graúdo filho de chopim, e pus-me a observar o casal com maior interesse, mormente depois de começada a fita, relíssima salgalhada francesa. Já eles não tiravam os olhos da tela, salvo o marido, que para melhor ouvir algum comentário da esposa não se limitava a dar-lhe ouvidos, dava-lhe olhos também.

— Os chopins — prosseguiu o meu cicerone — são homens falhos, *ratés* da virilidade — a moral, está claro, que a outra lhes é indispensável para o bom desempenho do cargo.

— Cargo?

— Cargo, sim. Eles desempenham o cargo importantíssimo de maridos. Em troca as esposas ganham-lhes a vida e dirigem os negócios do casal, desempenhando todos os papéis normalmente atribuídos aos machos. Tais mulheres apenas fazem aos maridos a concessão suprema de engravidarem por obra e graça deles, já que é impossível a revogação de certas leis naturais.

"Quando a mulher vai à escola, fica o chopim em casa cocando os filhos, arrumando a sala ou mexendo a marmelada. Há sempre para eles uma recomendaçãozinha à hora da saída para a aula.

"— As vidraças da frente estão muito feias. Você hoje, quando as Moreiras saírem, passe um pano com gesso. (As Moreiras são as vizinhas da frente.)

"O chopim acostuma-se à submissão e acaba usando em casa as saias velhas da mulher, para economia de calças."

— Para aí, homem de Deus! Do contrário acabas contando a história de um que chegou a dar à luz um crianço!...

A fita chegara ao fim. Surgiu o galo vermelho da Pathé, que boleou o pescoço num coricocó mudo e sumiu-se para dar lugar ao reacender das lâmpadas.

A mulher ergueu-se, espanejou-se e saiu, seguida do chopim solícito. Acompanhamo-los de perto, estudando o caso, e na rua, depois que os perdemos de vista, o meu amigo retomou o assunto.

— Em matéria de chopins conheço um caso interessante, que segui desde os primórdios.

"Eduardinho Tavares, filho de tio e sobrinha, nascera sem tara aparente, a não ser extrema dubiedade de caráter, uma timidez de menina do tempo em que a timidez nas meninas era moda. Espécie de criatura intermediária entre os dois sexos.

"Em criança brincava de boneca, de preferência às nossas touradas, ao jogo dos 'caviúnas', ao 'pegador'. Em meninote, enquanto os da sua idade descadeiravam gatos pela rua, lia *Paulo e Virgínia* à sombra das mangueiras, chorando sentidas lágrimas nos lances lacrimogênios.

"Fomos colegas de escola, e lembro-me que um dia lá nos apareceu Eduardo com um papagaio de miçanga verde, obra sua. Eu, estouvadão de marca, ri-me daquilo e escangalhei com a prenda, enquanto o maricas, abrindo uma bocarra de urutau, rompia num choro descompassado, como choram mulheres. Irritado, dei-lhe valentes cachações. Eduardo não reagiu; acovardou-se, humilhou-se, feito o meu carneirinho. Só procurava a mim dentre cem companheiros. Acamaradamo-nos daí por diante, o que me não impediu de o fazer armazém de pancadas. Por qualquer coisinha, uma cacholeta. Ele ria-se, meigo, e cada vez mais me rentava. Pus-lhe o apelido de Maricota. Não se zangou, gostou até, confessando achar mais graça nesse nome do que no seu.

"Hoje eu estudaria esse tipo à luz de Freud, como caso deveras notável; naquele tempo feliz da sadia ingenuidade limitava-me a tirar partido da sua submissão, transformando-o em peteca, em escravo, em coisa de que a gente põe e dispõe.

"Saídos do colégio continuamos camaradas, de modo que pude acompanhá-lo por um bom pedaço da vida afora. Nunca perdeu a timidez donzelesca. Fugia às meninas, sobretudo se eram românticas, ou acentuadamente mulheris — o meu gênero.

"Fez-se misógino.

"Por essas alturas casei-me — casei-me com a moça mais feminina da época, uma romântica escapulida a Escrich, dessas que têm medo às baratas e caem de fanico se um rato lhes corre pela sala — o meu gênero, enfim.

"Eduardo permaneceu solteiro, sempre às sopas do pai, até que este morreu e lhe deixou de herança uns prédios, mais uns títulos. Sem tino comercial, passaram-lhe a perna, comeram-lhe casas e apólices; quando o pobre rapaz abriu os olhos estava a nenhum. Recorrendo a mim para um bom conselho de arrumação de vida, vi que não dava para coisa nenhuma — e receitei-lhe professora.

"— Casa-te. Incapaz de ação como és, tua saída única se resume em tirar partido da tua qualidade de macho. Casa com moça rica, ou, então, com mulher trabalhadeira.

"Nada valeu o conselho. Eduardo não tinha jeito para requestar mãos femininas, quer bem aneladas, quer muito calejadas. Embaraçava-o a irredutível timidez.

"Mas o diabo as arma.

"Um belo dia apareceu na terra uma professora nova, mais ou menos ao molde desta de há pouco. Tipo de mulheraça máscula, angulosa, ar enérgico, autoritária. Gostava de discutir política, entendia de cavalos, lia jornais, tinha ideias sobre a seca do Ceará e o saneamento dos sertões. Apesar de bem conservada, andava perto dos quarenta, não fazendo nenhum mistério disso. Se não se casara até então, não é que fosse infensa ao matrimônio: — não achara ainda o seu tipo d'homem, dizia.

"Pois não é que o raio da pedagoga vê Eduardo e se engraça dele? Examina-o fulminantemente, como quem examina um cavalo; mira-o d'alto a baixo, interpela-o, dá-lhe balanço às ideias e aos sentimentos, pesa-lhe o valor monetário, pede-lhe, ou antes, toma-lhe a mão, leva-o à igreja e casa-o consigo.

"Foi um relâmpago tudo aquilo. Em três tempos namorado, noivado, casado e metido no gineceu, o pobre moço, quando abriu os olhos, estava chopim para todo o sempre.

"Dona Zenóbia sabia avir-se com a vida. Ganhava-a folgadamente. Além da escola particular que dirigia tinha a juros um pequeno capital que não cessava de crescer, colocado a quatro e cinco por cento ao mês, sob garantias de toda ordem. Casada, continuou à testa dos negócios; o marido, se aparecia nominalmente nalguma transação, era *pro forma*.

"Encarramujado em casa da professora, Eduardinho foi sonegado ao mundo e o mundo acabou esquecendo Eduardinho. Nunca mais o viram na rua, ou nas festas, sem ser pelo braço da mulher, na atitude encolhida daquele chopim do cinema.

"Um filho nasceu-lhes nesse entretempo, e começa aqui o mais engraçado da comédia.

"A tantas, dona Zenóbia deu de gabar as qualidades artísticas do esposo. Eduardo era um grande talento literário, capaz de obras deveras notáveis.

"— Vocês — dizia ela às professoras do colégio — não sabem que tesouro perderam. Eduardo saiu-me uma verdadeira revelação. É dessas criaturas privilegiadas que possuem o dom divino da arte, mas que às vezes passam a vida inteira sem se revelarem a si próprias. Aqueles seus modos, aquela timidez: gênio puro, minhas amigas! Vocês hão de vê-lo um dia aparecer qual meteoro, alcançar a glória e cair como um bólide dentro da Academia. Está escrevendo um romance que é um suquinho! Lindo, lindo!...

"Esse romance levou meses a compor-se. Todos os dias, no quarto de hora de folga que juntava as professoras na saleta de espera, dona Zenóbia vinha com notícias da obra.

"— Está ficando que dá gosto! O capítulo acabado esta manhã parece uma coisa do outro mundo!

"E desfiava o enredo. Era o caso dum moço loucamente apaixonado por uma donzela de cabelos loiros e olhos azuis. A primeira parte do romance ia toda na pintura desse amor, lindo como não havia outro, puro poema em prosa. E dona Zenóbia revirava os olhos, em êxtase.

"As outras professoras acabaram por interessar-se a fundo pelo romance de Eduardo — *Núpcias fatais*, o qual virara folhetim vocalizado aos pedacinhos, dia a dia, pela pitoresca dona Zenóbia.

"A notícia correu pela cidade e isso acabou reabilitando Eduardo da sua fama de zé-faz-formas, pax-vóbis e mais apelidos deprimentes de que é fértil o povo.

"— Como a gente se engana! — diziam. — Parecia uma lesma de pernas, ninguém dava nada por ele e no entanto é um romancista!...

"As professoras davam trela e o enredo das *Núpcias fatais* corria de boca em boca pela cidade, os lances de efeito gabados, com citação das melhores tiradas. *O Popular*, noticiando o aniversário do moço, consagrou-o — 'festejado homem de letras'.

"Dona Zenóbia sabia dosar a narração de modo a manter as professoras suspensas nos lances mais comoventes. Houve um trecho que as pôs pálidas de espanto. Era assim: Lúcia fora pedida pelo rival de Lauro, o galã infeliz. O pai de Lúcia e toda a família queriam o casamento, porque o monstro era riquíssimo, tinha casa em Paris, iate de recreio e um título de conde prometido pelo papa. Já o triste do Lauro, coitado, para cúmulo de desgraça perdera uma demanda e estava mais pobre que Job. As cartas em que ele contava isso a Lúcia eram de chorar! Todos contra o mísero e tudo a favor do monstro...

"O pai fizera uma cena horrível.

"— Antes ver-te morta do que ligada a esse miserável... poeta!

"E a coitadinha, alanceada no mais dolorido do coração, doida de amor, chorava noite e dia, encerrada no fundo de escura cela.

"— Pobre mártir! — exclamavam com um nó na garganta as compassivas professoras. — Por que não há de sair a sorte grande para um desditoso destes? Peça ao seu marido, dona Zenóbia, que lhe faça sair a sorte, sim?

"— Não pode. Prejudicaria o desfecho e, ademais, não é estético — respondeu preciosamente dona Zenóbia.

"E assim corria o tempo.

"O romance era à moda antiga, em vários volumes, sistema *Rocambole*. Já tinha acontecido o diabo. A moça fugira de casa, raptada em noite de tempestade pelo cavaleiro gentil; mas o dinheiro do monstro vencia tudo: foram presos e encarcerados, ela num convento, ele num calabouço infecto.

"Mas quem pode vencer o amor? O cavaleiro conseguira, iludindo os guardas, abrir um subterrâneo que ia ter ao convento. Que tarefa ingente! Como as professoras deliraram acompanhando a obra desesperada do homem-toupeira, a escavar com as unhas em sangue a terra fria!

"Venceu, porém; alcançou o pavimento da cela onde Lúcia chorava de amor e conseguiu falar-lhe. Que lance este, quando Lúcia percebe o estranho murmúrio da voz subterrânea que a chamava! Era a redenção, afinal!

"Entendem-se e combinam a fuga. Um barqueiro esperá-los-ia em tal lugar, à meia-noite, etc., etc.

"Dona Zenóbia parava nos trechos mais empolgantes, deixando a assembleia ora em lágrimas, ora em arroubos de indizível êxtase. Às vezes, quando estava de saia preta, em seus dias de azedume, não adiantava a novela de um passo sequer.

"— Hoje, descanso. Eduardo está com um pouco de dor de cabeça e não escreveu uma linha.

"As professoras ficavam pensativas...

"Chegou por fim o dia da fuga, ponto culminante da obra. Dona Zenóbia, perita na arte de armar efeitos, anunciou-o de véspera.

"— É amanhã o grande dia!

"— Mas escapam, dona Zenóbia? — indagou uma torturada do romantismo, com a mão no seio palpitante.

"— Não sei...

"— Pelo amor de Deus, dona Zenóbia! Eu não posso mais! Se o monstro ganha a partida ainda esta vez, diga logo, porque eu tiro umas férias e vou para a roça esquecer este maldito romance que já me está deixando histérica.

"— Paciência, filha! Como posso saber o que lá se passa na imaginação do artista?

"— Mas peça a ele, peça por nós todas, que desta vez não deixe os espiões do monstro descobrirem os fugitivos. Pelo menos agora. Mais tarde vá, mas agora eles precisam de uns meses de recompensa. Arre, que também é demais!...

"No dia seguinte dona Zenóbia apareceu sorridente. As professoras em ânsias, ao vê-la assim, criaram alma nova.

"— Então? — exclamaram palpitantes.

"Dona Zenóbia fez um muxoxo.

"— Esperem lá. A coisa vai a matar. Eduardo neste momento atinge o ponto culminante da obra. Deixei-o com o olhar em fogo — o fogo da inspiração! — os cabelos revoltos, a cabeça febril. É o momento supremo do *fiat*! Toda a obra depende deste fecho de abóbada. Como a solução do caso vem das profundas do subconsciente estético, e ainda não viera até a hora de eu sair, pedi-lhe que me comunicasse o resultado pelo telefone. Esperemos...

"As moças puseram os olhos no céu e as mãos no peito.

"— Meu Deus! — disse uma. — Estou com o coração aos pinotes! Se Lauro é preso, se os emboscados o matam... O monstro é capaz de tudo!

"Nisto, vibrou a campainha do telefone. Dona Zenóbia piscou para as amigas estarrecidas e foi atender.

"Ficaram todas no ar, imóveis, trocando olhares de interrogação, enquanto no compartimento vizinho dona Zenóbia conversava com o grande artista.

"— Ele não para de chorar, Zenóbia. Ao meu ver é cólica o que ele tem. Desde que você saiu que é um berro só. Já fiz tudo, dei chá de erva-doce, dei banho quente — nada! Berra que nem um bezerro!

"— Você já cantou o 'Guarani'?

"— Cantei tudo, o 'Guarani', o 'Tutu já lá vem', o 'Somos da pátria a guarda'... Mas é pior.

"— Deu camomila?

"— A camomila acabou. Quis mandar a negrinha buscar um pacote na botica, mas não achei o dinheiro...

"— Lerdo! E aqueles dois mil-réis de ontem? Não sobrou metade?

"— É que... é que comprei um maço de cigarros...

"— Sempre o maldito vício! Olhe atrás do espelho, perto da saboneteira azul, está uma pratinha de quinhentos. Mande buscar a camomila, mas no Ferreira, que a do Brandão não presta, é falsificada. Ferva uma pitada numa xícara d'água e dê às colherinhas. Dê também um clister de polvilho. Mudou os paninhos?

"— Três vezes, já.

"— Verde?

"— Verde carregado, como espinafre.

"— Bem. Eu hoje volto mais cedo. Faça o que eu disse, e fique com ele na rede. Cante a ária da *Mignon*, mas não berre como daquela vez, que assusta o menino. Em surdina, ouviu? Olhe: ponha já as fraldas sujas na barrela. Escute: veja se tem água no bebedouro dos pintos. A marmelada? Ora bolas! Deixe isso para amanhã. Bom, até logo!"

"Dona Zenóbia largou o fone e voltou às companheiras, que continuavam suspensas.

"— Estes artistas!... — começou ela. — Que é que vocês pensam que Lauro fez?

"— Fugiu! — disse uma.

"— Deixou-se prender! — aventou outra.

"— Suicidou-se! — declarou a terceira.

"— Ninguém adivinha. Lauro rompeu o pavimento; entrou na cela e depois de uma grande cena resolveu fazer-se frade!...

"Foi um *oh!* geral de desapontamento. Aquele fim imprevisto decepcionara a todas. Protestaram, e dona Zenóbia, condoída, voltou atrás.

"— Estou brincando. Eduardo está hoje com uma dor de cabeça danada e eu o aconselhei a descansar um bocadinho. Ficou para outro dia o fim. Esperemos."

"O romance do chopim tem hoje onze anos. Já é menino de escola. Chama-se Lauro e, para reabilitação do sexo barbado, puxou o caráter da mãe."

1920

CAFÉ! CAFÉ!

E o velho major recaiu em cisma profunda. A colheita não prometia pouco: florada magnífica, tempo ajuizado, sem ventanias nem geadas. Mas os preços, os preços! Uma infâmia! Café a seis mil-réis, onde se viu isso? E ele que anos atrás vendera-o a trinta! E este governo, santo Deus, que não protege a lavoura, que não cria bancos regionais, que não obriga o estrangeiro a pagar o precioso grão a peso de ouro!

E depois não queriam que ele fosse monarquista... Havia de ser, havia de detestar a República porque era ela a causa de tamanha calamidade, ela com seu Campos Sales de bobagem.

Que tempos! Pois até o Chiquinho Alves, um menino que ele vira em fraldas de camisa brincando na rua, não estava agora na chapa oficial para deputado? Que tempos!

E com as magras mãos de velho engorovinhado o major torcia com frenesi os bigodes amarelos de sarro.

Todo ele recendia a passado e rotina. Na cabeça já branca habitavam ideias de pedra. Como essas famílias de caboclos que vegetam ao pé dos morros numa casa de palha, cercada de taquara, com um terreirinho, moenda e o chiqueiro e toda a imensidade azul e verde das serras e dos céus a insuladas da civilização, assim a cabeça do major. As primeiras ideias que ali abicaram, e isso já de sessenta anos, nas remotas eras do bê-á-bá na escola do Ganimedes, meteram a foice na capoeira, fincaram os paus da cerca, aprumaram os esteios da morada, cobriram-na de sapé; e lentamente, à medida que vinham entrando, compelidas pela vara de marmelo e a rija palmatória do feroz pedagogo, foram erigindo a casa mental do nosso herói. Depois, no começo da vida prática, como administrador da fazenda paterna, novas ideias e novos conhecimentos, filhos da experiência, tiveram guarida na choça daquele cérebro, acrescendo-o de mais uns puxados ou telheirinhos. Juízos sobre o governo, apreciações sobre Suas Majestades, conceitos transmitidos por pais de família e coronéis da Guarda Nacional, ideias religiosas embutidas pelo roliço padre Pimenta, oráculo da família, receitas para quebrantos, a trenzama toda moral e intelectual da sua psíquica de matuto ricaço, por lá se arrumou com o tempo, apesar do acanhamento da choça e das dependências. Para o chiqueirinho foram as anedotas frescas e as chalaças pesadas aprendidas na botica do Zeca Pirula. E ficou nisso o meu major; se uma ideiazita nova voava para ele, batia de peito em seus ouvidos moucos, como rolinhas em paredes caiadas, caindo morta no chão; ou como borboleta em casa aberta, entrava por uma orelha e saía por outra. Ficou naquilo o major Mimbuia, uma pedra, um verdadeiro monólito que só cuidava de colher café, de secar café, de beber café, de adorar o café. Se algum atrevido ousava insinuar-lhe a necessidadezinha de plantar outras coisinhas, um mantimentozinho humilde que fosse, Mimbuia fulminava-o com apóstrofes.

— O café dá para tudo. Isso de plantar mantimento é estupidez. Café, só café.

— Mas, com seu perdão, major, se algum dia, que Deus nos livre, o café baixar e...

— O café não baixa e se baixar sobe de novo. Vocês não entendem dessa história — e depois, olhe, eu não admito ideias revolucionárias em minha casa, já ouviu?

E estava acabado, o pedreiro livre murchava as orelhas e abalava de rabo encolhido.

Veio, porém, a baixa; as excessivas colheitas foram abarrotando os mercados, dia a dia os estoques do Havre e de Nova York aumentavam, os preços baixavam sempre, cada vez mais; chegaram a dez mil-réis, a nove, a oito, a seis. O major ria-se e limpando as unhas profetizava: "Em janeiro o café está a 35 mil-réis".

Chegou janeiro; o café desceu a cinco mil e quinhentos. "Em fevereiro eu aposto que vai a quarenta!" Foi a cinco.

O major emagrecia. "Em março eu juro pela alma de meu pai, que Deus haja, como o café há de subir a 45 mil-réis!" O café em março desceu a quatro.

O major enlouquecia. Estava à míngua de recursos, endividado, a fazenda penhorada, os camaradas desandando, os credores batendo à porta. Já ia para três anos que o produto das safras não bastava para cobrir o custeio. Três déficits sucessivos devoraram-lhe as economias e estancaram as fontes.

Mas o velho não desanimava. O cafezal estava um brinco, sem um pezinho de capim. As casas desmoronavam, o mato viçava nos terreiros, invadindo as tulhas, inundando tudo de clara verdura vitoriosa, o caruru já estava cansado de nascer nos lugares proibidos onde, outrora, nem bem repontava medroso, já vinha um negro cambaio a arrancá-lo sem dó. O major passava a mandioca assada e canjica: nem pitava mais daqueles longos cigarros de palha, por economia. Todo dinheirinho que entrava das vendas do gado, de pedaços de terra, de empréstimos, de velhas dívidas pagas, tudo ia para o Moloch insaciável do cafezal. Chegado o tempo da colheita, colhia muito, as safras eram ótimas, porém o produto das vendas nenhum alívio trazia à situação, antes agravava-a com um novo déficit. E como não, se o café estava beirando os três mil a arroba e lhe saía a seis a produção de cada uma?

Aconselharam-lhe o plantio de cereais; o feijão andava caro, o milho dava bom lucro. Nada! O homem encolerizava-se e rugia:

— Não! Só café! Só café! Há de subir, há de subir muito. Sempre foi assim. Só café. Só café!

E ninguém o tirava dali. A fazenda era uma desolação, a penúria extrema; os agregados andavam esfomeados, as roupas em trapos, imundos, mas a trabalhar ainda, a limpar café, a colher café, a socar café. Os salários, caídos no mínimo, uma ninharia, o quanto bastasse para matar a fome. O velho roía as unhas rancorosamente, vomitando injúrias contra os tempos modernos, contra a estrangeirada, o governo, os comissários, numa cólera perene, e trabalhava no eito com os camaradas a limpar café, a colher café.

— Sobe, há de subir, há de chegar a trinta mil-réis.

Para sustentar a luta vendeu uma nesga da fazenda — um pedaço da sua própria carne.

Depois vendeu outra, mais outra e outra. O Moloch insaciável, porém, engoliu tudo e pediu mais. Ele vendeu mais: vendeu os pastos, vendeu por fim a casa de morada com todas as benfeitorias e foi residir num ranchinho no cafezal.

A situação piorava, os preços continuavam a cair, o velho já estava sem unhas para roer e sem mandioca para se alimentar. Só possuía o cafezal, sempre limpo, sempre sem um matinho. Um dia desertou uma leva de camaradas: outros seguiram aqueles e em breve Mimbuia viu-se completamente só no seu ranchinho do cafezal. Levantava-se antes de clarear o dia e saía de enxada em punho, numa raiva surda, a capinar, a capinar o dia inteiro como um possesso.

Depois, como o cafezal fosse grande e ele um só, o mato brotou luxuriante, numa alegria verde-claro de vitória. O velho, possesso, dentes cerrados, surdo ao sol e à chuva, seminu, esfarrapado e macilento, baba a escorrer dos cantos da boca, torrado pela soalheira, sujo de terra, já não podendo vencer o mato exuberante, andava a arrancar as ervas mais atrevidas ou graúdas, catando uma aqui, outra ali.

A luta era gigantesca, de vida ou de morte. Pelo cafezal todo as ruas outrora vermelhas e varridas eram extensas faixas do verde vitorioso. A beldroega alastrava-se, o caruru já florescia, o picão derrubava as sementes novas para nova seara mais farta e pujante.

Pintassilgos inúmeros trilavam pelo chão banqueteando-se à farta nas sementes dos capins. As rolinhas rebolavam, arrulhando, roliças, de papinho duro. Os tico-ticos, como legiões de bárbaros, tagarelavam fabricando ninhos, pondo ovos, chocando-os, tirando ninhadas famintas. O sol rompia todas as madrugadas, fecundo, forte, vencedor, criando seiva intensa, acariciando as ervas transbordantes. Chuvas contínuas davam à terra magnífica um fofo de alfobre. O velho Mimbuia estava um espectro, já nu de todo, os olhos esbugalhados a se revirarem nas órbitas com desvario. Um espectro sem carnes, só pele calcinada e ossos pontiagudos. Mas quando a boca se abria naquela barba hirsuta, o que vinha era uma coisa só:

— Há de subir, há de subir, há de chegar a sessenta mil-réis em julho. Café, café, só café!...

1900

UM HOMEM HONESTO

— Excelente criatura! Dali não vem mal ao mundo. E honesto, ah! honesto como não existe outro — era o que todos diziam do João Pereira.

João Pereira trabalhava em repartição pública. Estivera a princípio num tabelionato, e depois no comércio como caixeiro do empório Ao Imperador dos Gêneros.

Deixou o empório por discordância com a técnica comercial do imperante, que toda se resumia no velhíssimo lema: gato por lebre. E deixou o cartório por não conseguir aumentar com extras o lucro legal do honradíssimo tabelião. Atinha-se ao regimento de custas, o ingênuo, como se aquilo fora a tábua da lei de Moisés, coisa sagrada.

Na repartição vegetava já de dez anos sem conseguir nunca mover passo à frente. Ninguém se empenhava por ele, e ele, por honestidade, não orgulho, era incapaz de recorrer aos expedientes com tanta eficácia empregados pelos colegas na luta pela promoção.

— Quero subir por merecimento, legalmente, ho-nes-ta-men-te! — costumava dizer, provocando risinhos piedosos nos lábios dos que "sabem o que é a vida".

João Pereira casara cedo, por amor — não compreendia outra forma de casamento — e já tinha duas filhas mocetonas. Como fossem sobremaneira curtos os seus vencimentos, a pequena família remediava-se com a renda complementar dos trabalhos caseiros. Dona Maricota fazia doces; as meninas faziam crochê — e lá empurravam a pulso o carrinho da vida.

Viviam felizes. Felizes, sim! Nenhuma ambição os atormentava e o ser feliz reside menos na riqueza do que nessa discreta conformidade dos humildes.

— Haja saúde que vai tudo muito bem — era o moto de João Pereira e dos seus.

Mas veio um telegrama...

Nos lares humildes telegrama é acontecimento de monta, anunciador certo de desgraça. Quando o estafeta bate na porta e entrega o papelucho verde, os corações tumultuam violentos.

— Que será, santo Deus?

Não anunciava desgraça aquele. Um tio de João Pereira, residente no interior, convidava-o a servir de padrinho no casamento da filha.

Era distinção inesperada e Pereira, agradecido, foi. E muito naturalmente foi de segunda classe, porque nunca viajara de primeira, nem podia.

Bem recebido, apesar de sua roupa preta fora da moda, funcionou gravemente de testemunha, disse aos nubentes as chalaças do uso, comeu os doces da festa, beijou a afilhada e no dia seguinte se fez de volta.

Acompanharam-no à estação o tio e os noivos, amáveis e contentes; mas protestaram indignados ao vê-lo meter a maleta num carro de segunda.

— Não admitimos!... Tem que ir de primeira.

— Mas se já comprei o bilhete de volta...

— É o de menos — contraveio o tio. — Mais vale um gosto do que quatro vinténs. Pago a diferença. Tinha graça!...

E comprou-lhe bilhete de primeira, sacudindo a cabeça:

— Este João...

João Honesto, assim forçado, pela primeira vez na vida embarcou em vagão de luxo, e o conforto do *Pullman*, mal o trem partiu, levou-o a meditar sobre as desigualdades humanas. A conclusão foi dolorosa. Verificou que é a pobreza o maior de todos os crimes, ou, pelo menos, o mais severa e implacavelmente punido.

Aqui, por exemplo, neste vagão dos ricos, refletia ele: poltronas de couro, boas molas no *truck*, asseio meticuloso, janelas amplas, criado às ordens. Tudo pelo melhor. Já nos carros dos pobres é o reverso, demonstrando-se o propósito de castigar com requinte de crueldade o crime de pobreza dos que neles embarcam. Nada de molas nos *trucks* para que o rodar áspero, solavancado, faça padecer a carne humilde. Nos bancos de tábua, tudo reto e anguloso, sem sequer um boleio que favoreça o repouso das nádegas. Bancos feitos de tabuinhas estreitas, separadas entre si de modo a martirizar o corpo. O espaldar — uma tábua a prumo — vai só até meia altura, negando assim a esmolinha dum apoio à triste cabeça do "sentado". Bancos, em suma, que parecem estudados pacientemente por grandes técnicos da judiaria com o fim de obter o mínimo de comodidades no máximo de possibilidades torturantes. As janelas sem vidraças, só de venezianas, dir-se-iam ajeitadas ao duplo fim de impedir o recreio da vista e canalizar para dentro todo o pó de fora. Nada de lavatórios: o pobre deve ser mantido na sujeira. Água para beber? Vá ter sede na casa do senhor seu sogro!

João sorriu. Veio-lhe à ideia lindo "melhoramento" escapo à sagacidade dos técnicos: encanar para dentro dos vagões de segunda a fumaça quente da locomotiva.

— Incrível não terem ainda pensado nisso!...

Lembrou-se depois dos teatros, e viu que eram a mesma coisa. As torrinhas são construídas de jeito a manter bem viva na consciência do espectador a sua odiosa condição social.

— És pobre? Toma! Aguenta a dor de espinha do banco sem espaldar nos trens e nos teatros resigna-te a não ver nem ouvir o que vai no palco.

João Pereira ainda filosofava estas desconsoladoras filosofias, quando o trem chegou.

Desembarcaram todos — à rica, pacotes e malas por mãos de solícitos carregadores. Só ele conduzia a sua, pequenina mala barata de papelão a fingir couro.

Saiu. Na rua, porém...

— *Diário P'ular, Plateia*...

... lembrou-se dum jornal comprado em caminho e que deixara no carro. Não vale nada um jornal lido? Vale, sim, e tanto que Pereira voltou depressa a buscá-lo. Sempre é um bocado a mais de papel na casa. Ao penetrar no *Pullman* vazio tropeçou num pacote largado no chão.

— Não sou eu só o esquecido! — refletiu Pereira a sorrir, apanhando-o.

A curiosidade não é privilégio das mulheres. João apalpou o pacote, cheirou-o e por fim rasgou de leve um canto do invólucro.

— Dinheiro!

Era dinheiro, muito dinheiro, um pacotão de dinheiro!

Pereira sentiu um tremelique d'alma e corou. Se o vissem naquele momento, sozinho no carro, com o pacote a queimar-lhe as mãos... "Pega o larápio!" Esqueceu do jornal lido e partiu incontinente à procura do chefe da estação.

— Dá licença?

O chefe interrompeu o que fazia e olhou-o com displicência.

— Encontrei num carro do expresso este pacote de dinheiro.

À magica voz de dinheiro o chefe perfilou-se e, arregalando os olhos num dos bons assombros da sua vida, exclamou pateticamente:

— Dinheiro?!...

— Sim, dinheiro — confirmou João. — Num carro do expresso. Eu voltava de Himenópolis, e ao desembarcar...

— Deixe ver, deixe ver...

João depôs sobre a mesa o pacote. Com os óculos erguidos para a testa, o chefe desfez o amarrilho, desembrulhou o bolo e assombrado viu que era na verdade dinheiro, muito dinheiro, um dinheirão!

Contou-o, com dedos comovidos.

Pasmou. Encarou a fito o homem sobrenatural.

— Trezentos e sessenta contos!

Piscou. Abriu a boca. Depois, erguendo-se, disse em tom sincero, espichando-lhe a mão:

— Quero ter a honra de apertar a mão do homem mais honesto que ainda topei na vida. O senhor é a própria honestidade sob forma humana. Toque!

João apertou-lha humildemente, e também a de outros auxiliares que se haviam aproximado.

— O seu caso — continuou o chefe — marcará época. Há trinta anos que sirvo nesta companhia e nunca tive conhecimento de coisa idêntica. Dinheiro perdido é dinheiro sumido. Só não é assim quando o encontra um... como é o seu nome?

— João Pereira, para o servir.

— Um João Pereira, o Honrado. Toque de novo!

João saiu nadando em delícias. A virtude tem suas recompensas, deixem falar, e a consciência dum ato como aquele cria n'alma inefável estado de êxtase. João sentia-se muito mais feliz do que se tivera no bolso, suas para sempre, aquelas três centenas de contos.

Em casa narrou o fato à mulher, minuciosamente, sem todavia indicar o *quantum* achado.

— Fez muito bem — aprovou a esposa. — Pobres, mas honrados. Um nome limpo vale mais do que um saco de dinheiro. Eu sempre o digo às meninas e puxo o exemplo deste nosso vizinho da esquerda, que está rico, mas sujo como um porco.

João abraçou-a comovido e tudo teria ficado por ali se o demônio não viesse espicaçar a curiosidade da honrada mulher. Dona Maricota, depois do abraço, interpelou-o:

— Mas quanto havia no pacote?
— Trezentos e sessenta contos.

A mulher piscou seis vezes, como se jogada de areia nos olhos.

— Quan... quan... quanto?
— Tre-zen-tos e ses-sen-ta!

Dona Maricota continuou a piscar por vários segundos. Em seguida arregalou os olhos e abriu a boca. A palavra dinheiro nunca lhe sugerira a ideia de contos. Pobre que era, dinheiro significava-lhe cem, duzentos, no máximo quinhentos mil-réis. Ao ouvir a história do pacote imaginou logo que se trataria aí duns centos de mil-réis apenas. Quando, porém, soube que a soma atingia a vertigem de trezentos e sessenta contos, sofreu o maior abalo de sua existência. Esteve uns momentos estarrecida, com as ideias fora do lugar. Depois, voltando a si de salto, avançou para o marido num acesso de cólera histérica, agarrou-o pelo colarinho, sacudiu-o nervosamente.

— Idiota! Trezentos e sessenta contos não se entregam nem à mão de Deus Padre! Idiota! Idiota!... Idioooota...

E caiu numa cadeira, tomada de choro convulso.

João pasmou. Seria possível que morasse tantos anos com aquela criatura e ainda lhe não conhecesse a alma a fundo? Tentou explicar-lhe que seria absurdo variar de proceder só porque variava a quantia; que tanto é ladrão quem furta um conto como quem furta mil; que a moral...

Mas a mulher o interrompeu com outra série de "idiotas" esganiçados, histéricos, e retirou-se para o quarto, descabelando-se, louca de desespero.

As filhas estavam na rua; quando voltaram e souberam do caso, puseram-se incontinente ao lado da mãe, furiosíssimas contra a *tal honestidade* que lhes roubava uma fortuna.

— Você, papai...

João quis impor a sua autoridade paterna. Ralhou, e fê-las ver quão indecoroso era pensarem de semelhante maneira. Foi pior. As meninas riram-se, escarninhas, e deram de suspirar com o pensamento posto na vida de regalos que teriam se o pai possuísse melhor cabeça.

— Automóvel, um bangalô em Higienópolis, meias de seda...

— ... com *baguettes*...

— ... chapéus de Mme. Lucille, vestido de tafetá...

— Tafetá? Seda *lamée*!...

— Meninas! — esbravejou Pereira. — Eu não admito!

Elas sorriram com ironia e retiraram-se da sala, murmurando com desprezo.

— Coitado! Até dá dó!

Aquele nunca imaginado desrespeito magoou-o inda mais do que a repulsa da mulher. Pois quê?! Ter aquela recompensa uma vida inteira de sacrifícios norteados no culto severo da honra? Insultos da esposa, censura e sarcasmo das filhas? Teria, acaso, errado?

Verificou que sim. Errara num ponto. Devia ter entregue o dinheiro em segredo, de modo que ninguém viesse a ter notícia do incidente...

Os jornais do dia seguinte trouxeram notas sobre o grande acontecimento. Louvaram com calor aquele "gesto raro, nobilíssimo, denunciador das finas qualidades morais que alicerçam o caráter do nosso povo".

A mulher leu a notícia em voz alta, por ocasião do almoço, e como não houvesse sobremesa disse à filha:

— Leva, Candoca, leva este elogio ao armazém e vê se nos compra com ele meio quilo de marmelada...

João encarou-a com infinita tristeza. Não disse palavra. Largou o prato, ergueu-se, tomou o chapéu e saiu.

Na repartição consolou-se. Receberam-no com parabéns e louvores.

— O teu ato é daqueles que nobilitam a espécie humana — disse, dando-lhe a mão, um companheiro. — Toque.

Pereira apertou-lha, mas já sem comoção nenhuma, preferindo no íntimo que não lhe falassem naquilo.

Estavam todos curiosos de saber como fora a coisa e rodearam-no.

— Conta por miúdo a história, João.

— Muito simples — respondeu ele com secura. — Encontrei um pacote de dinheiro que não era meu e entreguei-o, aí está.

— Ao dono?

— Não. A um chefe, a um chefe lá...

— Muito bem, muito bem. Mas, escuta: não devias ter entregue o dinheiro antes de saber a quem pertencia.

— Perfeitamente — acudiu outro. — Antes de saber a quem pertencia e antes que o dono reclamasse...

— ... e provasse — pro-vas-se, entendes? — que era dele! — concluiu um terceiro.

João irritou-se.

— Mas que é que têm vocês com isso? Fiz o que a minha consciência ordenava e pronto! Não compreendo essa meia honestidade que vocês preconizam, ora bolas!

— Não se abespinhe, amigo. Estamos dando nossa opinião sobre um fato público que os jornais noticiaram. Você hoje é um caso — e os casos debatem-se.

O chefe de seção entrou nesse momento. A palestra cessou. Cada qual foi para sua mesa e João absorveu-se no trabalho, de cara amarrada e coração pungido.

À noite, na cama, já mais conformada, dona Maricota voltou ao assunto.

— Você foi precipitado, João. Não devia ter tanta pressa em entregar o pacote. Por que não o trouxe primeiro aqui? Eu queria ao menos ver, pegar...

— Que ideia! "Ver, pegar"...

— Já contenta uma pé-rapada como eu, que nunca enxergou pelega de quinhentos. Trezentos e sessenta contos!...

— Não suspire assim, Maricota! Basta a cena de ontem.

— Impossível. É mais forte do que eu...

— Mas, venha cá, Maricota, fale sinceramente, fale de coração: acha mesmo que fiz mal procedendo honestamente?

— Acho que você devia ter trazido o dinheiro e devia consultar-me. Guardávamos o pacote e esperávamos que o dono o reclamasse — e provasse — pro-vas-se que era dele...

— Dava na mesma. Esse dinheiro nunca seria meu.

— Ficava sendo, é boa! Mas, olhe João, você nunca pensou bem. Você não tem boa cabeça. É por isso que vivemos toda vida esta vidinha miserável, comendo o pão que o diabo amassou...

— "Vidinha miserável!"... Sempre fomos felizes, nunca percebemos que éramos pobres...

— Sim, mas percebo-o agora, porque só agora nos surgiu a ocasião de enriquecer. Foi uma sorte grande que Deus nos mandou.

— "Deus"...

— Deus, sim, e você o ofendeu afastando-a com o pé. Poderíamos estar ricos, fazendo caridade, beneficiando os doentes... Quanta coisa! Mas a *tal honestidade*...

— "A tal honestidade!..."

— Sim, sim! Tudo tem conta na vida, homem! Ladrão é quem furta um; quem pega mil é barão, você bem sabe. Veja os seus companheiros. O Nunes, que começou com você no cartório, já ronca automóvel e tem casa.

— Mas é um gatuno!

— Gatuno, nada! O Claraboia, esse já tem fábrica de chapéus. O seu Miguel — até quem, meu Deus! — comprou outro dia um terrenão em Vila Mariana.

— Mas é um passador de nota falsa, mulher!

— Passador de nota falsa, nada! Tem boa cabeça, é o que é. Não vai na onda. Não é um trouxa como você...

E não teve mais arranjo a vida do homem honrado. Adeus, paz! Adeus, concórdia! Adeus, humildade! A casa tornou-se-lhe um perfeito inferno. Só se ouviam suspiros, palavras duras. João perdeu a esposa. Impossível reconhecer na meiga companheira de outrora a criatura amarga, irredutível de ideias, que a visão dos trezentos e sessenta contos produzira.

E aquele coro que com ela faziam as meninas, sempre irônicas, sarcásticas...

— O vestido da Climene custou quinhentos mil-réis. Quando teremos um assim!

— Pois, olhe, às vezes a gente *acha* na rua vestidos assim, não um, mas centenas...

— Que adianta? *Acha,* mas *desacha...*

E suspiros.

Também na repartição foi-se-lhe o sossego. Todos os dias torturavam-no com alusões e indiretas irônicas.

Certa vez um dos colegas disse logo ao entrar:

— Sabem? Encontrei na rua um lindo broche de brilhantes.

— E levaste-o logo ao *chefe*, digo, ao Gabinete dos Objetos Achados...

— Não sou nenhum trouxa! Levei-o, sim, ao prego. Deu-me trezentos e sessenta mil-réis — e desde já vos convido a todos para uma vasta farra no domingo próximo.

— Vai também, seu Pereira?

O mártir não respondeu, fingindo-se absorto no trabalho.

— Não dá a honra... É um homem honéééésto... Raça privilegiada, superior, que não se mistura, que não liga... Pois vamos nós, beber à beça, beber o broche inteirinho! Nem todos nascem com vocação para santo do calendário.

E o pior foi que desde o malfadado encontro do dinheiro João Pereira entrou a decair socialmente. Parentes e conhecidos deram de fazer pouco caso no "trouxa". Se alguém lhe lembrava o nome para algum negócio, era fatal o sorrisinho de piedade.

— Não serve, o João não serve. É um coitado...

Convenceram-se todos de que João Pereira não era "um homem do seu tempo". O segredo de todas as vitórias está em ser um homem do seu tempo...

Seis meses depois o descalabro da casa era completo. Perdida a alegria de outrora, dona Maricota azedara de gênio. Vivia num desânimo, lambona, descuidada dos afazeres domésticos, sempre aos suspiros.

— Para que lutar? Nunca sairemos disto... As ocasiões não aparecem duas vezes e quem deixa de agarrá-las pelos cabelos está perdido.

Aquele desleixo agravou a situação financeira da casa. Todos os encargos recaíam agora sobre os ombros do chefe, cujo ordenado não aumentava.

João enjoou-se da vida e perdeu o ânimo de vivê-la até o fim. Desejou a morte e acabou pensando no suicídio. Só a morte poria termo àquele martírio de todos os momentos, forte demais para uma alma bem formada como a sua.

Um dia o proprietário do prédio suspendeu o aluguel. Dona Maricota deu a notícia ao marido, cheia de indiferença.

— Esteve cá o homem da casa e disse que do próximo mês em diante são mais cinquenta...

— Mais cinquenta mil-réis, sim, ali na ficha! Ou, então, olho da rua!

— Mas é uma exploração miserável! — exclamou Pereira. — A casa é um pardieiro e nós não podemos, positivamente não podemos...

— Pois é. E quando uns diabos destes perdem pacotes — porque você bem sabe que só eles possuem pacotes para perder — inda aparece quem lhos restitua.. Você está vendo agora como eles formam os tais pacotes. Arrancando o pão da boca duns miseráveis como nós — dos *honestos*...

— Pelo amor de Deus, Maricota, não me fale mais assim que sou capaz duma loucura!...

— Está arrependido? Está convencido de que foi tolo? Pois quando encontrar outro pacote faça o que todos fariam: meta-o no bolso. Quem rouba a ladrão tem cem anos de perdão.

Estavam à mesa, sozinhos, tomando o magro café da noite.

— E você ainda não sabe de uma coisa — continuou ela depois duma pausa, como indecisa se contaria ou não.

— Que é?

— Disse-me hoje a Ligiazinha que você anda por aí de apelido às costas...

— Quê?

— *João Trouxa*! Ninguém diz mais Pereira...

O mártir ergueu-se, lançado por violento impulso interno.

— Basta! — exclamou, num tom de desvario que assustou a mulher — e largando de chofre a xícara retirou-se para o quarto precipitadamente.

Dona Maricota, ressabiada, susteve a sua caneca a meio caminho da boca. E assim ficou, suspensa, até que tombou para trás, estarrecida.

Reboara no quarto um tiro — o tiro que matou o último homem honesto...[1]

1923

---

[1] João Pereira não era na realidade o último homem honesto, e sim o penúltimo. O último é o engenheiro Prestes Maia, prefeito de São Paulo.

NEGRINHA

NEGRINHA

Negrinha era uma pobre órfã de sete anos. Preta? Não; fusca, mulatinha escura, de cabelos ruços e olhos assustados.

Nascera na senzala, de mãe escrava, e seus primeiros anos vivera-os pelos cantos escuros da cozinha, sobre velha esteira e trapos imundos. Sempre escondida, que a patroa não gostava de crianças.

Excelente senhora, a patroa. Gorda, rica, dona do mundo, amimada dos padres, com lugar certo na igreja, o camarote de luxo reservado no céu. Entaladas as banhas no trono (uma cadeira de balanço na sala de jantar), ali bordava, recebia as amigas e o vigário, dando audiências, discutindo o tempo. Uma virtuosa senhora em suma — "dama de grandes virtudes apostólicas, esteio da religião e da moral", dizia o reverendo.

Ótima, a dona Inácia.

Mas não admitia choro de criança. Ai! Punha-lhe os nervos em carne viva. Viúva sem filhos, não a calejara o choro da carne de sua carne, e por isso não suportava o choro da carne alheia. Assim, mal vagia, longe, na cozinha, a triste criança, gritava logo nervosa:

— Quem é a peste que está chorando aí?

Quem havia de ser? A pia de lavar pratos? O pilão? O forno? A mãe da criminosa abafava a boquinha da filha e afastava-se com ela para os fundos do quintal, torcendo-lhe em caminho beliscões de desespero.

— Cale a boca, diabo!

No entanto, aquele choro nunca vinha sem razão. Fome quase sempre, ou frio, desses que entanguem pés e mãos e fazem-nos doer...

Assim cresceu Negrinha — magra, atrofiada, com os olhos eternamente assustados. Órfã aos quatro anos, por ali ficou feito gato sem dono, levada a pontapés. Não compreendia a ideia dos grandes. Batiam-lhe sempre, por ação ou omissão. A mesma coisa, o mesmo ato, a mesma palavra provocava ora risadas, ora castigos. Aprendeu a andar, mas quase não andava. Com pretexto de que às soltas reinaria no quintal, estragando as plantas, a boa senhora punha-a na sala, ao pé de si, num desvão da porta.

— Sentadinha aí, e bico, hein?

Negrinha imobilizava-se no canto, horas e horas.

— Braços cruzados, já, diabo!

Cruzava os bracinhos a tremer, sempre com o susto nos olhos. E o tempo corria. E o relógio batia uma, duas, três, quatro, cinco horas — um cuco tão engraçadinho! Era seu divertimento vê-lo abrir a janela e cantar as horas com a bocarra vermelha, arrufando as asas. Sorria-se então por dentro, feliz um instante.

Puseram-na depois a fazer crochê, e as horas se lhe iam a espichar trancinhas sem fim.

Que ideia faria de si essa criança que nunca ouvira uma palavra de carinho? Pestinha, diabo, coruja, barata descascada, bruxa, pata-choca, pinto gorado, mosca-morta, sujeira, bisca, trapo, cachorrinha, coisa-ruim, lixo — não tinha conta o número de apelidos com que a mimoseavam. Tempo houve em que foi bubônica. A epidemia andava na berra, como a grande novidade, e Negrinha viu-se logo apelidada assim — por sinal que achou linda a palavra. Perceberam-no e suprimiram-na da lista. Estava escrito que não teria um gostinho só na vida — nem esse de personalizar a peste...

O corpo de Negrinha era tatuado de sinais, cicatrizes, vergões. Batiam nele os da casa todos os dias, houvesse ou não houvesse motivo. Sua pobre carne exercia para os cascudos, cocres e beliscões a mesma atração que o ímã exerce para o aço. Mão em cujos nós de dedos comichasse um cocre, era mão que se descarregaria dos fluidos em sua cabeça. De passagem. Coisa de rir e ver a careta...

A excelente dona Inácia era mestra na arte de judiar de crianças. Vinha da escravidão, fora senhora de escravos — e daquelas ferozes, amigas de ouvir cantar o bolo e estalar o bacalhau. Nunca se afizera ao regime novo — essa indecência de negro igual a branco e qualquer coisinha: a polícia! "Qualquer coisinha": uma mucama assada ao forno porque se engraçou dela o senhor; uma novena de relho[1] porque disse: "Como é ruim, a sinhá!"...

---

[1] Surra de chicote durante nove dias.

O Treze de Maio tirou-lhe das mãos o azorrague, mas não lhe tirou da alma a gana. Conservava Negrinha em casa como remédio para os frenesis. Inocente derivativo.

— Ai! Como alivia a gente uma boa roda de cocres bem fincados!...

Tinha de contentar-se com isso, judiaria miúda, os níqueis da crueldade. Cocres: mão fechada com raiva e nós de dedos que cantam no coco do paciente. Puxões de orelha: o torcido, de despegar a concha (bom! bom! bom! gostoso de dar!) e o a duas mãos, o sacudido. A gama inteira dos beliscões: do miudinho, com a ponta da unha, à torcida do umbigo, equivalente ao puxão de orelha. A esfregadela: roda de tapas, cascudos, pontapés e safanões a uma — divertidíssimo! A vara de marmelo, flexível, cortante: para "doer fino" nada melhor!

Era pouco, mas antes isso do que nada. Lá de quando em quando vinha um castigo maior para desobstruir o fígado e matar as saudades do bom tempo. Foi assim com aquela história do ovo quente.

Não sabem? Ora! Uma criada nova furtara do prato de Negrinha — coisa de rir — um pedacinho de carne que ela vinha guardando para o fim. A criança não sofreou a revolta — atirou-lhe um dos nomes com que a mimoseavam todos os dias.

— "Peste?" Espere aí! Você vai ver quem é peste — e foi contar o caso à patroa.

Dona Inácia estava azeda, necessitadíssima de derivativos. Sua cara iluminou-se.

— Eu curo ela! — disse — e desentalando do trono as banhas foi para a cozinha, qual perua choca, a rufar as saias.

— Traga um ovo.

Veio o ovo. Dona Inácia mesma pô-lo na água a ferver; e de mãos à cinta, gozando-se na prelibação da tortura, ficou de pé uns minutos, à espera. Seus olhos contentes envolviam a mísera criança que, encolhidinha a um canto, aguardava trêmula alguma coisa de nunca visto. Quando o ovo chegou a ponto, a boa senhora chamou:

— Venha cá!

Negrinha aproximou-se.

— Abra a boca!

Negrinha abriu a boca, como o cuco, e fechou os olhos. A patroa, então, com uma colher, tirou da água "pulando" o ovo e *zás!* na boca da pequena. E antes que o urro de dor saísse, suas mãos amordaçaram-na até que o ovo arrefecesse. Negrinha urrou surdamente, pelo nariz. Esperneou. Mas só. Nem os vizinhos chegaram a perceber aquilo. Depois:

— Diga nomes feios aos mais velhos outra vez, ouviu, peste?

E a virtuosa dama voltou contente da vida para o trono, a fim de receber o vigário que chegava.

— Ah, monsenhor! Não se pode ser boa nesta vida... Estou criando aquela pobre órfã, filha da Cesária — mas que trabalheira me dá!

— A caridade é a mais bela das virtudes cristãs, minha senhora — murmurou o padre.

— Sim, mas cansa...

— Quem dá aos pobres empresta a Deus.

A boa senhora suspirou resignadamente.

— Inda é o que vale...

Certo dezembro vieram passar as férias com Santa Inácia duas sobrinhas suas, pequenotas, lindas meninas louras, ricas, nascidas e criadas em ninho de plumas.

Do seu canto na sala do trono Negrinha viu-as irromperem pela casa como dois anjos do céu — alegres, pulando e rindo com a vivacidade de cachorrinhos novos. Negrinha olhou imediatamente para a senhora, certa de vê-la armada para desferir contra os anjos invasores o raio dum castigo tremendo.

Mas abriu a boca: a sinhá ria-se também... Quê? Pois não era crime brincar? Estaria tudo mudado — e findo o seu inferno — e aberto o céu? No enlevo da doce ilusão, Negrinha levantou-se e veio para a festa infantil, fascinada pela alegria dos anjos.

Mas a dura lição da desigualdade humana lhe chicoteou a alma. Beliscão no umbigo, e nos ouvidos o som cruel de todos os dias: "Já para o seu lugar, pestinha! Não se enxerga?"

Com lágrimas dolorosas, menos de dor física que de angústia moral — sofrimento novo que se vinha acrescer aos já conhecidos — a triste criança encorujou-se no cantinho de sempre.

— Quem é, titia? — perguntou uma das meninas, curiosa.

— Quem há de ser? — disse a tia num suspiro de vítima. — Uma caridade minha. Não me corrijo, vivo criando essas pobres de Deus... Uma órfã. Mas brinquem, filhinhas, a casa é grande, brinquem por aí afora.

"Brinquem!" Brincar! Como seria bom brincar! — refletiu com suas lágrimas, no canto, a dolorosa martirzinha, que até ali só brincara em imaginação com o cuco.

Chegaram as malas e logo:

— Meus brinquedos! — reclamaram as duas meninas.

Uma criada abriu-as e tirou os brinquedos.

Que maravilha! Um cavalo de pau!... Negrinha arregalava os olhos. Nunca imaginara coisa assim tão galante. Um cavalinho! E mais... Que é aquilo? Uma criancinha de cabelos amarelos... que falava "mamã"... que dormia...

Era de êxtase o olhar de Negrinha. Nunca vira uma boneca e nem sequer sabia o nome desse brinquedo. Mas compreendeu que era uma criança artificial.

— É feita?... — perguntou extasiada.

E dominada pelo enlevo, num momento em que a senhora saiu da sala a providenciar sobre a arrumação das meninas, Negrinha esqueceu o beliscão, o ovo quente, tudo, e aproximou-se da criaturinha de louça. Olhou-a com assombrado encanto, sem jeito, sem ânimo de pegá-la.

As meninas admiraram-se daquilo.

— Nunca viu boneca?

— Boneca? — repetiu Negrinha. — Chama-se Boneca?

Riram-se as fidalgas de tanta ingenuidade.

— Como é boba! — disseram. — E você como se chama?

— Negrinha.

As meninas novamente torceram-se de riso; mas vendo que o êxtase da bobinha perdurava, disseram, apresentando-lhe a boneca:

— Pegue!

Negrinha olhou para os lados, ressabiada, com o coração aos pinotes. Que aventura, santo Deus! Seria possível? Depois, pegou a boneca. E muito sem jeito, como quem pega o Senhor Menino, sorria para ela e para as meninas, com assustados relanços d'olhos para a porta. Fora de si, literalmente... Era como se penetrara no céu e os anjos a rodeassem, e um filhinho de anjo lhe tivesse vindo adormecer ao colo. Tamanho foi o seu enlevo que não viu chegar a patroa, já de volta. Dona Inácia entreparou, feroz, e esteve uns instantes assim, apreciando a cena.

Mas era tal a alegria das hóspedes ante a surpresa estática de Negrinha, e tão grande a força irradiante da felicidade desta, que o seu duro coração afinal bambeou. E pela primeira vez na vida foi mulher. Apiedou-se.

Ao percebê-la na sala Negrinha havia tremido, passando-lhe num relance pela cabeça a imagem do ovo quente e hipóteses de castigos ainda piores. E incoercíveis lágrimas de pavor assomaram-lhe aos olhos.

Falhou tudo isso, porém. O que sobreveio foi a coisa mais inesperada do mundo — estas palavras, as primeiras que ela ouviu, doces, na vida:

— Vão todas brincar no jardim, e vá você também, mas veja lá, hein?

Negrinha ergueu os olhos para a patroa, olhos ainda de susto e terror. Mas não viu mais a fera antiga. Compreendeu vagamente e sorriu.

Se alguma vez a gratidão sorriu na vida, foi naquela surrada carinha...

Varia a pele, a condição, mas a alma da criança é a mesma — na princesinha e na mendiga. E para ambas é a boneca o supremo enlevo. Dá a natureza dois momentos divinos à vida da mulher: o momento da boneca — preparatório, e o momento dos filhos — definitivo. Depois disso, está extinta a mulher.

Negrinha, coisa humana, percebeu nesse dia da boneca que tinha uma alma. Divina eclosão! Surpresa maravilhosa do mundo que trazia em si e que desabrochava, afinal, como fulgurante flor de luz. Sentiu-se elevada à altura de ente humano. Cessara de ser coisa — e doravante ser-lhe-ia impossível viver a vida de coisa. Se não era coisa! Se sentia! Se vibrava!

Assim foi — e essa consciência a matou.

Terminadas as férias, partiram as meninas levando consigo a boneca, e a casa voltou ao ramerrão habitual. Só não voltou a si Negrinha. Sentia-se outra, inteiramente transformada.

Dona Inácia, pensativa, já a não atenazava tanto, e na cozinha uma criada nova, boa de coração, amenizava-lhe a vida.

Negrinha, não obstante, caíra numa tristeza infinita. Mal comia e perdera a expressão de susto que tinha nos olhos. Trazia-os agora nostálgicos, cismarentos.

Aquele dezembro de férias, luminosa rajada de céu trevas adentro do seu doloroso inferno, envenenara-a.

Brincara ao sol, no jardim. Brincara!... Acalentara, dias seguidos, a linda boneca loura, tão boa, tão quieta, a dizer "mamã", a cerrar os olhos para dormir. Vivera realizando sonhos da imaginação. Desabrochara-se de alma.

Morreu na esteirinha rota, abandonada de todos, como um gato sem dono. Jamais, entretanto, ninguém morreu com maior beleza. O delírio rodeou-a de bonecas, todas louras, de olhos azuis. E de anjos... E bonecas e anjos remoinhavam-lhe em torno, numa farândola do céu. Sentia-se agarrada por aquelas mãozinhas de louça — abraçada, rodopiada.

Veio a tontura; uma névoa envolveu tudo. E tudo regirou em seguida, confusamente, num disco. Ressoaram vozes apagadas, longe, e pela última vez o cuco lhe apareceu de boca aberta.

Mas, imóvel, sem rufar as asas.

Foi-se apagando. O vermelho da goela desmaiou...

E tudo se esvaiu em trevas.

Depois, vala comum. A terra papou com indiferença aquela carnezinha de terceira — uma miséria, trinta quilos mal pesados...

E de Negrinha ficaram no mundo apenas duas impressões. Uma cômica, na memória das meninas ricas.

— Lembras-te daquela bobinha da titia, que nunca vira boneca?

Outra de saudade, no nó dos dedos de dona Inácia.

— Como era boa para um cocre!...

1923

O DRAMA DA GEADA

Junho. Manhã de neblina. Vegetação entanguida de frio. Em todas as folhas o recamo de diamantes com que as adereça o orvalho.

Passam colonos para a roça, retransidos, deitando fumaça pela boca.

Frio. Frio de geada, desses que matam passarinhos e nos põem sorvete dentro dos ossos.

Saímos cedo a ver cafezais, e ali paramos, no viso do espigão, ponto mais alto da fazenda. Dobrando o joelho sobre a cabeça do socado, o major voltou o corpo para o mar de café aberto ante nossos olhos e disse num gesto amplo:

— Tudo obra minha, veja!

Vi. Vi e compreendi-lhe o orgulho, sentindo-me orgulhoso também de tal patrício. Aquele desbravador de sertões era uma força criadora, dessas que enobrecem a raça humana.

— Quando adquiri esta gleba — disse ele —, tudo era mata virgem, de ponta a ponta. Rocei, derrubei, queimei, abri caminhos, rasguei valos, estiquei arame, construí pontes, ergui casas, arrumei pastos, plantei café — fiz tudo. Trabalhei como negro cativo durante quatro anos. Mas venci. A fazenda está formada, veja.

Vi. Vi o mar de café ondulando pelos seios da terra, disciplinado em fileiras de absoluta regularidade. Nem uma falha! Era um exército em pé de guerra.

Mas bisonha ainda. Só no ano vindouro entraria em campanha. Até ali, os primeiros frutos não passavam de escaramuças de colheita. E o major, chefe supremo do verde exército por ele criado, disciplinado, preparado para a batalha decisiva da primeira safra grande, a que liberta o fazendeiro dos ônus da formação, tinha o olhar orgulhoso dum pai diante de filhos que não mentem à estirpe.

O fazendeiro paulista é alguma coisa séria no mundo. Cada fazenda é uma vitória sobre a fereza retrátil dos elementos brutos, coligados na defesa da virgindade agredida. Seu esforço de gigante paciente nunca foi cantado pelos poetas, mas muita epopeia há por aí que não vale a destes heróis do trabalho silencioso. Tirar uma fazenda do nada é façanha formidável. Alterar a ordem da natureza, vencê-la, impor-lhe uma vontade, canalizar-lhe as forças de acordo com um plano preestabelecido, dominar a réplica eterna do mato daninho, disciplinar os homens da lida, quebrar a força das pragas... — batalha sem tréguas, sem fim, sem momento de repouso e, o que é pior, sem certeza plena da vitória. Colhe-a muitas vezes o credor, um onzeneiro que adiantou um capital caríssimo e ficou a seu salvo na cidade, de cócoras num título de hipoteca, espiando o momento oportuno para cair sobre a presa como um gavião.

— Realmente, major, isto é de enfunar o peito! É diante de espetáculos destes que vejo a mesquinharia dos que lá fora, comodamente, parasitam o trabalho do agricultor.

— Diz bem. Fiz tudo, mas o lucro maior não é meu. Tenho um sócio voraz que me lambe, ele só, um quarto da produção: o governo. Sangram-na depois as estradas de ferro — mas destas não me queixo porque dão muita coisa em troca. Já não digo o mesmo dos tubarões do comércio, esse cardume de intermediários que começa ali em Santos, no zangão, e vai numa cadeia até ao torrador americano. Mas não importa! O café dá para todos, até para a besta do produtor... — concluiu, pilheriando.

Tocamos os animais a passo, com os olhos sempre presos ao cafezal intérmino. Sem um defeito de formação, as paralelas de verdura ondeavam, acompanhando o relevo do solo, até se confundirem ao longe em massa uniforme. Verdadeira obra d'arte em que, sobrepondo-se à natureza, o homem lhe impunha o ritmo da simetria.

— No entanto — continuou o major —, a batalha ainda não está ganha. Contraí dividas; a fazenda está hipotecada a judeus franceses. Não venham colheitas fartas e serei mais um vencido pela fatalidade das coisas. A natureza depois de subjugada é mãe; mas o credor é sempre carrasco...

A espaços, perdidas na onda verde, perobeiras sobreviventes erguiam fustes contorcidos, como galvanizadas pelo fogo numa convulsão de dor. Pobres árvores! Que destino triste verem-se um dia arrancadas à vida em comum e insuladas na verdura rastejante do café, como rainhas prisioneiras à cola de um carro de triunfo! Órfãs da mata nativa, como não hão de chorar o conchego de outrora? Vede-as. Não têm o desgarre, o frondoso de copa das que nascem em campo aberto. Seu engalhamento, feito para a vida apertada da floresta, parece agora grotesco; sua altura desmesurada, em desproporção com a fronde, provoca o riso. São mulheres despidas em público, hirtas de vergonha, não sabendo que parte do corpo esconder. O excesso de ar as atordoa, o excesso de luz as martiriza — afeitas que estavam ao espaço confinado e à penumbra sonolenta do hábitat.

Fazendeiros desalmados — não deixeis nunca árvores pelo cafezal... Cortai-as todas, que nada mais pungente do que forçar uma árvore a ser grotesca.

— Aquela perobeira ali — disse o major — ficou para assinalar o ponto de partida deste talhão. Chama-se a peroba do Ludgero, um baiano valente que morreu ao pé dela estrepado numa jiçara...

Tive a visão do livro aberto que seriam para o fazendeiro aquelas paragens.

— Como tudo aqui lhe há de falar à memória, major!

— É isso mesmo. Tudo me fala à recordação. Cada toco de pau, cada pedreira, cada volta de caminho tem uma história que sei, trágica às vezes, como essa da peroba, às vezes cômica — pitoresca sempre. Ali... — está vendo aquele toco de jerivá? Foi por uma tempestade de fevereiro. Eu abrigara-me num rancho coberto de sapé, e lá em silêncio esperávamos, eu e a turma, o fim do dilúvio, quando estalou um raio quase em cima das nossas cabeças.

"Fim do mundo, patrão!", lembro-me que disse, numa careta de pavor, o defunto Zé Coivara... E parecia!... Mas foi apenas o fim de um velho coqueiro, do qual resta hoje — *sic transit*... esse pobre toco... Cessada a chuva, encontramo-lo desfeito em ripas.

Mais adiante abria-se a terra em boçoroca vermelha, esbarrondada em coleios até morrer no córrego. O major apontou-a, dizendo:

— Cenário do primeiro crime cometido na fazenda. Rabo de saia, já se sabe. Nas cidades e na roça, pinga e saia são o móvel de todos os crimes. Esfaquearam-se aqui dois cearenses. Um acabou no lugar; outro cumpre pena na correição. E a saia, muito contente da vida, mora com o *tertius*. A história de sempre.

E assim, de evocação em evocação, às sugestões que pelo caminho iam surgindo, chegamos à casa de moradia, onde nos esperava o almoço. Almoçamos, e não sei se por boa disposição criada pelo passeio matutino ou por mérito excepcional da cozinheira, o almoço desse dia ficou-me na memória gravado para sempre. Não sou poeta, mas se Apolo algum dia me der na cabeça o estalo do Padre Vieira, juro que antes de cantar Lauras e Natércias hei de fazer uma beleza de ode à linguiça com angu de fubá vermelho desse almoço sem par, única saudade gustativa com que descerei ao túmulo...

Em seguida, enquanto o major atendia à correspondência, saí a espairecer pelo terreiro, onde me pus de conversa com o administrador. Soube por ele da hipoteca que pesava sobre a fazenda e da possibilidade de outro, não o major, vir a colher o fruto do penoso trabalho.

— Mas isso — esclareceu o homem — só no caso de muito azar — chuva de pedra ou geada, daquelas que não vêm mais.

— Que não vêm mais, por quê?

— Porque a última geada grande foi em 1895. Daí para cá as coisas endireitaram. O mundo, com a idade, muda, como a gente. As geadas, por exemplo, vão-se acabando. Antigamente ninguém plantava café onde o plantamos hoje. Era só de meio morro acima. Agora não. Viu aquele cafezal do meio? Terra bem baixa; no entanto, se bate geada ali é sempre coisinha — um tostado leve. De modo que o patrão, com uma ou duas colheitas, paga a dívida e fica o fazendeiro mais "prepotente" do município.

— Assim seja, que grandemente o merece — rematei.

Deixei-o. Dei umas voltas, fui ao pomar, estive no chiqueiro vendo brincar os leitõezinhos e depois subi. Estava um preto dando nas venezianas da casa a última demão de tinta. Por que será que as pintam sempre de verde? Incapaz por mim de solver o problema, interpelei o preto, que não se embaraçou e respondeu sorrindo:

— Pois veneziana é verde como o céu é azul. É da natureza dela...

Aceitei a teoria e entrei.

À mesa a conversa girou em torno da geada.

— É o mês perigoso este — disse o major. — O mês da aflição. Por maior firmeza que tenha um homem, treme nesta época. A geada é um eterno pesadelo. Felizmente a geada não é mais o que era dantes. Já nos permite aproveitar muita terra baixa em que os antigos nem por sombras plantavam um só pé de café. Mas, apesar disso, um que facilitou, como eu, está sempre com a pulga atrás da orelha. Virá? Não virá? Deus sabe!...

Seu olhar mergulhou pela janela, numa sondagem profunda ao céu límpido.

— Hoje, por exemplo, está com jeito. Este frio fino, este ar parado...

Ficou a cismar uns momentos. Depois, espantando a nuvem, murmurou:

— Não vale a pena pensar nisto. O que tem de ser lá está gravado no livro do destino.

— Livra-te dos ares!... — objetei.

— Cristo não entendia de lavoura — replicou o fazendeiro sorrindo.

E a geada veio! Não geadinha mansa de todos os anos, mas calamitosa, geada cíclica, trazida em ondas do sul.

O sol da tarde, mortiço, dera uma luz sem luminosidade, e raios sem calor nenhum. Sol boreal, tiritante. E a noite caíra sem preâmbulos.

Deitei-me cedo, batendo o queixo, e na cama, apesar de enleado em dois cobertores, permaneci entanguido uma boa hora antes que ferrasse no sono. Acordou-me o sino da fazenda, pela madrugada. Sentindo-me enregelado, com os pés a doerem, ergui-me para um exercício violento. Fui para o terreiro.

O relento estava de cortar as carnes — mas que maravilhoso espetáculo! Brancuras por toda parte. Chão, árvores, gramados e pastos eram, de ponta a ponta, um só atoalhado branco. As árvores imóveis, inteiriçadas de frio, pareciam emersas dum banho de cal. Rebrilhos de gelo pelo chão. Águas envidradas. As roupas dos varais, tesas, como endurecidas em goma forte. As palhas do terreiro, os sabugos de ao pé do cocho, a telha dos muros, o topo dos moirões, a vara das cercas, o rebordo das tábuas — tudo polvilhado de brancuras, lactescente, como chovido por um saco de farinha. Maravilhoso quadro! Invariável que é a nossa paisagem, sempre nos mansos tons do ano inteiro, encantava sobremodo vê-la súbito mudar, vestir-se dum esplendoroso véu de noiva — noiva da morte, ai!...

Por algum tempo caminhei a esmo, arrastado pelo esplendor da cena. O maravilhoso quadro de sonho breve morreria, apagado pela esponja de ouro do sol. Já pelos topes e faces de batedeira andavam-lhe os raios na faina de restaurar a verdura. Abriam manchas no branco da geada, dilatavam-nas, entremostrando nesgas do verde submerso.

Só nas baixadas, encostas noruegas ou sítios sombreados pelas árvores, é que a brancura persistia ainda, contrastando sua nítida frialdade com os tons quentes ressurretos. Vencera a vida, guiada pelo sol. Mas a intervenção do fogoso Febo, apressada demais, transformara em desastre horroroso a nevada daquele ano — a maior de quantas deixaram marca nas embaubeiras de São Paulo.

A ressurreição do verde fora aparente. Estava morta a vegetação. Dias depois, por toda parte, a vestimenta do solo seria um burel imenso, com a sépia a mostrar a gama inteira dos seus tons ressecos. Pontilhá-lo-ia apenas, cá e lá, o verde-negro das laranjeiras e o esmeraldino sem-vergonha da vassourinha.

Quando regressei, sol já alto, estava a casa retransida do pavor das grandes catástrofes. Só então me acudiu que o belo espetáculo que eu até ali só encarara pelo prisma estético tinha um reverso trágico: a ruína do heroico fazendeiro. E procurei-o ansioso.

Tinha sumido. Passara a noite em claro, disse-me a mulher: de manhã, mal clareara, fora para a janela e lá permanecera imóvel, observando o céu através dos vidros. Depois saíra sem ao menos pedir o café, como de costume. Andava a examinar a lavoura, provavelmente.

Devia ser isso. Mas como tardasse a voltar — onze horas e nada — a família entrou-se de apreensões.

Meio-dia. Uma hora, duas, três e nada.

O administrador, que a mandado da mulher saíra a procurá-lo, voltou à tarde sem notícias.

— Bati tudo e nem rasto. Estou com medo dalguma coisa... Vou espalhar gente por aí, à cata.

Dona Ana, inquieta, de mãos enclavinhadas, só dizia uma coisa:

— Que será de nós, santo Deus! Quincas é capaz duma loucura...

Pus-me em campo também, em companhia do capataz. Corremos todos os caminhos, varejamos grotas em todas as direções — inutilmente.

Caiu a tarde. Caiu a noite — a noite mais lúgubre de minha vida — noite de desgraça e aflição.

Não dormi. Impossível conciliar o sono naquele ambiente de dor, sacudido de choro e soluços.

Certa hora os cães latiram no terreiro, mas silenciaram logo.

Rompeu a manhã, glacial como a da véspera. Tudo apareceu geado novamente.

Veio o sol. Repetiu-se a mutação da cena. Esvaiu-se a alvura, e o verde morto da vegetação envolveu a paisagem num sudário de desalento.

Em casa repetiu-se o corre-corre do dia anterior — o mesmo vaivém, o mesmo "quem sabe?", as mesmas pesquisas inúteis.

À tarde, porém — três horas — um camarada apareceu esbaforido, gritando de longe, no terreiro:

— Encontrei! Está perto da boçoroca!...

— Vivo? — perguntou o capataz.

— Vivo, sim, mas...

Dona Ana surgira à porta e ao ouvir a boa-nova exclamou, chorando e sorrindo:

— Bendito sejas, meu Deus!...

Minutos depois partimos todos de rumo à boçoroca e a cem passos dela avistamos um vulto às voltas com os cafeeiros requeimados. Aproximamo-nos. Era o major. Mas em que estado! Roupa em tiras, cabelos sujos de terra, olhos vítreos e desvairados. Tinha nas mãos uma lata de tinta e uma brocha — brocha do pintor que andava a olear as venezianas. Compreendi o latido dos cães à noite...

O major não se deu conta da nossa chegada. Não interrompeu o serviço: *continuou a pintar, uma a uma, do risonho verde esmeraldino das venezianas, as folhas requeimadas do cafezal morto...*

Dona Ana, estarrecida, entreparou atônita. Depois, compreendendo a tragédia, rompeu em choro convulso.

BUGIO MOQUEADO

— *Uno!*
Ugarte...
— *Dos!*
Adriano...
— *Cinco...*
Vilabona...
— ...
Má colocação! Minha pule é a 32 e já de saída o azar me põe na frente Ugarte... Ugarte é furão. Na quiniela anterior foi quem me estragou o jogo. Querem ver que também me estraga nesta?
— *Mucho*, Adriano!
Qual Adriano, qual nada! Não escorou o saque, e lá está Ugarte com um ponto já feito. Entra Genua agora? Ah, é outro ponto seguro para Ugarte. Mas quem sabe se com uma torcida...
— *Mucho*, Genua!
Raio de azar! Genua "malou" no saque. Entra agora Melchior... Este Melchior às vezes faz o diabo. Bravos! Está aguentando... Isso, rijo! Uma cortadinha agora! *Buena! Buena!* Outra agora... Oh!... Deu na lata! Incrível...

Se o leitor desconhece o jogo da pelota em cancha pública — Frontão da Boa-Vista, por exemplo, nada pescará desta gíria, que é na qual se entendem todos os aficionados que jogam em pules ou "torcem".
Eu jogava, e portanto falava e pensava assim. Mas como vi meu jogo perdido, desinteressei-me do que se passava na cancha e pus-me a ouvir a conversa de dois sujeitos velhuscos, sentados à minha esquerda.
— ... coisa que você nem acredita — dizia um deles. — Mas é verdade pura. Fui testemunha, vi! Vi a mártir, branca que nem morta, diante do horrendo prato...
"Horrendo prato?" Aproximei-me dos velhos um pouco mais e pus-me de ouvidos alerta.

"— Era longe a tal fazenda — continuou o homem. — Mas lá em Mato Grosso tudo é longe. Cinco léguas é 'ali', com a ponta do dedo. Este troco miúdo de quilômetros que vocês usam por cá, em Mato Grosso não tem curso. É cada estirão!...

"Mas fui ver o gado. Queria arredondar uma ponta para vender em Barretos, e quem me tinha os novilhos nas condições requeridas, de idade e preço, era esse coronel Teotônio, do Tremedal.

"Encontrei-o na mangueira, assistindo à domação dum potro — zaino, ainda me lembro... E, palavra d'honra! não me recordo de ter esbarrado nunca tipo mais impressionante. Barbudo, olhinhos de cobra muito duros e vivos, testa entiotada de rugas, ar de carrasco... Pensei comigo: dez mortes no mínimo. Porque lá é assim. Não há *soldados rasos*. Todo mundo traz *galões*... e aquele, ou muito me enganava ou tinha divisas de general.

"Lembrou-me logo o célebre Panfilo do Rio Verde, um de 'doze galões', que 'resistiu' ao tenente Galinha e graças a esse benemérito 'escumador de sertões' purga a esta hora no tacho de Pedro Botelho os crimes cometidos.

"Mas, importava-me lá a fera! — eu queria gado, pertencesse a Belzebu ou São Gabriel. Expus-lhe o negócio e partimos para o que ele chamava a invernada de fora.

"Lá escolhi o lote que me convinha. Apartamo-lo e ficou tudo assentado.

"De volta do rodeio caía a tarde e eu, almoçado às oito da manhã e sem café de permeio até aquel'hora, chiava numa das boas fomes da minha vida. Assim foi que, apesar da repulsão inspirada pelo urutu humano, não lhe rejeitei o jantar oferecido.

"Era um casarão sombrio, a casa da fazenda. De poucas janelas, mal iluminado, mal arejado, desagradável de aspecto, e por isso mesmo toante na perfeição com a cara e os modos do proprietário. Traste que se não parece com o dono é roubado, diz muito bem o povo. A sala de jantar semelhava uma alcova. Além de escura e abafada, recendia a um cheiro esquisito, nauseante, que nunca mais me saiu do nariz — cheiro assim de carne mofada...

"Sentamo-nos à mesa, eu e ele, sem que viva alma nos surgisse a fazer companhia. E como de dentro não viesse nenhum rumor, concluí que o urutu morava sozinho — solteiro ou viúvo. Interpelá-lo? Nem por sombras. A secura e a má cara do facínora não davam azo à mínima expansão de familiaridade; e, ou fosse real ou efeito do ambiente, pareceu-me ele inda mais torvo em casa do que fora em pleno sol.

"Havia na mesa feijão, arroz e lombo, além dum misterioso prato coberto em que se não buliu. Mas a fome é boa cozinheira. Apesar de engulhado pelo bafio a mofo, pus de lado o nariz, achei tudo bom e entrei a comer por dois.

"Correram assim os minutos.

"Em dado momento o urutu, tomando a faca, bateu no prato três pancadas imperiosas. Chama a cozinheira, calculei eu. Esperou um bocado e, como não aparecesse ninguém, repetiu o apelo com certo frenesi. Atenderam-no desta vez. Abriu-se devagarinho uma porta e enquadrou-se nela um vulto branco de mulher.

"Sonâmbula?

"Tive essa impressão. Sem pingo de sangue no rosto, sem fulgor nos olhos vidrados, cadavérica, dir-se-ia vinda do túmulo naquele momento. Aproximou-se, lenta, com passos de autômato, e sentou-se de cabeça baixa.

"Confesso que esfriei. A escuridão da alcova, o ar diabólico do urutu, aquela morta-viva morre-morrendo a meu lado, tudo se conjugava para arrepiar-me as carnes num calafrio de pavor. Em campo aberto não sou medroso — ao sol, em luta franca, onde vale a faca ou o 32. Mas escureceu? Entrou em cena o mistério? Ah! — bambeio de pernas e tremo que nem geleia! Foi assim naquele dia...

"Mal se sentou a morta-viva, o marido, sorrindo, empurrou para o lado dela o prato misterioso e destampou-o amavelmente. Dentro havia um petisco preto, que não pude identificar. Ao vê-lo a mulher estremeceu, como horrorizada.

"— Sirva-se! — disse o marido.

"Não sei por que, mas aquele convite revelava uma tal crueza que me cortou o coração como navalha de gelo. Pressenti um horror de tragédia, dessas horrorosas tragédias familiares, vividas dentro de quatro paredes, sem que de fora ninguém nunca as suspeite. Desd'aí nunca ponho os olhos em certos casarões sombrios sem que os imagine povoados de dramas horrendos. Falam-me de hienas. Conheço uma: o homem...

"Como a morta-viva permanecesse imóvel, o urutu repetiu o convite em voz baixa, num tom cortante de ferocidade glacial.

"— Sirva-se, faça o favor! — E fisgando ele mesmo a nojenta coisa, colocou-a gentilmente no prato da mulher.

"Novas tremuras agitaram a mártir. Seu rosto macilento contorceu-se em esgares e repuxos nervosos, como se o tocasse a corrente elétrica. Ergueu a cabeça, dilatou para mim as pupilas vítreas e ficou assim uns instantes, como à espera dum milagre impossível. E naqueles olhos de desvario li o mais pungente grito de socorro que jamais a aflição humana calou...

"O milagre não veio — infame que fui! — e aquele lampejo de esperança, o derradeiro, talvez, que lhe brilhou nos olhos, apagou-se num lancinante cerrar de pálpebras. Os tiques nervosos diminuíram de frequência, cessaram. A cabeça descaiu-lhe de novo para o seio; e a morta-viva, revivida um momento, reentrou na morte lenta do seu marasmo sonambúlico.

"Enquanto isso, o urutu espiava-nos de esguelha, e ria-se por dentro venenosamente...

"Que jantar! Verdadeira cerimônia fúnebre transcorrida num escuro cárcere da Inquisição. Nem sei como digeri aqueles feijões!

"A sala tinha três portas, uma abrindo para a cozinha, outra para a sala de espera, a terceira para a despensa. Com os olhos já afeitos à escuridão, eu divisava melhor as coisas; enquanto aguardávamos o café, corri-os pelas paredes e pelos móveis, distraidamente. Depois, como a porta da despensa estivesse entreaberta, enfiei-os por ela adentro. Vi lá umas brancuras pelo chão — sacos de mantimento — e, pendurada a um gancho, uma coisa preta que me intrigou. Manta de carne-seca? Roupa velha? Estava eu de rugas na testa a decifrar a charada, quando o urutu, percebendo-o, silvou em tom cortante:

"— É curioso? O inferno está cheio de curiosos, moço...

"Vexadíssimo, mas sempre em guarda, achei de bom conselho engolir o insulto e calar-me. Calei-me. Apesar disso o homem, depois duma pausa, continuou, entre manso e irônico:

"— Coisas da vida, moço. Aqui a patroa pela-se por um naco de bugio moqueado, e ali dentro há um para abastecer este pratinho... Já comeu bugio moqueado, moço?

"— Nunca! Seria o mesmo que comer gente...

"— Pois não sabe o que perde!... — filosofou ele, como um diabo, a piscar os olhinhos de cobra."

Neste ponto o jogo interrompeu-me a história. Melchior estava colocado e Gaspar, com três pontos, sacava para Ugarte. Houve luta; mas um "camarote" infeliz de Gaspar deu o ponto a Ugarte. "Pintou" a pule 13, que eu não tinha. Jogo vai, jogo vem, "despintou" a 13 e deu a 23. Pela terceira vez Ugarte estragava-me o jogo. Quis insistir mas não pude. A história estava no apogeu e antes "perder de ganhar" a próxima quiniela do que perder um capítulo da tragédia. Fiquei no lugar, muito atento, a ouvir o velhote.

"Quando me vi na estrada, longe daquele antro, criei alma nova. Fiz cruz na porteira. 'Aqui nunca mais! Credo!' e abri de galopada pela noite adentro.

"Passaram-se anos.

"Um dia, em Três Corações, tomei a serviço um preto de nome Zé Esteves. Traquejado da vida e sério, meses depois virava Esteves a minha mão direita. Para um rodeio, para curar uma bicheira, para uma comissão de confiança, não havia outro. Negro quando acerta de ser bom vale por dois brancos. Esteves valia quatro.

"Mas não me bastava. O movimento crescia e ele sozinho não dava conta. Empenhado em descobrir um novo auxiliar que o valesse, perguntei-lhe uma vez:

"— Não teria você, por acaso, algum irmão de sua força?

"— Tive — respondeu o preto —, tive o Leandro, mas o coitado não existe mais...

"— De que morreu?

"— De morte matada. Foi morto a rabo de tatu... e comido.

"— Comido? — repeti com assombro.

"— É verdade. Comido por uma mulher."

A história complicava-se e eu, aparvalhado, esperei a decifração.

"— Leandro — continuou ele — era um rapaz bem-apessoado e bom para todo serviço. Trabalhava no Tremedal, numa fazenda em...

"— ... em Mato Grosso? Do coronel Teotônio?

"— Isso! Como sabe? Ah, esteve lá!... Pois dê graças de estar vivo; que entrar na casa do carrasco era fácil, mas sair? Deus me perdoe, mas aquilo foi a maior peste que o raio do diabo do barzabu do canhoto botou no mundo!...

"— O urutu... — murmurei recordando-me. — Isso mesmo...

"— Pois o Leandro — não sei que intrigante malvado inventou que ele... que ele, com perdão da palavra, andava com a patroa, uma senhora muito alva, que parecia uma santa. O que houve, se houve alguma coisa, Deus sabe. Para mim, tudo foi feitiçaria da Liduína, aquela mulata amiga do coronel. Mas, inocente ou não, o caso foi que o pobre Leandro acabou no tronco, lanhado a chicote. Uma novena de martírio — *lepte! lepte!* E pimenta em cima... Morreu. E depois que morreu, foi moqueado.

"— ???

"— Pois então! Moqueado, sim, como um bugio. E comido, dizem. Penduraram aquela carne na despensa e todos os dias vinha à mesa um pedacinho para a patroa comer..."

Mudei-me de lugar. Fui assistir ao fim da quiniela a cinquenta metros de distância. Mas não pude acompanhar o jogo. Por mais que arregalasse os olhos, por mais que olhasse para a cancha, não via coisa nenhuma, e até hoje não sei se deu ou não deu a pule 13...

1925

OS NEGROS

I

Viajávamos certa vez pelas regiões estéreis por onde há um século, puxado pelo Negro, o carro triunfal de Sua Majestade o Café passou, quando grossas nuvens reunidas no céu entraram a desmanchar-se.

Sinal certo de chuva.

Para confirmá-lo, um vento brusco, raspante, veio quebrar o mormaço, vascolejando a terra como a preveni-la do iminente banho meteórico. Remoinhos de poeira sorviam folhas secas e gravetos, que lá torvelinhavam em espirais pelas alturas.

Sofreando o animal, parei, a examinar o céu.

— Não há dúvida — disse ao meu companheiro —, temo-la e boa! O remédio é acoutar-nos quanto antes nalgum socavão, que água vem aí de rachar.

Circunvaguei o olhar em torno. Morraria áspera a perder-se de vista, sem uma casota de palha a acenar-nos com um "Vem cá".

— E agora? — exclamou desnorteado o Jonas, marinheiro de primeira viagem que tudo fiava da minha experiência.

— Agora é galopar. Atrás deste espigão fica uma fazenda em ruínas, de má nota, mas único oásis possível nesta emergência. Casa do Inferno, chama-lhe o povo.

— Pois toca para o inferno, já que o céu nos ameaça — retorquiu Jonas, dando de esporas e seguindo-me por um atalho.

— Tens coragem? — gritei-lhe. — Olha que é casa mal-assombrada!...

— Bem-vinda seja. Anos há que procuro uma, sem topar coisa que preste. Correntes que se arrastam pela calada da noite?

— Dum preto velho que foi escravo do defunto capitão Aleixo, fundador da fazenda, ouvi coisas de arrepiar...

Jonas, a criatura mais gabola deste mundo, não perdeu vasa duma pacholice:

— De arrepiar a ti, que a mim, bem sabes, só me arrepiam correntes de ar...

— Acredito, mas toca, que o dilúvio não tarda.

O céu enegrecera por igual. Um relâmpago fulgurou, seguido de formidável ribombo, que lá se foi às cabeçadas pelos morros até perder-se distante. E os primeiros pingos vieram, escoteiros, pipocar no chão ressecado.

— Espora, espora!

Em minutos vingávamos o espigão, de cujo topo vimos a casaria maldita, tragada a meio pelo mataréu invasor. Os pingões mais e mais se amiudavam, e já eram água de molhar quando a ferradura das bestas estrepitou, com faíscas, no velho terreiro de pedra. Sururucados por ele adentro rumo a um telheiro em aberto, lá apeamos afinal, esbaforidos, mas a salvo da molhadela.

E as bátegas vieram, furiosas, em cordas d'água a prumo, como devia ser no chuveiro bíblico do dilúvio universal.

Examinei o couto. Telheiro de carros e tropa, derruído em parte. Os esteios, da cabiúna eterna, tinham os nabos[1] à mostra — tantos enxurros correram por ali erodindo o solo. Por eles marinhava a caetaninha,[2] essa mimosa alcatifa dos tapumes, toda rosetada de flores amarelas e pingentada de melõezinhos de bico, cor de canário.

Também aboboreiras viçavam na tapera, galgando vitoriosas pelos espeques para enfolharem no alto, entremeio das ripas e caibros a nu. Suas flores grandalhudas, tão caras às mamangavas, manchavam d'amarelo pálido o tom cru da folhagem verde-negra.

Fora, a pouca distância do telheiro, a "casa-grande" se erguia, vislumbrada apenas através da cortina d'água.

E a água a cair.

E a trovoada a escalejar seus ecos pela morraria intérmina.

E o meu amigo, tão calmo sempre e alegre, a exasperar-se:

— Raio de peste de tempo desgraçado! Já não posso almoçar em Vassouras amanhã, como pretendia.

— Chuva de corda não dura hora, consolei-o.

— Sim, mas será possível alcançar o tal pouso do Alonso ainda hoje?

---

[1] Parte mais grossa dum esteio, que fica enterrada.
[2] Melão-de-são-caetano.

Consultei o pulso.

— Cinco e meia. É tarde. Em vez de Alonso, temos que gramar o Aleixo. E dormir com as bruxas, mais a alma do capitão infernal.

— Inda é o que nos vale — filosofou o impenitente Jonas. — Que assim, ao menos, haverá o que contar amanhã.

II

O temporal durou meia hora e ao cabo amainou, com os relâmpagos espacejados e os trovões a roncarem muito longe dali. Apesar de próxima a noite, inda tínhamos uma hora de luz para sondar o terreno.

— Há de morar aqui por perto algum urumbeva — disse eu. — Não existe tapera sem lacraia. Vamos à cata desse abençoado urupê.

Encavalgamos de novo e saímos a rodear a fazenda.

— Acertaste, amigo! — exclamou de repente Jonas, ao divisar uma casinhola erguida entre moitas, a duzentos passos de distância. Bico-de--papagaio, pé de mamão, terreiro limpo; é o urumbeva sonhado!

Para lá nos dirigimos e já do terreiro gritamos o "Ó de casa!". Uma porta abriu-se, enquadrando o vulto dum negro velho, de cabelos ruços. Com que alegria o saudei...

— Pai Adão, viva!

— Vassuncristo! — respondeu o preto.

Era dos legítimos...

— P'ra sempre! — gritei eu. — Estamos aqui trancados pela chuva e impedidos de prosseguir viagem. Tio Adão há de...

— Tio Bento, pr'a servir os brancos.

— Tio Bento há de arranjar-nos pouso por esta noite.

— E boia — acrescentou Jonas —, visto que temos a caixa das empadas a tinir.

O excelente negro sorriu-se, com a gengiva inteira à mostra e disse:

— Pois é apeá. Casa de pobre, mas de bom coração. Quanto a "de comer", comidinha de negro velho, já sabe...

Apeamos, alegremente.

— Angu? — chasqueou o Jonas.

O negro riu-se:

— Já se foi o tempo do angu com "bacalhau"...[3]
— E não deixou saudades, hein, tio Bento?
— Saudades não deixou, não, eh! eh!...
— Para vocês, pretos; porque entre os brancos muitos há que choram aquele tempo de vacas gordas. Não fosse o Treze de Maio e não estava agora eu aqui a arrebentar as unhas neste raio de látego, que encruou com a chuva e não desata. Era servicinho do pajem...

Desarreamos as bestas e depois de soltá-las penetramos na casinha, sobraçando os arreios. Vimos, então, que era pequena demais para nos abrigar aos três.

— Amigo Bento, olha, não cabemos tanta gente aqui. O melhor é acomodar-nos na casa grande, que isto cá não é casa de bicho-homem, é ninho de cuitelo...

— Os brancos querem dormir na casa mal-assombrada? — exclamou admirado o preto. — Não aconselho, não. Alguém já fez isso mas se arrependeu depois.

— Arrepender-nos-emos também depois, amanhã, mas já com a dormida no papo — disse Jonas.

E como o preto abrisse a boca:

— Você não sabe o que é coragem, tio Bento. Escoramos sete. E almas do outro mundo, então, uma dúzia! Vamos lá. Está aberta a casa?

— A porta do meio emperrou, mas à força de ombros deve abrir.

— Abandonada há muito tempo?

— "Quizano!" Des'que morreu o último filho do capitão Aleixo ficou assim, ninho de morcego e suindara.

— E por que a abandonaram?

— "Descabeçada" do moço. P'r'a mim, castigo de Deus. Os filhos pagam a ruindade dos pais, e o capitão Aleixo, Deus que me perdoe, foi mau, mau, mau inteirado. Tinha fama! Aqui em dez léguas de roda, quem queria ameaçar um negro remador era só dizer: "Espera, diabo, que te vendo p'r'o capitão Aleixo". O negro ficava que nem uma seda!... Mas o que ele fez os filhos pagaram. Eram quatro: sinhozinho, o mais velho, que morreu "masgaiado" num trem; nhá Zabelinha...

---
[3] Chicote de vários rabos com que se chibatavam os negros.

III

Enquanto o preto falava, insensivelmente fomos caminhando para a casa maldita.

Era o casarão clássico das antigas fazendas negreiras. Assobradado, erguido em alicerces e muramento de pedra até meia altura e daí por diante de pau a pique. Esteios de cabreúva, entremostrando-se picados a enxó nos trechos donde se esboroara o reboco. Janelas e portas em arco, de bandeiras em pandarecos. Pelos interstícios da pedra amoitavam-se as samambaias; e nas faces de sombra, avenquinhas raquíticas. Num cunhal crescia anosa figueira, enlaçando as pedras na terrível cordoalha tentacular. À porta de entrada ia ter uma escadaria dupla, com alpendre em cima e parapeito esborcinado.

Pus-me a olhar para aquilo, invadido da saudade que sempre me causam ruínas, e parece que em Jonas a sensação era a mesma, pois que o vi muito sério, de olhar pregado na casa, como quem recorda. Perdera o bom humor, o espírito brincalhão de inda há pouco. Emudecera.

— Está visto — murmurei depois dalguns minutos. — Vamos agora à boia, que não é sem tempo.

Voltamos.

O negro, que não parara de falar, dizia agora de sua vida ali.

— Morreu tudo, meu branco, e fiquei eu só. Tenho umas plantas na beira do rio, palmito no mato e uma paquinha lá de vez em quando na ponta do chuço. Como sou só...

— Só, só, só?

— "Suzinho, suzinho!" A Merencia morreu, faz três anos. Os filhos, não sei deles. Criança é como ave: cria pena, avoa. O mundo é grande — andam pelo mundo avoando...

— Pois, amigo Bento, saiba que você é um herói e um grande filósofo por cima, digno de ser memorado em prosa ou verso pelos homens que escrevem nos jornais. Mas filósofo de pior espécie está me parecendo aquele sujeito... — concluí referindo-me ao Jonas, que se atrasara e parara de novo em contemplação da casa.

Gritei-lhe:

— Mexe-te, ó poeta que ladras às lagartixas! Olha que saco vazio não se põe de pé, e temos dez léguas a engolir amanhã.

Respondeu-me com um gesto vago e ficou-se no lugar, imóvel.

Larguei mão do cismabundo e entrei na casinhola do preto, que, acendendo luz — um candeeiro de azeite — foi ao borralho buscar raízes de mandioca assada. Pô-las sobre um mocho, quentinhas, dizendo:

— É o que há. Isto e um restico de paca moqueada.

— E achas pouco, Bento? — disse eu, metendo os dentes na raiz deliciosa. — Não sabes que se não fosse tua providencial presença teríamos de manducar viradinho de brisas com torresmos de zéfiros até alcançarmos a venda do Alonso amanhã? Deus que te abençoe e te dê no céu um mandiocal imenso, plantado pelos anjos.

IV

Caíra de todo a noite. Que céu! Alternavam estrelas vivíssimas com rebojos negros de nuvens acasteladas. Na terra, escuridão de breu, rasgada de piques de luz pelas estrelinhas avoantes. Uma coruja berrava longe, num esgalho morto de perobeira.

Que solidão, que espessura de trevas é a de uma noite assim, no deserto! Nesses momentos é que um homem bem compreende a origem tenebrosa do Medo...

V

Acabada a magra refeição, observei ao preto:

— Agora, amigo, é agarrarmos estas mantas e pelegos, mais a luz, e irmo-nos à casa-grande. Dormes lá conosco, à guisa de para-raios de almas. Topas?

Contente de ser-nos útil, tio Bento sobraçou a quitanda e deu-me a levar o candeeiro. E lá fomos pelo escuro da noite, a chapinhar nas poças e na grama empapada.

Encontrei Jonas no mesmo lugar, absorto em frente à casa.

— Estás louco, rapaz? Não comeres, tu que estalavas de fome, e ficares aí como perereca diante da cascavel?

Jonas olhou-me dum modo estranho e como única resposta esganiçou um "deixa-me". Fiquei a encará-lo por uns instantes, deveras desnorteado por tão inexplicável atitude. E foi assim, de rugas na testa, que galguei a escadaria musgosa do casarão.

Estava perra de fato a porta, como dissera o negro, mas com valentes ombradas abria-a no preciso para dar passagem a um homem. Mal entramos, morcegos às dezenas, assustados com a luz, debandaram às tontas, em voejos surdos.

— Macacos me lambam se isto aqui não é o quartel-general de todos os ratos de asas deste e dos mundos vizinhos!

— E das suindaras, patrãozinho. Mora aqui um bandão delas que até dá medo, acrescentou o preto, ao ouvir-lhes os pios no forro.

A sala de espera toava com o restante da fazenda. Paredes lagarteadas de rachas, escorridas de goteiras, com vagos vestígios do papel. Móveis desaparelhados — duas cadeiras Luiz XV, de palhinha rota, e mesa de centro do mesmo estilo, com o mármore sujo pelo guano dos morcegos. No teto, tábuas despregadas, entremostrando rombos escuros.

Lúgubre...

— Tio Bento — disse eu, procurando iludir com palavras a tristeza do coração —, isto aqui cheira-me à sala nobre do sabá das bruxas. Que não venham hoje atropelar-nos, nem apareça a alma do capitão-mor a nos infernizar o sono. Não é verdade que a alma do capitão-mor vagueia por aqui a desoras?

— Dizem — respondeu o preto. — Dizem que aparece ali na casa do tronco, não às dez, mas à meia-noite, e que sangra as unhas a arranhar as paredes...

— E depois vem cá arrastar correntes pelos corredores, hein? Como é pobre a imaginativa popular! Sempre e em toda parte a mesma ária das correntes arrastadas! Mas vamos ao que serve. Não haverá um quarto melhor do que isto, nesta hospedaria de mestre tinhoso?

— Haver, há — trocadilhou sem querer o preto —, mas é o quarto do capitão-mor. Tem coragem?

— Ainda não está convencido, Bento, de que sou um poço de coragem?

— Poço tem fundo — retrucou ele, sorrindo filosoficamente. — O quarto é aqui à direita.

Dirigi-me para lá. Entrei. Quarto amplo e em melhor estado que a sala de espera. Guarneciam-no duas velhas marquesas de palhinha bolorenta, além de várias cadeiras rotas. Na parede, um retrato na moldura clássica da época dourada, de cantos redondos, com florões. Limpei com o lenço a poeira acumulada no vidro e vi que era um daguerreótipo esmaiado, representando imagem de mulher.

Bento percebeu a minha curiosidade e explicou:

— É o retrato da filha mais velha do capitão Aleixo, nhá Zabé, uma moça tão desgraçada...

Contemplei longamente aquela antigualha venerável, vestida à moda da época.

— Tempo das anquinhas, hein Bento? Lembras-te das anquinhas?

— Se me lembro! A sinhá velha, quando vinha da cidade, era assim que ela andava, que nem uma perua choca...

Recoloquei na parede o daguerreótipo e pus-me a arranjar as marquesas, arrumando numa e noutra pelegos, à guisa de travesseiros. Em seguida fui ao alpendre, de luz na mão, a ver se amadrinhava o meu relapso companheiro. Era demais aquela maluquice! Não jantar e agora ficar-se ali ao relento...

VI

Perdi meu requebrado. Chamei-o, mas nem com o "deixa-me" respondeu desta vez. Tal atitude pôs-me seriamente apreensivo.

— Se lhe desarranja a cabeça, aqui nestas alturas...

Torturado por esta ideia, não pude sossegar. Confabulei com o Bento e resolvemos sair em procura do transviado.

Fomos felizes. Encontramo-lo no terreiro, em face da antiga casa do tronco. Estava imóvel e mudo.

Ergui-lhe a luz à altura do rosto. Que estranha expressão a sua! Não parecia o mesmo — não *era* o mesmo. Deu-me a impressão de retesado no último arranco duma luta suprema, com todas as energias crispadas numa resistência feroz. Sacudi-o com violência.

— Jonas! Jonas!

Inútil. Era um corpo largado da alma. Era um homem "vazio de si próprio"! Assombrado com o fenômeno, concentrei todas as minhas forças e, ajudado pelo Bento, trouxe-o para casa.

Ao penetrar na sala de espera, Jonas estremeceu; parou, arregalou os olhos para a porta do quarto. Seus lábios tremiam. Percebi que articulavam palavras incompreensíveis. Precipitou-se, depois, para o quarto e, dando com o daguerreótipo de Izabel, agarrou-o com frenesi, beijou-o, rompido em choro convulsivo. Em seguida, como exausto duma grande luta, caiu sobre a marquesa, prostrado, sem articular nenhum som.

Inutilmente interpelei-o, procurando a chave do enigma. Jonas permanecia vazio... Tomei-lhe o pulso: normal. A temperatura: boa. Mas largado, como um corpo morto.

Fiquei ao pé dele uma hora, com mil ideias a me azoinarem a cabeça. Por fim, vendo-o calmo, fui ter com o preto.

— Conta-me o que sabes desta fazenda, pedi-lhe. Talvez que...

Meu pensamento era deduzir das palavras do negro algo explicativo da misteriosa crise.

VII

Nesse entremeio zangara de novo o tempo. As nuvens recobriam inteiramente o céu, transformado num saco de carvão. Os relâmpagos voltaram a fulgurar, longínquos, acompanhados de reboos surdos. E para que ao horror do quadro nenhum tom faltasse, a ventania cresceu, uivando lamentosa nas casuarinas.

Fechei a janela.

Mesmo assim, pelas frinchas, o assobio lúgubre entoava a me ferir os ouvidos...

Bento falou em voz baixa, receoso de despertar o doente. Contou como viera ali, comprado pelo próprio capitão Aleixo, na feira de escravos do Valongo, molecote ainda. Disse da formação da fazenda e do caráter cruel do senhor.

— Era mau, meu branco, como deve ser mau o canhoto. Judiava da gente à toa, pelo gosto de judiar. No começo não era assim, mas foi piorando com o tempo.

"No caso da Liduína... A Liduína era uma bonita crioula aqui da fazenda. Muito viva, desde bem criança passou da senzala pra casa-grande, como mucama de sinhazinha Zabé...

"Isso foi... deve fazer sessenta anos, antes da Guerra do Paraguai. Eu era molecote novo e trabalhava aqui dentro, no terreiro. Via tudo. A mucama, uma vez que sinhazinha Zabé veio da Corte passar as férias na roça, protegeu o namoro dela com um portuguesinho, e foi então..."

Na marquesa, onde dormia, Jonas estremeceu. Olhei. Estava sentado e em convulsões. Os olhos exorbitados fixavam-se nalguma coisa invisível para mim. Suas mãos crispadas mordiam a palhinha rota.

Agarrei-o, sacudi-o.

— Jonas, Jonas, que é isso?

Olhou-me sem ver, com a retina morta, num ar de desvario.

— Jonas, fala!

Tentou murmurar uma palavra. Seus lábios tremeram na tentativa de articular um nome. Por fim enunciou-o, arquejante:

— "Izabel"...

Mas aquela voz já não era a voz de Jonas. Era uma voz desconhecida. Tive a sensação plena de que um "eu" alheio lhe tomara de assalto o corpo vazio. E falava por sua boca, e pensava com seu cérebro. Não era Jonas, positivamente, quem estava ali. Era "outro"!...

Tio Bento, ao pé de mim, olhava assombrado para aquilo, sem compreender coisa nenhuma; e eu, num horroroso estado de superexcitação, sentia-me à beira do medo pânico. Não fossem os trovões ecoantes e o ululu da ventania nas casuarinas denunciarem-me lá fora um horror talvez maior, e é possível que não resistisse ao lance e fugisse da casa maldita como um criminoso. Mas ali ao menos havia luz, aquele humilde candeeiro de azeite, no momento mais precioso do que todos os bens da terra.

Estava escrito, entretanto, que ao horror dessa noite de trovoada e mistério não faltaria uma nota sequer. Assim foi que, altas horas, a luz principiou a esmorecer. Estremeci, e fiquei de cabelos eriçados quando a voz do negro murmurou a única frase que eu não queria ouvir:

— O azeite está no fim...

— E há mais lá em tua casa?

— Era o restinho...
Estarreci...
Os trovões ecoavam longe, e o uivar do vento nas casuarinas era o mesmo de sempre. Parecia empenhada a natureza em pôr em prova a resistência dos meus nervos. Súbito, um estalido no candeeiro. A luz bruxuleou um clarão final e extinguiu-se.
Trevas. Trevas absolutas...
Corri à janela. Abri-a.
As mesmas trevas lá fora...
Senti-me sem olhos.
Procurei a cama às apalpadelas e caí de bruços na palhinha bolorenta.

VIII

Pela madrugada começou Jonas a falar sozinho, como quem se recorda. Mas não era o meu Jonas quem falava — era o "outro".
Que cena!...
Tenho até agora gravadas a buril no cérebro todas as palavras dessa misteriosa confidência, proferida pelo íncubo no silêncio das trevas profundas. Mil anos que viva e nunca se me apagará da memória o ressoar daquela voz de mistério. Não reproduzo suas palavras da maneira como as enunciou. Seria impossível, sobre nocivo à compreensão de quem lê. O "outro" falava ao jeito de quem pensa em voz alta, como a recordar. Linguagem taquigráfica, ponho-a aqui traduzida em língua corrente.

IX

"Meu nome era Fernão. Filho de pais incógnitos, quando me conheci por gente já rolava no mar da vida como rolha sobre a onda. Ao léu, solto nos vaivéns da miséria, sem carinhos de família, sem amigos, sem ponto de apoio no mundo.
Era no Reino, na Póvoa do Varzim; e do Brasil, a boa colônia preluzida em todas as imaginações como o Eldorado, eu ouvia os marinheiros de torna-viagem contarem maravilhas.
Fascinado, deliberei emigrar.

Parti um dia para Lisboa, a pé, como vagabundinho de estrada. Caminhada inesquecível, faminta, mas rica dos melhores sonhos da minha existência. Via-me na terra nova feito mascate de bugigangas. Depois, vendeiro; depois, comerciante com casa-forte no Rio. Depois, já casado, com linda cachopa, via-me de novo na Póvoa, rico, morando em quinta, senhor de vinhedo e terras de semeadura.

Assim embalado em sonhos áureos, alcancei o porto de Lisboa, onde passei o primeiro dia no cais, namorando os navios surtos no Tejo. Um havia em aprestos para largar de rumo à colônia, a caravela Santa Tereza. Acamaradando-me com velhos marujos de gandaia por ali, consegui nela, por intermédio deles, o engajamento necessário.

— Lá, foges — aconselhou-me um — e afundas para o sertão. E mercadejas, e enriqueces, e voltas cá excelentíssimo. É o que faria eu se tivesse os verdes anos que tens.

Assim fiz e, grumete do *Santa Tereza*, boiei no oceano, rumo às terras de ultramar.

Aportamos em África para recolher pretos d'Angola, metidos nos porões como fardos de couro suado com carne viva por dentro. Pobres pretos! Desembarcado no Rio, tive ainda ocasião de vê-los no Valongo, seminus, expostos à venda como reses. Os pretendentes chegavam, examinavam-nos, fechavam negócio.

Foi assim, nessa tarefa, que conheci o capitão Aleixo. Era um homem alentado, de feições duras, olhar de gelo. Trazia botas, chapéu largo e rebenque na mão. Atrás dele, como sombra, um capataz mal-encarado.

O capitão notou o meu tipo, fez perguntas e ao cabo propôs-me serviço em sua fazenda. Aceitei e fiz a pé, em companhia do lote de negros adquiridos, essa viagem pelo interior de um país onde tudo me era novidade.

Chegamos.

Sua fazenda, formada de pouco tempo, ia então no apogeu, riquíssima de canaviais, gado e café em inícios. Deram-me servicinhos leves, compatíveis com a idade e a minha nenhuma experiência da terra. E, sempre subindo de posto, ali continuei até ver-me homem.

A família do capitão morava na Corte. Os filhos vinham todos os anos passar temporadas na roça, enchendo a fazenda de travessuras loucas. Já as meninas, então no colégio, lá se deixavam ficar mesmo nas férias. Só vieram uma vez, com a mãe, dona Teodora — e foi isso a minha desgraça...

Eram duas, Inês, a caçula, e Izabel, a mais velha, lindas meninas de luxo, radiosas de mocidade. Eu as via de longe, como nobres figuras de romance, inacessíveis, e lembro-me do efeito que naquele sertão bruto, asselvajado pela escravaria retinta, fazia a presença das meninas ricas, sempre vestidas à moda da Corte. Eram princesinhas de conto de fadas que só provocam uma atitude: adoração.

Um dia...

Aquela cachoeira — lá lhe ouço o remoto rumorejo — era a piscina da fazenda. Escondida numa grota, como joia de cristal vivo a defluir com permanente escachoo num engaste rústico de taquaris, caetês e ingazeiros, formava um recesso grato ao pudor dos banhistas.

Um dia...

Lembro-me bem — era domingo e eu, de vadiagem, saíra cedo a passarinhar. Seguia pela margem do ribeirão tocaiando os pássaros ribeirinhos.

Um pica-pau-de-cabeça-vermelha zombou de mim. Errei a bodocada e, metido em brios, afreimei-me em persegui-lo. E, salta daqui, salta dali, quando dei acordo estava embrenhado na grota da cachoeira, onde, num galho de ingá, pude visar melhor a minha presa e espeloteá-la.

Caiu a avezinha longe do meu alcance; barafustei pela trama dos taquaris para colhê-la. Nisto, por uma aberta na verdura, avistei embaixo a bacia de pedra onde a água chofrava. Mas estarreci. Duas ninfas nuas brincavam na espuma. Reconheci-as. Eram Izabel e sua mucama dileta, da mesma idade, a Liduína.

O improviso da visão ofuscou-me os olhos. Quem há insensível à beleza da mulher em flor e, a mais, vista assim em nudez num quadro agreste daqueles?

Izabel deslumbrou-me.

Corpo escultural, nesse período entontecedor em que florescem todas as promessas da puberdade, diante dele senti a explosão subitânea dos instintos. Ferveu-me nas veias o sangue. Fiz-me cachoeira de apetites. Vinte anos! O momento das erupções incoercíveis...

Imóvel como estátua, ali me quedei em êxtase o tempo que durou o banho. E estou ainda com o quadro na imaginação. A graça com que ela, de cabeça erguida, boca entreaberta, apresentava os pequeninos seios ao jacto das águas... Os sustos e gritinhos nervosos quando gravetos derivantes lhe esfrolavam a epiderme... Os mergulhos de sereia na bacia de pedra e o emergir do corpo aljofrado de espuma...

Durou minutos o banho fatal. Depois vestiram-se numa laje a seco e lá se foram, contentes como borboletinhas ao sol.

Fiquei-me por ali, extático, rememorando a cena mais linda que meus olhos viram.

Impressão de sonho...

Águas de cristal rumorejante; frondes orvalhadas pendidas para a linfa como a lhe escutar o murmúrio; um raio de sol matutino, coado pelas franças, a pintalgar de ouro tremeluzente a nudez menineira das náiades.

Quem poderá esquecer um quadro assim?

X

Essa impressão matou-me. Matou-nos.

XI

Saí dali transformado.

Não era mais o humilde serviçal da fazenda, contente de sua sorte. Era um homem branco e livre que desejava uma mulher formosa.

Daquele momento em diante minha vida iria girar em torno dessa aspiração. Nascera em mim o amor, vigoroso e forte como as ervas loucas da tiguera. Dia e noite só um pensamento ocuparia meu cérebro: Izabel. Um só desejo: vê-la. Um só objetivo à minha frente: possuí-la.

Todavia, apesar de branco e livre, que abismo me separava da filha do fazendeiro! Eu era pobre. Era um subalterno. Era nada.

Mas o coração não raciocina, nem o amor olha para conveniências sociais. E assim, desprezando obstáculos, cresceu o amor no meu peito como crescem rios em tempo de cheia.

Aproximei-me da mucama e, depois de lhe cair em graça e lhe conquistar a confiança, contei-lhe um dia a minha tortura.

— Liduína, tenho um segredo n'alma que me mata, mas tu poderás salvar-me. Só tu. Preciso do teu socorro... Juras auxiliar-me?

Ela espantou-se da confidência, mas, insistida, rogada, implorada, prometeu tudo quanto pedi.

Pobre criatura! Tinha alma irmã da minha e foi ao compreender su'alma que pela primeira vez alcancei todo o horror da escravidão...

Abri-lhe o meu peito e revelei-lhe em frases candentes a paixão que me consumia.

Liduína a princípio assustou-se. Era grave o caso. Mas quem resiste à dialética dos apaixonados? E Liduína, vencida afinal, prometeu auxiliar-me.

XII

A mucama agiu por partes, fazendo desabrochar o amor no coração da senhora sem que esta o percebesse. A princípio, uma vaga e discreta referência à minha pessoa.

— Sinhazinha conhece o Fernão?
— Fernão?!... Quem é?
— Um moço que veio do reino e toma conta do engenho...
— Se já o vi, não me lembro.
— Pois repare nele. Tem uns olhos...
— É teu namorado?
— Quem me dera!...

Foi essa a abertura do jogo. E assim, ao poucos, em dosagem hábil, hoje uma palavra, amanhã outra, no espírito de Izabel nasceu a curiosidade — passo número um do amor.

Certo dia Izabel quis ver-me.

— Falas tanto nesse Fernão, nos olhos desse Fernão, que estou curiosa de vê-lo.

E viu-me.

Eu estava no engenho, dirigindo a moagem da cana, quando as duas apareceram de copo na mão. Vinham com o pretexto da garapa.

Liduína, achegou-se a mim e:

— Seu Fernão, uma garapinha de espuma para sinhá Izabel.

A menina olhou-me de frente, mas não lhe pude sustentar o olhar. Baixei os meus olhos, conturbado. Eu tremia, balbuciava apenas, nessa ebriez do primeiro encontro.

Dei ordens aos pretos e logo jorrou da bica um jacto fofo de garapa espumejante. Tomei o copo da mão da mucama, enchi-o e ofereci-o à náiade. Ela o recebeu com simpatia, bebeu aos golinhos e pagou-me o serviço com um gentil 'obrigada', olhando-me de novo nos olhos.

Pela segunda vez baixei os meus.

Saíram.

Mais tarde Liduína contou-me o resto — um pequenino diálogo.

— Tinha razão — dissera-lhe Izabel —, é um bonito rapaz. Mas não lhe vi bem os olhos. Que acanhamento! Parece que tem medo de mim... Duas vezes que o olhei de frente, duas vezes que os baixou.

— Vergonha — disse Liduína. — Vergonha ou...

— ... ou quê?

— Não digo...

A mucama, com o seu fino instinto de mulher, compreendeu que não era ainda tempo de pronunciar a palavra amor. Pronunciou-a dias mais tarde, quando percebeu a menina suficientemente madura para ouvi-la sem escândalo.

Passeavam pelo pomar da fazenda, então no auge da florescência.

O ar embriagava, tanto era o perfume nele solto.

Abelhas aos milhares, e colibris, zumbiam e esfuziavam num delírio orgíaco.

Era a festa anual do mel.

Percebendo em Izabel o trabalho dos amavios ambientes, Liduína aproveitou o ensejo para um passo a mais.

— Quando eu vinha vindo vi seu Fernão sentado na pedra do muro. Uma tristeza...

— Que será que ele tem? Saudades da terra?

— Quem sabe?! Saudades ou...

— ... ou quê?

— ou amor.

— Amor! Amor! — disse Izabel sorvendo com volúpia o ar embalsamado. Que linda palavra, Liduína! Eu, quando vejo um laranjal assim florido, a palavra que me vem à ideia é essa: amor! Mas amará ele a alguém?

— Pois de certo. Quem não ama neste mundo? Os passarinhos, as borboletas, as vespas...

— Mas a quem amará ele? A alguma preta do eito, com certeza... — e Izabel riu-se desabaladamente.

— Aquele? — fez Liduína num muxoxo. — Não é desses, não, sinhazinha. Moço pobre, mas de condição. Para mim, até penso que ele é filho dalgum fidalgo do reino. Anda por aqui escondido...

Izabel quedou-se pensativa.

— Mas a quem amará, então, aqui, neste deserto de brancas?

— Pois as brancas...

— Que brancas?

— Dona Inezinha... Dona Izabelinha...

A mulher desapareceu por um momento para ceder o lugar à filha do fazendeiro.

— Eu? Engraçadinha! Era só o que faltava...

Liduína calou-se. Deixou que a semente lançada corresse o prazo da germinação. E, vendo um tal casal de borboletas a perseguirem-se com estalidos de asas, mudou o rumo à conversa.

— Sinhazinha já reparou nestas borboletas de perto? Têm dois números debaixo das asas — oito, oito. Quer ver?

Correu atrás delas.

— Não pegas! — gritou Izabel, divertida.

— Mas pego esta aqui — retrucou Liduína apanhando outra, lerdota, e trazendo-a a espernejar entre os dedos.

— É ver uma casca de árvore com musgo. Espertalhona! Assim se disfarça, que ninguém a percebe quando está sentadinha. É como o periquito, que está gritando numa árvore, em cima da cabeça da gente, e a gente nada vê. Por falar em periquito, por que sinhazinha não arranja um casal?

Izabel tinha o pensamento longe dali. A mucama bem o sentia, mas muito de indústria continuava na tagarelice.

— Dizem que se querem tanto, os periquitos, que quando um morre o companheiro se mata. Tio Adão teve um assim, que se afogou numa pocinha d'água no dia em que a periquita morreu. Só entre os pássaros há coisas dessas...

Izabel continuava absorta. Mas em dado momento quebrou o mutismo.

— Por que lembraste de mim nesse negócio do Fernão?

— Por quê? — repetiu Liduína cavorteiramente. — Porque é tão natural isso...

— Alguém te disse alguma coisa?

— Ninguém. Mas se ele ama de amor, aqui neste sertão, e ficou assim agora, depois que sinhazinha chegou, a quem há de amar?... Ponha o caso em si. Se sinhazinha fosse ele, e ele fosse sinhazinha...

Calaram-se ambas e o passeio terminou no silêncio de quem dialoga consigo mesmo.

XIII

Izabel dormiu tarde essa noite. A ideia de que sua imagem enchia o coração de um homem esvoaçava-lhe na imaginação como as abelhas no laranjal.

'— Mas é um subalterno! — alegava o Orgulho.

'— Qu'importa, se é um moço rico de bons sentimentos? — retorquiu a Natureza.

'— E bem pode ser que fidalgo!... — acrescentava, insinuante, a Fantasia.

A Imaginação também veio à tribuna.

'— E pode vir a ser um poderoso fazendeiro. Quem era o capitão Aleixo na idade dele? Um simples arreador...'

Já era o Amor quem assoprava tais argumentos.

Izabel ergueu-se da cama e foi à janela. A lua em minguante quebrava de tons cinéreos o escuro da noite. Os sapos no brejal coaxavam melancólicos. Vaga-lumes tontos riscavam fósforos no ar.

Era aqui... Era aqui neste quarto, era aqui nesta janela!...

Eu a espiava de longe, nesse estado de êxtase que o amor provoca na presença do objeto amado. Longo tempo a vi assim, imersa em cisma. Depois fechou-se a persiana, e o mundo para mim se encheu de trevas.

XIV

No outro dia, antes que Liduína abordasse o tema dileto, disse-lhe Izabel:

— Mas, Liduína, que é amor?

— Amor? — respondeu a arguta mucama em quem o instinto substituía a cultura. — Amor é uma coisa...

— ... que...

— ... que vem vindo, vem vindo...
— ... e chega!
— ... e chega e toma conta da gente. Tio Adão diz que o amor é doença. Que a gente tem sarampo, catapora, tosse comprida, caxumba e amor — cada doença no seu tempo.
— Pois eu tive tudo isso — replicou Izabel — e não tive amor...
— Sossegue que não escapa. Teve as piores e não há de ter a melhor? Espere que um dia ele vem...
Silenciaram.
Súbito, agarrando o braço da mucama, Izabel encarou-a a fito nos olhos.
— És minha amiga do coração, Liduína?
— Um raio me parta neste momento se...
— És capaz dum segredo, mas dum segredo eterno, eterno, eterno?
— Um raio me parta se...
— Cala a boca.
Izabel vacilava.
Depois, nessa ânsia de confidência que nasce ao primeiro luar do amor, disse, corando:
— Liduína, parece-me que estou ficando doente... da doença que faltava.
— Pois é tempo — exclamou a finória arregalando os olhos. — Dezessete anos...
— Dezesseis.
E Liduína, cavilosa:
— Algum fidalguinho da Corte?
Izabel vacilou de novo; por fim disse:
— Eu tenho um namorado no Rio — mas é namoro só. Amor, amor, desse que bole cá dentro com o coração, desse que vem vindo, vem vindo e chega, não! Não, lá...
E em cochicho ao ouvido da mucama, corando:
— Aqui!...
— Quem? — perguntou Liduína, simulando espanto.
Izabel não respondeu com palavras. Ergueu-se e:
— Mas é um comecinho só. Vem vindo...

XV

O amor veio vindo e chegou. Chegou e destruiu todas as barreiras. Destruiu nossas vidas e acabou destruindo a fazenda. Estas ruínas, estas corujas, este morcegal, tudo não passa da florescência de um grande amor...

Por que há de ser a vida assim? Por que hão de os homens, à força do orgulho, impedir que o botão da maravilhosa planta passe a flor? E por que hão de transformar o que é céu em inferno, o que é perfume em dor, o que é luz em negrume, o que é beleza em caveira?

Izabel, mimo de fragilidade feminil avivada de graça brasília, tinha o quê perturbador das orquídeas. Sua beleza não era ao molde da beleza rechonchuda e corada, forte e sadia, das cachopas da minha terra. Por isso mesmo mais fortemente me seduzia a pálida princesinha tropical.

Ao inverso, o que em mim a seduzia era a força varonil e transbordante, e a nobre rudeza dos meus instintos, que iam até a audácia de pôr os olhos na altura em que ela pairava.

XVI

O primeiro encontro foi... casual. Meu acaso chamava-se Liduína. Seu gênio instintivo fê-la a boa fada de nossos amores.

Foi assim.

Estavam as duas no pomar diante duma pitangueira enrubescida de frutos.

— Lindas pitangas! — disse Izabel. — Sobe, Liduína e apanha um punhado.

Aproximou-se Liduína da pitangueira e fez vãs tentativas para trepar.

— Impossível, sinhazinha, só chamando alguém. Quer?

— Pois vai chamar alguém.

Liduína partiu correndo e Izabel teve a previsão nítida de quem viria. De fato, momentos depois apareci eu.

— Senhor Fernão, desculpe-me — disse a moça. — Pedi àquela maluca que chamasse algum preto para colher pitangas — e foi ela incomodá-lo.

Perturbado pela sua presença e com o coração aos pulos, gaguejei, para dizer algo:

— São pitangas que quer?

— Sim. Mas falta uma cestinha que Liduína foi buscar.

Pausa.

Izabel, tão senhora de si, percebi-a nesse momento embaraçada como eu. Não tinha o que dizer. Silenciava. Por fim:

— Moem cana hoje? — perguntou-me.

Gaguejei que sim e novo silêncio se fez. Para quebrá-lo, Izabel gritou em direção da casa:

— Anda depressa, rapariga! Que lesmice...

E depois, para mim:

— Não tem saudades de sua terra?

Despregou-se-me a língua. Perdi o embaraço. Respondi que tive, mas não as tinha mais.

— Os primeiros anos passei-os a suspirar à noite, saudoso de tudo de lá. Só quem emigrou sabe a dor do fruto arrancado à árvore. Conformei-me, afinal. E hoje... o mundo inteiro para mim está aqui nestas montanhas.

Izabel compreendeu-me a intenção e quis perguntar-me por quê. Mas não teve ânimo. Saltou para outro assunto.

— Por que motivo só as pitangas desta árvore prestam? As outras são tão azedas...

— Vai ver — disse eu — que esta árvore é feliz e as outras não. O que azeda os homens e as coisas é a desgraça. Fui doce como a lima, logo que vim para cá. Hoje sou amargo...

— Julga-se infeliz?

— Mais do que nunca.

Izabel arriscou-se:

— Por quê?

Respondi intrepidamente:

— Dona Izabel, que é menina rica, não imagina a posição desgraçada de quem é pobre. O pobre forma neste mundo uma casta maldita, sem direito a coisa nenhuma. O pobre não pode nada...

— Pode, sim. Pode uma coisa...

— ?

— Deixar de ser pobre.

— Não falo da riqueza do dinheiro. Essa é fácil de alcançar, depende apenas de esforço e habilidade. Falo de coisas mais preciosas que o ouro. Um pobre, tenha o coração que tiver, seja a mais nobre das almas, não tem o direito de erguer os olhos para certas *alturas*...

— Mas se a *altura* quiser descer até ele? — retrucou audaciosa e vivamente a menina.

— Esse caso acontece às vezes nos romances. Na vida, nunca...

Calamo-nos de novo. Neste entremeio Liduína reapareceu, esbaforida, com a cestinha na mão.

— Custou-me a achar — disse a velhaca, justificando a demora. — Estava caída atrás do toucador.

O olhar que lhe lançou Izabel dizia: 'Mentirosa!'

Tomei a cesta e preparei-me para trepar à árvore.

Izabel, porém, interveio:

— Não! Não quero mais pitangas. Vão tirar-me o apetite para a garapa do meio-dia. Ficam para outra vez.

E para mim, amável:

— Queira desculpar-me...

Saudei-a, ébrio de felicidade, e lá me fui de aleluias n'alma, com o mundo a dançar em torno de mim.

Izabel seguiu-me com o olhar, pensativamente.

— Tinha razão, Liduína, é um rapagão que vale todos os pelintras da Corte. Mas, coitado!... Queixa-se tanto do seu destino...

— Bobagens — muxoxou a mucama, trepando à pitangueira com agilidade de macaco.

Vendo aquilo, Izabel sorriu e murmurou, entre repreensiva e maliciosa:

— Você, Liduína...

A rapariga, que tinha entre os dentes alvíssimos o vermelho duma pitanga, esganiçou uma risada velhaca.

— Pois sinhazinha não sabe que sou mais sua amiga do que sua escrava?

XVII

O amor é o mesmo em toda parte e em todos os tempos. Aquele enleio do primeiro encontro é o eterno enleio dos primeiros encontros. Aquele diálogo à sombra da pitangueira é o eterno diálogo da abertura. Assim, nosso amor, tão novo para nós, reproduzia um jogo velho qual o mundo.

Nascera em Izabel e em mim um sexto sentido maravilhoso. Compreendíamo-nos, adivinhávamo-nos e descobrimos meios de inventar os mais imprevistos encontros — encontros deliciosos, em que um olhar bastava para a permuta de mundos de confidências...

Izabel amou-me.

Que período de vida, esse!

Eu sentia-me alto como as montanhas, forte como o oceano e todo a coruscar de estrelas por dentro.

Era rei.

A terra, a natureza, os céus, a lua, a luz, a cor, tudo existia para ambiente do meu amor. Não era mais vida aquele meu viver, sim um êxtase contínuo.

Alheado de tudo, uma só coisa eu via, duma só coisa me alimentava.

Riquezas, poderio, honras — que vale tudo isso ante a sensação divina de amar e ser amado?

Nessa ebriedade vivi — quanto tempo não sei. O tempo não contava para o meu amor. Vivia — tinha a impressão de que só nessa época entrara a viver. Antes, a vida não me fora mais que simples agitação animalesca.

Poetas! Como vos compreendi a voz interior ressoada em rimas, como me irmanei convosco no esvoaçar pelos intermúndios do sonho!...

Liduína comportava-se como a fada boa dos nossos destinos. Sempre vigilante, a ela devíamos inteirinho o mar de felicidade em que boiávamos. Lépida, mimosa, travessa, a gentil crioula enfeixava em si toda a artimanha da raça perseguida — e todo o gênio do sexo escravizado à prepotência do homem.

Entretanto, o bem que nos fizeste como se avinagrou para ti, Liduína!... Em que fel horroroso se transfez para ti, afinal...

Eu sabia que o mundo é governado pelo monstro Estupidez. E que Sua Majestade não perdoa o crime de Amor. Mas nunca supus que esse monstro fosse a fera delirante que é — tão sanguissedenta, tão requintada em ferócia. Nem que houvesse monstro mais bem servido que esse.

Que comitiva numerosa traz!

Que servos diligentes possui!

A sociedade, as leis, os governos, as religiões, os juízes, as morais, tudo que é força social organizada presta mão forte à Estupidez Onipotente. E assanha-se em punir, em torturar o ingênuo que, conduzido pela natureza, arrosta com os mandamentos da megera.

Ai dele, se comete um crime de lesa-Estupidez! Mãos de ferro constringem-lhe a garganta. Seu corpo rola por terra, espezinhado; seu nome perpetua-se com pechas infames.

Nosso crime — que lindo crime: amar! — foi descoberto. E a monstruosa engrenagem de aço triturou-nos, ossos e almas, aos três...

XVIII

Uma noite...

A lua, bem no alto, empalidecia as estrelas e eu, triste, velava, rememorando o último encontro com Izabel. Fora à tardinha, numa volta do ribeirão, à sombra dum tufo de marianeiras cacheadas de frutos. Mãos unidas, cabeça contra cabeça, num enlevo de comunhão d'alma, assistíamos ao alvoroto da peixaria assanhada na disputa das frutinhas amarelas que a espaços pipocavam na água remansosa do rio. Izabel, absorta, mirava aquelas ariscas linguinhas de prata, apinhadas em torno das iscas.

— Sinto-me triste, Fernão. Tenho medo da nossa felicidade. Qualquer coisa me diz que isso vai ter fim — e fim trágico...

Minha resposta foi aconchegá-la inda mais ao meu peito.

Um bando de saíras e sanhaços, de pouso nas marianeiras, entraram a debicar energicamente os cachos da frutinha silvestre. E o espelho das águas piriricou ao chuveiro das migalhas caídas. Coalhou-se o rio de lambaris famintos, engalfinhados num delírio de rega-bofe, com saltos de prata faiscantes no ar.

Izabel, sempre absorta, dizia:

— Como são felizes!... E são felizes porque são livres. Nós — pobres de nós!... Nós somos inda mais escravos do que os escravos do eito...

Duas viuvinhas pousaram numa haste de peri emersa da margem fronteira. A vara vergou-se-lhe ao peso, oscilou uns instantes e estabilizou-se de novo. E o lindo casal permaneceu imóvel, juntinho, comentando talvez, como nós, a festa glutona dos peixes.

Izabel murmurou num sorriso de infinita melancolia:

— Que cabecinha sossegada eles têm...

Eu rememorava frase por frase esse último encontro com a minha amada, quando, dentro da noite, ouvi bulha à porta. Alguém corria o ferrolho e entrava. Sentei-me na cama, de sobressalto. Era Liduína. Tinha os olhos esgazeados de pavor e foi em voz arquejante que atropelou as derradeiras palavras que lhe ouvi na vida.

— Fuja! O capitão Aleixo sabe tudo. Fuja, que estamos perdidos...

Disse, e esgueirou-se para o terreiro como sombra.

XIX

O choque foi tamanho que me senti vazio de cérebro. Parei de pensar... O capitão Aleixo...

Lembro-me bem dele. Era o plenipotenciário de Sua Majestade a Estupidez nestas paragens. Frio e duro, não reconhecia sensibilidade em carne alheia. Recomendava sempre aos feitores a sua receita de bem conduzir os escravos: 'Angu por dentro e relho por fora, sem economia e sem dó'.

Consoante tal programa, a vida na fazenda escoava-se entre trabalhos de eito, comezaina farta e 'bacalhau'.

Com o tempo desenvolveu-se nele a crueldade inútil. Não se limitava a impor castigos: ia presenciá-los. Gozava de ver a carne humana avergoar-se aos golpes do couro cru.

Ninguém, entretanto, estranhava aquilo. Os pretos sofriam como predestinados à dor. E os brancos tinham como dogma que de outra maneira não se levavam pretos.

O sentimento de revolta não latejava em ninguém, salvo em Izabel, que se fechava no quarto, de dedos fincados nos ouvidos, sempre que na casa do tronco o 'bacalhau' arrancava urros a um pobre infeliz.

A mim, em começo, também me era indiferente a dor alheia. Ao depois — depois que o amor me floriu a alma de todas as flores do sentimento — aquelas barbaridades diárias punham-me fremente de cólera.

Uma vez tive ímpetos de estrangular o déspota. Foi o caso dum vizinho que lhe trouxera um cão de fila para vender.

XX

— É bom? Bem bravo? — perguntou o fazendeiro examinando o animal.
— Uma fera! Para apanhar negro fugido, nada melhor.
— Não compro nabos em sacos — disse o capitão. — Experimentemo-lo.

Ergueu os olhos para o terreiro que fulgurava ao sol. Deserto. A escravaria inteira na roça. Mas naquele momento o portão se abriu e um preto velho entrou, cambaio, de jacá ao ombro, rumo ao chiqueiro dos porcos. Era um estropiado do eito que pagava o que comia tratando da criação.

O fazendeiro teve uma ideia. Tirou o cão da corrente e atiçou-o contra o preto.

— Pega, Vinagre!

O mastim partiu como bala e instantes depois ferrava o pobre velho, dando com ele em terra. Estraçalhou-o...

O fazendeiro sorria-se com entusiasmo.

— É de primeira — disse ao sujeito. — Dou-lhe cem mil-réis pelo Vinagre.

E como o sujeito, assombrado daqueles processos, lamentasse a desgraça do estraçalhado, o capitão fez cara de espanto.

— Ora bolas! Um caco de vida...

XXI

Pois foi esse homem que vi subitamente penetrar no meu quarto, essa noite, logo depois que se sumiu Liduína. Acompanhavam-no dois feitores, como sombras. Entrou e fechou a porta sobre si. Parou a alguma distância. Olhou-me e sorriu.

— Vou dar-te uma bela noivinha — disse ele. E num gesto ordenou aos carrascos que me amarrassem.

Despertei da vacuidade. O instinto de conservação retesou-me todas as energias e, mal os capangas vieram a mim, atirei-me a eles com furor de onça fêmea a quem roubam os cachorrinhos.

Não sei quanto tempo durou a luta horrorosa; sei apenas que a tantas perdi os sentidos em virtude das violentas pancadas que me racharam a cabeça.

Quando despertei pela madrugada vi-me por terra, com os pés doridos entalados no tronco. Levei a mão aos olhos sujos de pó e sangue e entrevi à minha esquerda, no extremo do madeiro hediondo, um corpo desmaiado de mulher.

Liduína...

Percebi ainda que havia mais gente ali.

Olhei.

Dois homens de picaretas abriam um largo rombo no espesso muro de taipa.

Outro, um pedreiro, misturava cal e areia no chão, rente a uma pilha de tijolos.

O fazendeiro também ali estava, de braços cruzados, dirigindo o serviço. Vendo-me desperto, aproximou-se do meu ouvido e murmurou com gélido sarcasmo as últimas palavras que ouvi sobre a terra:

— Olhe! A tua noivinha é aquela parede...

Compreendi tudo: iam emparedar-me vivo..."

XXII

Aqui se interrompeu a história do "outro", como a ouvi naquela horrorosa noite. Repito que não a ouvi assim, nessa ordem literária, mas murmurada em solilóquio, aos arrancos, às vezes entre soluços, outras num cicio imperceptível. Tão estranha era essa forma de narrar que o velho Tio Bento não apanhou coisa nenhuma.

E foi com ela a me doer no cérebro que vi chegar a manhã.

— Benditas sejas, luz!

Ergui-me, alvoroçado.

Abri a janela, todo a renascer-me dos horrores noturnos.

O sol lá estava espiando-me dentre a copa do arvoredo. Seus raios de ouro invadiram-me a alma. Varreram dela os frocos de trevas que a entenebreciam qual cabelugem de pesadelo.

O ar lavado e alerta encheu-me os pulmões da delirante vida matutina. Respirei-o alegremente, em haustos largos.

E Jonas? Dormia ainda, repousado de feições.

Era "ele" outra vez. O "outro" fugira com as trevas da noite.

— Tio Bento — exclamei —, conte-me o resto da história. Que fim teve Liduína?

O velho preto recomeçou a contá-la a partir do ponto em que a interrompera na véspera.

— Não! — gritei eu. — Dispenso isso tudo. Só quero saber que fim teve Liduína depois que o capitão deu sumiço ao moço.

Tio Bento abriu cara de espanto.

— Como o meu branco sabe disso?

— Sonhei, tio Bento.

Ele permaneceu ainda uns instantes admirado, custando a crer. Depois narrou:

— Liduína morreu no chicote, a coitadinha — tão na flor, dezenove anos... O Gabriel e o Estevão, os carrascos, retalharam o seu corpinho de criança com os rabos do "bacalhau"... A mãe dela, que só na hora do castigo soube do acontecido na véspera, correu feito louca para a casa do tronco. No momento em que empurrou a porta e olhou, uma chicotada cortava o seio esquerdo da filha. Antônia deu um grito e caiu para trás como morta.

Apesar do radioso da manhã meus nervos fremiram às palavras do preto.

— Basta, basta... De Liduína basta. Só quero agora saber o que sucedeu a Izabel.

— Nhá Zabé ninguém mais viu ela na fazenda. Foi levada para a Corte e acabou mais tarde no hospício, é o que dizem.

— E Fernão?

— Esse sumiu. Ninguém nunca soube dele — nunca, nunca...

Jonas acabava de despertar. E ao ver luz no quarto sorriu. Queixava-se de peso na cabeça.

Interpelei-o sobre o eclipse noturno de sua alma, mas Jonas mostrou-se alheio a tudo. Enrugou a testa, recordando-se.

— Lembro-me que uma coisa me invadiu, que fui empolgado, que lutei com desespero...

— E depois?

— Depois?... Depois um vácuo...

Saímos para fora.

A casa maldita, mergulhada na onda de luz matutina, perdera o aspecto trágico.

Disse-lhe adeus — para sempre...

— *Vade retro!*...

E fomo-nos à casinhola do preto engolir o café e arrear os animais.

De caminho espiei pelas grades da casa do tronco: na taipa grossa da parede havia um trecho murado a tijolo...

Afastei-me horripilado.

E guardei comigo o segredo da tragédia de Fernão. Só eu no mundo a conhecia, contada por ele mesmo, oitenta anos após à catástrofe.

Só eu!

Mas como não sei guardar segredo, revelei-o em caminho ao Jonas.

Jonas riu-se à larga e disse, estendendo-me o dedo minguinho:

— Morde aqui!...

1922

O COLOCADOR DE PRONOMES

Aldrovando Cantagalo veio ao mundo em virtude dum erro de gramática.

Durante sessenta anos de vida terrena pererecou como um peru em cima da gramática.

E morreu, afinal, vítima dum novo erro de gramática.

Mártir da gramática, fique este documento da sua vida como pedra angular para uma futura e bem merecida canonização.

Havia em Itaoca um pobre moço que definhava de tédio no fundo de um cartório. Escrevente. Vinte e três anos. Magro. Ar um tanto palerma. Ledor de versos lacrimogêneos e pai duns acrósticos dados à luz no *Itaoquense*, com bastante sucesso.

Vivia em paz com as suas certidões quando o frechou venenosa seta de Cupido. Objeto amado: a filha mais moça do coronel Triburtino, o qual tinha duas, essa Laurinha, do escrevente, então nos dezessete, e a do Carmo, encalhe da família, vesga, madurota, histérica, manca da perna e um tanto aluada.

Triburtino não era homem de brincadeiras. Esgoelara um vereador oposicionista em plena sessão da câmara e desd'aí se transformou no tutu da terra. Toda gente lhe tinha um vago medo; mas o amor, que é mais forte que a morte, não receia sobrecenhos enfarruscados nem tufos de cabelos no nariz.

Ousou o escrevente namorar-lhe a filha, apesar da distância hierárquica que os separava. Namoro à moda velha, já se vê, pois que nesse tempo não existia a gostosura dos cinemas. Encontros na igreja, à missa, troca de olhares, diálogos de flores — o que havia de inocente e puro. Depois, roupa nova, ponta de lenço de seda a entremostrar-se no bolsinho de cima e medição de passos na rua d'Ela, nos dias de folga. Depois, a serenata fatal à esquina, com o

Acorda, donzela...

sapecado a medo num velho pinho de empréstimo. Depois, bilhetinho perfumado.

Aqui se estrepou...

Escrevera nesse bilhetinho, entretanto, apenas quatro palavras, afora pontos exclamativos e reticências:

Anjo adorado!
Amo-lhe!

Para abrir o jogo bastava esse movimento de peão.

Ora, aconteceu que o pai do anjo apanhou o bilhetinho celestial e, depois de três dias de sobrecenho carregado, mandou chamá-lo à sua presença, com disfarce de pretexto — para umas certidõezinhas, explicou.

Apesar disso o moço veio um tanto ressabiado, com a pulga atrás da orelha.

Não lhe erravam os pressentimentos. Mal o pilhou portas aquém, o coronel trancou o escritório, fechou a carranca e disse:

— A família Triburtino de Mendonça é a mais honrada desta terra, e eu, seu chefe natural, não permitirei nunca — nunca, ouviu? — que contra ela se cometa o menor deslize.

Parou. Abriu uma gaveta. Tirou de dentro o bilhetinho cor-de-rosa, desdobrou-o.

— É sua esta peça de flagrante delito?

O escrevente, a tremer, balbuciou medrosa confirmação.

— Muito bem! — continuou o coronel em tom mais sereno. — Ama, então, minha filha e tem a audácia de o declarar... Pois agora...

O escrevente, por instinto, ergueu o braço para defender a cabeça e relanceou os olhos para a rua, sondando uma retirada estratégica.

— ... é casar! — concluiu de improviso o vingativo pai.

O escrevente ressuscitou. Abriu os olhos e a boca, num pasmo. Depois, tornando a si, comoveu-se e com lágrimas nos olhos disse, gaguejante:

— Beijo-lhe as mãos, coronel! Nunca imaginei tanta generosidade em peito humano! Agora vejo com que injustiça o julgam aí fora!...

Velhacamente o velho cortou-lhe o fio das expansões.

— Nada de frases, moço, vamos ao que serve: declaro-o solenemente noivo de minha filha!

E, voltando-se para dentro, gritou:

— Do Carmo! Venha abraçar o teu noivo!

O escrevente piscou seis vezes e, enchendo-se de coragem, corrigiu o erro.

— Laurinha, quer o coronel dizer...

O velho fechou de novo a carranca.

— Sei onde trago o nariz, moço. Vassuncê mandou este bilhete à Laurinha dizendo que ama-"lhe". Se amasse a ela deveria dizer amo-"te". Dizendo "amo-lhe" declara que ama a uma terceira pessoa, a qual não pode ser senão a Maria do Carmo. Salvo se declara amor à minha mulher...

— Oh, coronel...

— ... ou à preta Luzia, cozinheira. Escolha!

O escrevente, vencido, derrubou a cabeça, com uma lágrima a escorrer rumo à asa do nariz. Silenciaram ambos, em pausa de tragédia. Por fim o coronel, batendo-lhe no ombro paternalmente, repetiu a boa lição da sua gramática matrimonial.

— Os pronomes, como sabe, são três: da primeira pessoa — quem fala, e neste caso vassuncê; da segunda pessoa — a quem se fala, e neste caso Laurinha; da terceira pessoa — de quem se fala, e neste caso do Carmo, minha mulher ou a preta. Escolha!

Não havia fuga possível.

O escrevente ergueu os olhos e viu do Carmo que entrava, muito lampeira da vida, torcendo acanhada a ponta do avental. Viu também sobre a secretária uma garrucha com espoleta nova ao alcance do maquiavélico pai. Submeteu-se e abraçou a urucaca, enquanto o velho, estendendo as mãos, dizia teatralmente:

— Deus vos abençoe, meus filhos!

No mês seguinte, solenemente, o moço casava-se com o encalhe, e onze meses depois vagia nas mãos da parteira o futuro professor Aldrovando, o conspícuo sabedor da língua que durante cinquenta anos a fio coçaria na gramática a sua incurável sarna filológica.

Até os dez anos não revelou Aldrovando pinta nenhuma. Menino vulgar, tossiu a coqueluche em tempo próprio, teve o sarampo da praxe, mais a caxumba e a catapora. Mais tarde, no colégio, enquanto os outros enchiam as horas de estudo com invenções de matar o tempo — empalamento de moscas e moidelas das respectivas cabecinhas entre duas folhas de papel, coisa de ver o desenho que sai — Aldrovando apalpava com erótica emoção a gramática de Augusto Freire da Silva. Era o latejar do furúnculo filológico que o determinaria na vida, para matá-lo, afinal...

Deixemo-lo, porém, evoluir e tomemo-lo quando nos serve, aos quarenta anos, já a descer o morro, arcado ao peso da ciência e combalido de rins. Lá está ele em seu gabinete de trabalho, fossando à luz dum lampião os pronomes de Filinto Elísio. Corcovado, magro, seco, óculos de latão no nariz, careca, celibatário impenitente, dez horas de aulas por dia, duzentos mil-réis por mês e o rim volta e meia a fazer-se lembrado.

Já leu tudo. Sua vida foi sempre o mesmo poento idílio com as veneráveis costaneiras onde cabeceiam os clássicos lusitanos. Versou-os um por um com mão diurna e noturna. Sabe-os de cor, conhece-os pela morrinha, distingue pelo faro uma seca de Lucena duma esfalfa de Rodrigues Lobo. Digeriu todas as patranhas de Fernão Mendes Pinto. Obstruiu-se da broa encruada de Frei Pantaleão do Aveiro. Na idade em que os rapazes correm atrás das raparigas, Aldrovando escabichava belchiores na pista dos mais esquecidos mestres da boa arte de maçar. Nunca dormiu entre braços de mulher. A mulher e o amor — mundo, diabo e carne eram para ele os alfarrábios freiráticos do quinhentismo, em cuja soporosa verborreia espapaçava os instintos lerdos, como porco em lameiro.

Em certa época viveu três anos acampado em Vieira. Depois vagabundeou, como um Robinson, pelas florestas de Bernardes.

Aldrovando nada sabia do mundo atual. Desprezava a natureza, negava o presente. Passarinho, conhecia um só: o rouxinol de Bernardim Ribeiro. E se acaso o sabiá de Gonçalves Dias vinha bicar "pomos de Hespérides" na laranjeira do seu quintal, Aldrovando esfogueteava-o com apóstrofes:

— Salta fora, regionalismo de má sonância!

A língua lusa era-lhe um tabu sagrado que atingira a perfeição com Frei Luiz de Sousa, e daí para cá, salvo lucilações esporádicas, vinha chafurdando no ingranzéu barbaresco.

— A ingresia d'hoje — declamava ele — está para a Língua, como o cadáver em putrefação está para o corpo vivo.

E suspirava, condoído dos nossos destinos:

— Povo sem língua!... Não me sorri o futuro de Vera Cruz...

E não lhe objetassem que a língua é organismo vivo e que a temos a evoluir na boca do povo.

— Língua? Chama você língua à garabulha bordalenga que estampam periódicos? Cá está um desses galicígrafos. Deletreemo-lo ao acaso.

E, baixando as cangalhas, lia:

— *Teve lugar ontem...* É língua esta espurcícia negral? Ó meu seráfico Frei Luiz, como te conspurcam o divino idioma estes sarrafaçais da moxinifada!

— *... no Trianon...* Por que, Trianon? Por que este perene barbarizar com alienígenos arrevesos? Tão bem ficava — a *Benfica*, ou, se querem neologismo de bom cunho — o *Logratório*... Tarelos é que são, tarelos!

E suspirava deveras compungido.

— Inútil prosseguir. A folha inteira cacografa-se por este teor. Ai! Onde param os boas letras d'antanho? Fez-se peru o níveo cisne. Ninguém atende a lei suma — Horácio! Impera o desprimor, e o mau gosto vige como suprema regra. A gálica intrujice é maré sem vazante. Quando penetro num livreiro o coração se me confrange ante o pélago de óperas barbarescas que nos vertem cá mercadores de má morte. E é de notar, outrossim, que a elas se vão as preferências do vulgacho. Muito não faz que vi com estes olhos um gentil mancebo preferir uma sordícia de Oitavo Mirbelo, *Canhenho duma dama de servir*,[1] creio, à... adivinhe ao quê, amigo? À *Carta de Guia* do meu divino Francisco Manoel!...

— Mas a evolução...

— Basta. Conheço às sobejas a escolástica da época, a "evolução" darwínica, os vocábulos macacos — pitecofonemas que "evolveram", perderam o pelo e se vestem hoje à moda de França, com vidro no olho. Por amor

---

[1] Octave Mirbeau — *Journal d'une Femme de Chambre*.

a Frei Luiz, que ali daquela costaneira escandalizado nos ouve, não remanche o amigo na esquipática sesquipedalice.

Um biógrafo ao molde clássico separaria a vida de Aldrovando em duas fases distintas: a estática, em que apenas acumulou ciência, e a dinâmica, em que, transfeito em apóstolo, veio a campo com todas as armas para contrabater o monstro da corrupção.

Abriu campanha com memorável ofício ao congresso, pedindo leis repressivas contra os ácaros do idioma.

— Leis, senhores, leis de Dracão, que diques sejam, e fossados, e alcáçares de granito prepostos à defensão do idioma. Mister sendo, a forca se restaure, que mais o baraço merece quem conspurca o sacro patrimônio da sã vernaculidade, que quem ao semelhante a vida tira. Vede, senhores, os pronomes, em que lazeira jazem...

Os pronomes, ai!, eram a tortura permanente do professor Aldrovando. Doía-lhe como punhalada vê-los por aí pré ou pospostos contra regras elementares do dizer castiço. E sua representação alargou-se nesse pormenor, flagelante, concitando os pais da pátria à criação dum Santo Ofício gramatical.

Os ignaros congressistas, porém, riram-se da memória, e grandemente piaram sobre Aldrovando as mais cruéis chalaças.

— Quer que instituamos patíbulo para os maus colocadores de pronomes! Isto seria autocondenar-nos à morte! Tinha graça!

Também lhe foi à pele a imprensa, com pilhérias soezes. E depois, o público. Ninguém alcançara a nobreza do seu gesto, e Aldrovando, com a mortificação n'alma, teve que mudar de rumo. Planeou recorrer ao púlpito dos jornais. Para isso mister foi, antes de nada, vencer o seu velho engulho pelos "galicígrafos de papel e graxa". Transigiu e, breve, desses "pulmões da pública opinião" apostrofou o país com o verbo tonante de Ezequiel. Encheu colunas e colunas de objurgatórias ultraviolentas, escritas no mais estreme vernáculo.

Mas não foi entendido. Raro leitor metia os dentes naqueles intermináveis períodos engrenados à moda de Lucena; e ao cabo da aspérrima campanha viu que pregara em pleno deserto. Leram-no apenas a meia dúzia de Aldrovandos que vegetam sempre em toda parte, como notas rezinguentas da sinfonia universal.

A massa dos leitores, entretanto, essa permaneceu alheia aos flamívomos pelouros da sua colubrina sem raia. E por fim os "periódicos" fecharam-lhe a porta no nariz, alegando falta de espaço e coisas.

— Espaço não há para as sãs ideias — objurgou o enxotado —, mas sobeja, e pressuroso, para quanto recende à podriqueira!... Gomorra! Sodoma! Fogos do céu virão um dia alimpar-vos a gafa!... — exclamou, profético, sacudindo à soleira da redação o pó das cambaias botinas de elástico.

Tentou em seguida ação mais direta, abrindo consultório gramatical.

— Têm-nos os físicos (queria dizer médicos), os doutores em leis, os charlatas de toda espécie. Abra-se um para a medicação da grande enferma, a língua. Gratuito, já se vê, que me não move amor de bens terrenos.

Falhou a nova tentativa. Apenas moscas vagabundas vinham esvoejar na salinha modesta do apóstolo. Criatura humana nem uma só lá apareceu a fim de remendar-se filologicamente.

Ele, todavia, não esmoreceu.

— Experimentemos processo outro, mais suasório.

E anunciou a montagem da "Agência de Colocação de Pronomes e Reparos Estilísticos".

Quem tivesse um autógrafo a rever, um memorial a expungir de cincas, um calhamaço a compor-se com os "afeites" do lídimo vernáculo, fosse lá que, sem remuneração nenhuma, nele se faria obra limpa e escorreita.

Era boa a ideia, e logo vieram os primeiros originais necessitados de ortopedia, sonetos a consertar pés de versos, ofícios ao governo pedindo concessões, cartas de amor.

Tais, porém, eram as reformas que nos doentes operava Aldrovando, que os autores não mais reconheciam suas próprias obras. Um dos clientes chegou a reclamar.

— Professor, vossa senhoria enganou-se. Pedi limpa de enxada nos pronomes, mas não que me traduzisse a memória em latim...

Aldrovando ergueu os óculos para a testa:

— E traduzi em latim o tal ingranzéu?

— Em latim ou grego, pois que o não consigo entender...

Aldrovando empertigou-se.

— Pois, amigo, errou de porta. Seu caso é ali com o alveitar da esquina.

Pouco durou a Agência, morta à míngua de clientes. Teimava o povo em permanecer empapado no chafurdeiro da corrupção...

O rosário de insucessos, entretanto, em vez de desalentar exasperava o apóstolo.

— Hei de influir na minha época. Aos tarelos hei de vencer. Fogem-me à férula os maraus de pau e corda? Ir-lhes-ei empós, filá-los-ei pela gorja... Salta rumor!

E foi-lhes "empós". Andou pelas ruas examinando dísticos e tabuletas com vícios de língua. Descoberta a "asnidade", ia ter com o proprietário, contra ele desfechando os melhores argumentos catequistas.

Foi assim com o ferreiro da esquina, em cujo portão de tenda uma tabuleta — "Ferra-se cavalos" — escoicinhava a santa gramática.

— Amigo — disse-lhe pachorrentamente Aldrovando —, natural a mim me parece que erre, alarve que és. Se erram paredros, nesta época de ouro da corrupção...

O ferreiro pôs de lado o malho e entreabriu a boca.

— Mas da boa sombra do teu focinho espero — continuou o apóstolo —, que ouvidos me darás. Naquela tábua um dislate existe que seriamente à língua lusa ofende. Venho pedir-te, em nome do asseio gramatical, que o expunjas.

— ? ? ?

— Que reformes a tabuleta, digo.

— Reformar a tabuleta? Uma tabuleta nova, com a licença paga? Estará acaso rachada?

— Fisicamente, não. A racha é na sintaxe. Fogem ali os dizeres à sã gramaticalidade.

O honesto ferreiro não entendia nada de nada.

— Macacos me lambam se estou entendendo o que vossa senhoria diz...

— Digo que está a forma verbal com eiva grave. O "ferra-se" tem que cair no plural, pois que a forma é passiva e o sujeito é "cavalos".

O ferreiro abriu o resto da boca.

— O sujeito sendo "cavalos" — continuou o mestre —, a forma verbal é "ferram-se" — "ferram-se cavalos!"

— Ahn! — respondeu o ferreiro —, começo agora a compreender. Diz vossa senhoria que...

— ... que "ferra-se cavalos" é um solecismo horrendo e o certo é "ferram-se cavalos".

— Vossa senhoria me perdoe, mas o sujeito que ferra os cavalos sou eu, e eu não sou plural. Aquele "se" da tabuleta refere-se cá a este seu criado. É como quem diz: Serafim ferra cavalos — Ferra Serafim cavalos. Para economizar tinta e tábua abreviaram o meu nome, e ficou como está: Ferra Se (rafim) cavalos. Isto me explicou o pintor, e entendi-o muito bem.

Aldrovando ergueu os olhos para o céu e suspirou.

— Ferras cavalos e bem merecias que te fizessem eles o mesmo!... Mas não discutamos. Ofereço-te dez mil-réis pela admissão dum "m" ali...

— Se vossa senhoria paga...

Bem empregado dinheiro! A tabuleta surgiu no dia seguinte dessolecismada, perfeitamente de acordo com as boas regras da gramática. Era a primeira vitória obtida e todas as tardes Aldrovando passava por lá para gozar-se dela.

Por mal seu, porém, não durou muito o regalo. Coincidindo a entronização do "m" com maus negócios na oficina, o supersticioso ferreiro atribuiu a macaca à alteração dos dizeres e lá raspou o "m" do professor.

A cara que Aldrovando fez quando no passeio desse dia deu com a vitória borrada! Entrou furioso pela oficina adentro, e mascava uma apóstrofe de fulminar quando o ferreiro, às brutas, lhe barrou o passo.

— Chega de caraminholas, ó barata tonta! Quem manda aqui, no serviço e na língua, sou eu. E é ir andando, antes que eu o ferre com bom par de ferros ingleses!

O mártir da língua meteu a gramática entre as pernas e moscou-se.

— *Sancta simplicitas!* — ouviram-no murmurar na rua, de rumo à casa, em busca das consolações seráficas de Frei Heitor Pinto. Chegado que foi ao gabinete de trabalho, caiu de borco sobre as costaneiras venerandas e não mais conteve as lágrimas, chorou...

O mundo estava perdido e os homens, sobre maus, eram impenitentes. Não havia desviá-los do ruim caminho, e ele, já velho, com o rim a rezingar, não se sentia com forças para a continuação da guerra.

— Não hei de acabar, porém, antes de dar a prelo um grande livro onde compendie a muita ciência que hei acumulado.

E Aldrovando empreendeu a realização de um vastíssimo programa de estudos filológicos. Encabeçaria a série um tratado sobre a colocação dos pronomes, ponto onde mais claudicava a gente de Gomorra.

Fê-lo, e foi feliz nesse período de vida em que, alheio ao mundo, todo se entregou, dia e noite, à obra magnífica. Saiu trabuco volumoso, que daria três tomos de quinhentas páginas cada um, corpo miúdo. Que proventos não adviriam dali para a lusitanidade! Todos os casos resolvidos para sempre, todos os homens de boa vontade salvos da gafaria! O ponto fraco do brasileiro falar resolvido de vez! Maravilhosa coisa...

Pronto o primeiro tomo — *Do pronome Se* — anunciou a obra pelos jornais, ficando à espera das chusmas de editores que viriam disputá-la à sua porta. E por uns dias o apóstolo sonhou as delícias da estrondosa vitória literária, acrescida de gordos proventos pecuniários.

Calculava em oitenta contos o valor dos direitos autorais, que, generoso que era, cederia por cinquenta. E cinquenta contos para um velho celibatário como ele, sem família nem vícios, tinha a significação duma grande fortuna. Empatados em empréstimos hipotecários, sempre eram seus quinhentos mil-réis por mês de renda, a pingarem pelo resto da vida na gavetinha onde, até então, nunca entrara pelega maior de duzentos. Servia, servia!... E Aldrovando, contente, esfregava as mãos de ouvido alerta, preparando frases para receber o editor que vinha vindo...

Que vinha vindo mas não veio, ai!... As semanas se passaram sem que nenhum representante dessa miserável fauna de judeus surgisse a chatinar o maravilhoso livro.

— Não me vêm a mim? Salta rumor! Pois me vou a eles!

E saiu em via-sacra, a correr todos os editores da cidade.

Má gente! Nenhum lhe quis o livro sob condições nenhumas. Torciam o nariz, dizendo: "Não é vendável"; ou: "Por que não faz antes uma cartilha infantil aprovada pelo governo?"

Aldrovando, com a morte n'alma e o rim dia a dia mais derrancado, retesou-se nas últimas resistências.

— Fá-la-ei imprimir à minha custa! Ah, amigos! Aceito o cartel. Sei pelejar com todas as armas e irei até ao fim. Bofé!...

Para lutar era mister dinheiro e bem pouco do vilíssimo metal possuía na arca o alquebrado Aldrovando. Não importa! Faria dinheiro, venderia móveis, imitaria Bernardo de Palissy, não morreria sem ter o gosto de acaçapar Gomorra sob o peso da sua ciência impressa. Editaria ele mesmo um por um todos os volumes da obra salvadora.

Disse e fez.

Passou esse período de vida alternando revisão de provas com padecimentos renais. Venceu. O livro compôs-se, magnificamente revisto, primoroso na linguagem como não existia igual.

Dedicou-o a Frei Luiz de Souza:

> À memória daquele que me sabe as dores,
> O AUTOR.

Mas não quis o destino que o já trêmulo Aldrovando colhesse os frutos de sua obra. Filho dum pronome impróprio, a má colocação doutro pronome lhe cortaria o fio da vida.

Muito corretamente havia ele escrito na dedicatória: ... *daquele que me sabe...* e nem poderia escrever doutro modo um tão conspícuo colocador de pronomes. Maus fados intervieram, porém — até os fados conspiram contra a língua! — e por artimanha do diabo que os rege empastelou-se na oficina esta frase. Vai o tipógrafo e recompõe-na a seu modo... *daquele que sabe-me as dores...* E assim saiu nos milheiros de cópias da avultada edição.

Mas não antecipemos.

Pronta a obra e paga, ia Aldrovando recebê-la, enfim. Que glória! Construíra, finalmente, o pedestal da sua própria imortalidade, ao lado direito dos sumos cultores da língua.

A grande ideia do livro, exposta no capítulo VI — *Do método automático de bem colocar os pronomes* — engenhosa aplicação duma regra mirífica por meio da qual até os burros de carroça poderiam zurrar com gramática, operaria como o "914" da sintaxe, limpando-a da avariose produzida pelo espiroqueta da pronominúria.

A excelência dessa regra estava em possuir equivalentes químicos de uso na farmacopeia alopata, de modo que a um bom laboratório fácil lhe seria reduzi-la a ampolas para injeções hipodérmicas, ou a pílulas, pós ou poções para uso interno.

E quem se injetasse ou engolisse uma pílula do futuro PRONOMINOL CANTAGALO, curar-se-ia para sempre do vício, colocando os pronomes instintivamente bem, tanto no falar como no escrever. Para algum caso de pronomorreia agudo, evidentemente incurável, haveria o recurso do PRONOMINOL N. 2, onde entrava a estricnina em dose suficiente para libertar o mundo do infame sujeito.

Que glória! Aldrovando prelibava essas delícias todas quando lhe entrou casa adentro a primeira carroçada de livros. Dois brutamontes de mangas arregaçadas empilharam-nos pelos cantos, em rumas que lá se iam; e concluso o serviço um deles pediu:

— Me dá um mata-bicho, patrão!...

Aldrovando severizou o semblante ao ouvir aquele "Me" tão fora dos mancais, e tomando um exemplo da obra ofertou-a ao "doente".

— Toma lá. O mau bicho que tens no sangue morrerá asinha às mãos deste vermífugo. Recomendo-te a leitura do capítulo sexto.

O carroceiro não se fez rogar; saiu com o livro, dizendo ao companheiro:

— Isto no sebo sempre renderá cinco tostões. Já serve!...

Mal se sumiram, Aldrovando abancou-se à velha mesinha de trabalho e deu começo à tarefa de lançar dedicatórias num certo número de exemplares destinados à crítica. Abriu o primeiro, e estava já a escrever o nome de Rui Barbosa quando seus olhos deram com a horrenda cinca:

daquele QUE SABE-ME as dores.

— Deus do céu! Será possível?

Era possível. Era fato. Naquele, como em todos os exemplares da edição, lá estava, no hediondo relevo da dedicatória a Frei Luiz de Souza, o horripilantíssimo — "que sabe-me..."

Aldrovando não murmurou palavra. De olhos muito abertos, no rosto uma estranha marca de dor — dor gramatical inda não descrita nos livros de patologia — permaneceu imóvel uns momentos.

Depois empalideceu. Levou as mãos ao abdômen e estorceu-se nas garras de repentina e violentíssima ânsia.

Ergueu os olhos para Frei Luiz de Souza e murmurou:

— *Luiz! Luiz! Lamma sabachtani?!*

E morreu.

De quê não sabemos — nem importa ao caso. O que importa é proclamarmos aos quatro ventos que com Aldrovando morreu o primeiro santo da gramática, o mártir número um da Colocação dos Pronomes.

Paz à sua alma.

1924

MARABÁ

Bom tempo houve em que o romance era coisa de aviar com receitas à vista, qual faz o honesto boticário com os seus xaropes.

Quer trabuco histórico? Tome tanto de Herculano, tanto de Walter Scott, um pajem, um escudeiro e o que baste de Briolanjas, Urracas e Guterres.

Quer indianismo? Ponha duas arrobas de Alencar, uns laivos de Fenimore, pitadas de Chateaubriand, graúnas *quantum satis*, misture e mande.

Receitas para tudo. Para começo (fórmula Herculano): "Era por uma dessas tardes de verão em que o astro-rei, etc., etc.".

E para fim (fórmula Alencar): "E a palmeira desapareceu no horizonte..."

Arrumado o cenário da natureza, surgia, lá em Portugal, um lidador com o seu espadagão, todo carapaçado de ferro e erecto no lombo de árdego morzelo; ou, aqui no Brasil, um cacique de feroz catadura, todo arco, flechas e inúbias.

E vinha, ou uma castelã de olhos com cercadura de violetas, ou uma morena virgem nua, de pulseira na canela e mel nos lábios.

E não tardava um donzel trovadoresco que "cantava" a castelã, ou um guerreiro branco que fugia com a Iracema à garupa.

Depois, a escada de corda, o luar, os beijos — multiplicação da espécie à moda medieval; ou um sussurro na moita — multiplicação da espécie à moda natural.

A tantas o pai feroz descobria tudo e, à frente dos seus peões, voava à caça do sedutor em desabalada corrida, rebentando dúzia de corcéis; ou o cacique de rabos de arara na cabeça erguia as mãos para o céu de Tupã, implorando vingança.

E Dom Bermudo, apanhando o trovador pirata, o objurgava em estilo de catedral com a toledana erguida sobre sua cabeça:

— Mentes pela gorja, perro infame!

Ou o cacique, filando o guerreiro branco, o trazia para a taba ao som da inúbia, e lá o assava em fogueira de pau-brasil; vingança tremenda, porém não maior que a de Dom Bermudo a fender o crânio do pajem e a arrancar-lhe o coração fumegante, para depô-lo no regaço da castelã manchada.

E a moça desmaiava, e o leitor chorava e a obra recebia etiqueta de histórica, se passada unicamente entre Dons e Donas, ou de indianista, se na manipulação entravam ingredientes do empório Gonçalves Dias, Alencar & Cia.

Veio depois Zola com o seu naturalismo, e veio a psicologia e a preocupação da verdade, tudo por contágio da ciência que Darwin, Spencer e outros demônios derramaram no espírito humano.

Verdade, Verdade!... Que musa tirânica! Como faz mal aos romancistas — e como os *força* a ter talento!

Foram-se as receitas, os figurinos. Cada qual faça como entender, contanto que não discrepe do *veritas super omnia*, latim que em arte significa mentir com verossimilhança.

— Tudo isso para quê? — perguntará o leitor atônito.

É que trago nos miolos uma novela tão ao sabor antigo, tão fora da moda, que não me animo a impingi-la sem preâmbulo. E não é feia, não. Vem de Alencar, esse filho dalguma Sherazade aimoré, que a todos nós, na juventude, nos povoou a imaginação de lindas coisas inesquecíveis. E compõe-se de um guerreiro branco, duas virgens das selvas, caciques, danças guerreiras, fuga heroica, etc.

Chama-se *Marabá* e principia assim:

— Era por uma dessas noites enluaradas de verão, em que a natureza parece chovida de cinzas brancas.

Dorme a taba, e dorme a floresta circundante, sem sussurros de brisas, nem regorjeio de aves.

Só o urutau pia longe, e uma ou outra suindara perpassa, descrevendo voos de veludo ao som dum *clu, clu, clu...* que ora se aproxima, ora se perde distante.

No centro do terreiro, atado a um poste da canjerana rija, o prisioneiro branco vela. Foi vencido em combate cruento, teve todos os seus homens trucidados e vai agora pagar com a vida o louco ousio de pisar terra aimoré. Será sacrificado pela manhã ao romper do sol, cabendo ao potente Anhembira, cacique invicto, a honra de fender-lhe o crânio com a ivirapema de pau-ferro.

Seu corpo será destroçado pelas horrendas megeras da tribo, sua carne devorada pelos ferozes canibais.

O guerreiro branco rememora com melancolia o viver tão breve — sua meninice de ontem, o engajamento numa nau, a viagem por mar, as aventuras nas terras novas de Santa Cruz, norteadas pela desmedida ambição do ouro.

É louro e tem olhos azuis. Em suas veias corre o melhor sangue do reino. Seu avô caiu nas Índias, varado duma zagaia cingalesa; seu pai, nos sertões inóspitos dos Brasis, acabou na paralisia do curare que seta fatal lhe inoculou.

Chegara a vez do mal-aventurado rebento último dessa estirpe de heróis...

Em redor, guerreiros cor de bronze, exaustos da dança e bêbados de cauim, jazem estirados, as mãos soltas dos tacapes terríveis. Também dormita o velho pajé, de cócoras rente à ocara, com o maracá em silêncio ao lado.

Que mais? Sim, a lua... A lua que no alto passeia o seu crescente.

Súbito, um vulto se destaca de moita vizinha e aproxima-se cauteloso, com pés sutis de corça arisca.

É Iná, a mais formosa virgem das selvas, oriunda do sangue cacical de Anhembira, o Morde-corações.

A virgem caminha em direção do prisioneiro. Para-lhe defronte e por instantes o contempla, como presa de indecisas ideias.

Por fim decide e, ligeira como a irara, desfaz os nós da muçurana fatal e dá de beber ao guerreiro branco o trago de cauim desentorpecedor dos músculos adormentados. Em seguida mira-o a furto nos olhos, perturbada, e num gesto indica-lhe a mata, sussurrando em língua da terra:

— Foge!

O guerreiro branco vacila. Não conhece a mata, que é imensa, e teme encontrar em seu seio morte mais cruel que a pelo tacape de Anhembira.

Iná compreende o seu enleio e, tomando-lhe a mão, leva-o consigo; conhece a mata a palmo e sabe o caminho de pô-lo a seguro em sítio até onde não ousa alongar-se a gente aimoré.

A noite inteira caminham, e só quando um grande rio de águas negras lhe tranca o passo é que a virgem morena se detém. Aponta o rio ao moço guerreiro e nesse gesto diz que está finda a sua missão, pois que o rio leva ao mar e o mar é o caminho dos guerreiros brancos.

O moço tem o peito a estourar de gratidão, e amor, e como não pode significá-los com palavras lusas, recorre ao esperanto da natureza: abraça a virgem morena, beija-a e, a céu aberto, ao som múrmuro das águas eternas, louco de paixão, a possui.

Reticências.

Ao romper da madrugada:

— É a cotovia que canta!... — diz ela.

— Não; é o rouxinol — retruca Romeu.

— É a cotovia...

— É o rouxinol...

Vence a cotovia. O moço beija-a pela última vez e parte. Não esquece, porém, de enfiar no dedo de Julieta um anel — joia indispensável ao desfecho da nossa tragédia.

PRIMEIRO ATO

A tribo está apreensiva. As velhas murmuram e o pajé inquieta-se.

— Marabá! — sussurram todos.

Castigo de Tupã? Sinal do céu que marca o termo da glória de Anhembira, o chefe da tribo?

Uma criança nascera ali, de olhos azuis e loura, evidentemente marabá. E nascera de Iná, a virgem bronzeada em cujas veias corre o sangue do grande morubixaba.

Traição!

A mãe mentira à raça, e do contacto com o estrangeiro invasor, cruel inimigo que do seio do mar surgiu para desgraça do povo americano, teve aquela filha. O louro dos cabelos, o azul dos olhos, a alvura da pele, denunciavam claramente o imperdoável crime.

— Marabá! — sussurram todos.

E um vago terror espalha-se pela tribo.

O pajé reúne em concílio os velhos para decidirem sobre o gravíssimo caso. E após longas ponderações a assembleia resolve o sacrifício da pequena marabá, em holocausto aos manes irritados da tribo.

Levam a sentença ao cacique, que é pai, mas que antes de pai é o Chefe, o inexorável guardião da Lei velha como o tempo.

Anhembira cerra o sobrecenho, baixa a cabeça e queda-se imóvel como a própria estátua da dor.

Entre parêntesis.

Uma coisa me espanta: que haja inda hoje, nestes nossos atropelados dias modernos, quem *escreva* romances! E quem os *leia*!...

Conduzir por trezentas páginas a fio um enredo, que estafa!

Nada disso. Sejamos da época. A época é apressada, automobilística, aviatória, cinematográfica, e esta minha *Marabá*, no andamento em que começou, não chegaria nunca ao epílogo.

Abreviemo-la, pois, transformando-a em entrecho de filme. Vantagem tríplice: não maçará o pobre do leitor, não comerá o escasso tempo do autor e ainda pode ser que acabe filmada, quando tivermos por cá miolo e ânimo para concorrer com a Fox ou Paramount.

Vá daqui para diante a cem quilômetros por hora, dividida em *quadros* e *letreiros*.

QUADRO

Enquanto Anhembira, de cabeça derrubada sobre o peito, medita sobre a sentença que condenou a criança loura, uma índia velha corre a avisar Iná.

Iná é mãe e as mães não vacilam. Toma a filhinha nos braços e foge para as selvas...

QUADRO

Lindo cenário. Trecho de mata virgem trancado de cipoeira, trançado de taquaruçus. Vê-se à direita um velho tronco de enorme jequitibá ocado. É nesse oco que mora a menina loura de olhos azuis. A mãe ajeitou-a para esconderijo seguro; tapetou-o de musgos macios; fez dele um ninho de meter inveja às aves.

Ali dorme o lindo anjo, filho do amor a céu aberto. Ali recebe a mãe inquieta, que de fuga lhe traz o seio nutriz. De fuga, pois a tribo ignora o estratagema e está certa de que a filha de Anhembira arrojou ao abismo das águas o fruto maldito do seu ventre.

LETREIRO

Marabá cresceu no sombrio da mata, como a ninfa mimosa do ermo. Iná ensinou-lhe a vida e deu-lhe armas com que abatesse as aves que piam no subosque, e a caça ligeira que entoca, e os peixes faiscantes que se alapam nas pedras.

QUADRO

Marabá despede-se de sua mãe.

Já pode viver por si e quer seguir para ermos distantes onde não chegue o som das inúbias de Anhembira — lá onde o rio é como um deus irrequieto que ora escabuja nas fragas, ora brinca com as pétalas mortas remoinhantes em seus remansos.

Iná despede-se da filha e, repetindo o gesto do guerreiro branco, põe-lhe no dedo o anel de núpcias.

QUADRO

A vida solitária de Marabá. Seu namoro com o rio. Nele banha-se e mergulha e nada, com a linda coma loura flutuante, e nele mira seus olhos feitos de pedaços do céu.

É seu amante, é seu deus o rio eterno. É o ser vivo em cuja companhia refoge à depressão do ermo absoluto.

LETREIRO

Em Marabá confluem duas psíquicas — a da terra, herdada de sua mãe, e a do moço louro vindo d'além-mar, duma plaga distante que em sonhos indecisos su'alma em botão adivinha.

QUADRO

Mas pouco cisma, a linda Marabá. O tempo lhe é escasso para a delirante vida de ninfa que é o seu viver ali.

Ora perde a manhã inteira na perseguição do gamo que veio beber ao rio; ora galga a pedranceira em prodígios de arrojo para colher uma flor que se abriu no mais alto da penha.

Persegue borboletas — e que quadro é vê-la no campo, veloz como a gazela, a loura cabeleira solta ao vento!

Sua nudez de virgem esplende em fulgor de escultura divina. Deus a esculpiu — e escultor nenhum jamais concebeu corpo assim, de linhas mais puras, seios mais firmes, ancas mais esgalgas, braços de torneio mais fino.

Tem a nudez divina, Marabá — porque existe a nudez humana: das criaturas que convivem entre humanos e sofrem todos os vincos da humanidade.

Marabá não viciou sua nudez no contacto humano: é nua como é nu o lírio — sem saber que o é.

Mas é mulher. Adivinha de instinto que as flores fê-las Deus para a mulher, e colhe-as, e tece-as em guirlandas, e com elas enfeita os cabelos e o colo e a cintura. E assim, toda flores, mira-se no espelho das águas e sorri. E porque sorri, logo salta, alegre, e dança. E porque dança, anima as selvas da luz maravilhosa que os helenos ensinaram ao mundo.

Súbito, um rumor fá-la estacar. A filha de Dionísio se apaga e surge Diana. Ei-la de arco em punho, em louca desabalada, na pista do cervo incauto que lhe interrompeu a bela improvisação coreográfica.

Quem lhe ensinou a dançar?

Tudo. O sangue estuante em suas veias, o vento que agita a fronde das jiçaras, o remoinho das águas, as aves. Viu dançarem os tangarás, um dia, e desde esse momento sua vida é uma contínua e maravilhosa criação em que a alma da terra americana se exsolve em movimentos rítmicos.

Sempre mulher, Marabá amansou uma veadinha de leite e tem-na consigo como inseparável companheira, dócil às suas expansões de carinho. Com a pequena corça brinca horas a fio, e abraça-a, e beija-a no mimoso focinho róseo.

Que festa, a vida de Marabá!

Ninguém a vence em riquezas. Ouro, dá-lhe o sol às catadupas, e todo só para ela. Perfume, não em frascos microscópicos o tem, mas ambiente, perenal; as flores só exalam para ela, e todas as brisas se ocupam em trazê-lo de longe, tomado da corola das orquídeas mais raras.

E as abelhas ofertam-lhe o mel puríssimo; e os ingazeiros de beira-rio dão-lhe a nívea polpa dos seus frutos invaginados; e cem árvores da floresta parecem precipitar a maturescência de suas bagas rubras, roxas, verdoengas, para que mais cedo os alvos dentes da ninfa as mordam com delícia.

E os dias de Marabá são assim um delírio de luz, de perfumes, de movimentos sadios e livres, capaz de enlouquecer a imaginação dos pobres seres chamados homens, que vivem em prisões chamadas cidades, dentro de gaiolas chamadas casas, com poeira para os pulmões em vez de ar, catinga de gasolina em vez de vida...

NOTA A MR. CECIL B. DE MILLE

Este papel de Marabá tem que ser feito por Annette Kellerman. Como, porém, Annette já está madura e Marabá é o que existe de mais botão, torna-se preciso inventar um processo que rejuvenesça de trinta anos a intérprete.

QUADRO

Um dia, um caçador tresmalhado surpreende a ninfa no banho.

É Ipojuca, o filho dileto de Anhembira e seu sucessor no cacicado. Três dias e três noites correu ele em perseguição de um jaguar; mas no momento em que dobrava o arco para desferir a flecha certeira, descaiu-lhe das mãos a arma e seus olhos se dilataram de assombro.

O corpo nu da virgem loura emergira das águas à sua frente.

— Iara?

No primeiro momento o medo sobressaltou-o — mas o sangue de Anhembira reagiu em suas veias, e não seria o filho do guerreiro que jamais conheceu o medo quem tremesse diante de mulher, Iara que fosse.

E Ipojuca imobilizou-se à margem do rio, em muda contemplação, até que a ninfa, percebendo-o, fugisse para o lado oposto, mais arisca do que a tabarana.

Ipojuca atravessou o rio e logo mergulhou na floresta, em sua perseguição.

Jamais as ninfas venceram a faunos na corrida. Foi assim na Grécia; seria assim sob o céu de Colombo. O filho do cacique alcançou-a. Seu braço de ferro enlaçou-a; suas mãos potentes quebraram-lhe a resistência e dobraram-lhe a cabeça loura para o beijo de núpcias.

Mas a virgem vencida abriu para o macho vitorioso os grandes olhos azuis e, encarando-o a fito, murmurou a tremenda palavra que afasta:

— Sou marabá!

Ipojuca estarrece, como fulminado pelo raio, e deixa que a presa loura fuja para o recesso das selvas.

QUADRO

Ipojuca, o vencedor vencido, caminha de cabeça baixa, absorto em sonhos. Vai de regresso à taba. O jaguar que vinha perseguindo cruza-se-lhe à frente. Ipojuca não o vê. A seta que lhe destinara cravou-lha Eros no coração.

QUADRO

Na taba. Ipojuca, desde que regressou, vive arredio. Pensa.

A cabeça lhe estala. Travam-se de razões seu cérebro e seu coração — o dever de solidariedade para com a tribo e o amor. Um impõe-lhe o desprezo da criatura maldita; outro pede-a para o beijo.

LETREIRO

Vence o Amor — o eterno vencedor, e Ipojuca volta ao ermo em procura de Marabá.

QUADRO

A virgem loura, desde o encontro fatal, perdida tem a sua serenidade de lírio.

Cisma.

Horas e horas passa imóvel, com o olhar absorto. Sua veadinha ao lado inutilmente espera as carícias de sempre. Marabá não a vê. Marabá esqueceu-a. Como esqueceu as borboletas amarelas que douram o úmido em redor da laje onde jaz reclinada. Como não vê o casal de martins-pescadores que a três passos a espiam curiosos.

Marabá só vê o guerreiro de pele bronzeada que a subjugou com o braço potente, que lhe premiu com violência a carne virgem, que lhe derramou n'alma um veneno mortal.

Marabá só vê o seu guerreiro.

Vê-lhe o vulto erecto, firme e forte como os penedos. Vê-lhe a musculatura mais rija que o tronco da peroba. Vê o fogo que seus olhos chispam.

E com tamanha nitidez o vê, que para ele estende os braços, amorosamente.

E Ipojuca, pois era Ipojuca em pessoa e não sua sombra o que ela via, cai-lhe nos braços e esmaga-lhe nos lábios o primeiro beijo.

QUADRO

Idílio. Marabá espera o seu guerreiro no alto de uma canjerana.

Ipojuca chega, procura-a, chama-a, aflito.

A resposta é um punhado de bagas rubras que a virgem lhe lança da fronde.

Ágil como o gorila, Ipojuca abarca o tronco da canjerana e marinha galhos acima.

Ao ser alcançada, Marabá despenha-se no rio e mergulha.

Susto do índio, logo seguido de alegria ao vê-la emergir além. Lança-se à água, persegue-a — e são dois peixes de pasmosa agilidade que brincam.

Agarra-a — e a luta finda-se na doce quebreira dos beijos.

QUADRO

Moema, a formosa virgem por Anhembira destinada para esposa de Ipojuca, desconfia dos modos de seu noivo. Aquelas contínuas ausências, aquele incessante cismar, seu alheamento a tudo, dizem-lhe com clareza que uma rival se interpõe entre ambos.

E, como desconfia, segue-o cautelosa. E tudo descobre, pois alcança o rio onde, o coração varado de crudelíssima flecha, assiste, oculta em propícia moita, às expansões amorosas dos ternos amantes. Adivinha quem é a rival, pois que ainda tem vivo na memória o caso da marabazinha misteriosamente desaparecida.

QUADRO

Moema regressa à tribo e, sequiosa de vingança, denuncia ao pajé o esconderijo da virgem maldita.

O velho reúne os guerreiros, arenga-os, incita-os à vingança antes que volte Anhembira, alongado numa expedição de vindita contra os brancos invasores. Receia que o cacique perdoe à neta, movido pelas lágrimas da velha Iná.

QUADRO

Os guerreiros em marcha para a vingança.

QUADRO

Surpreendidos pelos índios, os amantes fogem rio abaixo numa piroga. (É difícil explicar o aparecimento dessa providencial piroga, mas não impossível. Derivou rio abaixo, por exemplo, e ali ficou enredada numa tranqueira. Não esquecer de introduzir num dos quadros anteriores um *close-up* da piroga.)

Os índios metem-se em outras pirogas. (Mais pirogas! É que não derivou uma só, sim várias...) E remam com fúria na esteira dos fugitivos.

QUADRO

Continua a perseguição. Não há flechaços, para evitar-se o perigo de ferir-se Ipojuca. Perseguição silenciosa, à força de remos que estalam.

QUADRO

A noite vem e a regata continua ao luar.

QUADRO

E descem os fugitivos até que, de súbito, dão de cara com um fortim português.

LETREIRO

Entre dois fogos!

QUADRO

Os remos caem das mãos de Ipojuca. Marabá aninha-se-lhe ao peito rijo, indiferente à morte — que nada há mais suave do que acabar assim, a dois, em pleno apogeu do delírio do amor.

QUADRO

Os índios perseguidores ganham terreno. São avistados pelos portugueses, que logo acodem com os seus trabucos de boca de sino e abrem fuzilaria.

QUADRO

Os perseguidores fogem desordenadamente. Ipojuca, ferido no peito, é aprisionado juntamente com Marabá.

QUADRO

Na praia, ao lado do seu arco, Ipojuca estorce-se nas dores da agonia, enquanto Marabá é levada à presença do capitão do forte, que demora um minuto para apresentar-se.

QUADRO

Rodeiam-na os lusos e admiram-lhe a beleza do tipo europeu.
Nisto o capitão do fortim aparece.
Interroga-a; examina-a cheio de pasmo, como que tomado de vagos pressentimentos.
Marabá tem o anel que Iná lhe deu.
O capitão examina-o e, assombrado, o reconhece.
— Minha filha! — exclama.
E numa delirante explosão de amor paterno abraça-a e beija-a com frenesi.

QUADRO

Ipojuca, à distância, estorce-se na agonia. Vê a cena e, sem compreender o que se passa, julga que o capitão, como um sátiro, lhe rouba a amante querida.

Reúne as últimas forças, toma do arco, ajusta uma flecha e despede-a contra Marabá.

QUADRO

A flecha crava-se no peito da virgem loura, que desfalece e morre nos braços do pai atônito, enquanto na praia o heroico Ipojuca exala o derradeiro suspiro, murmurando:

LETREIRO

— *Minha ou de ninguém!*
(Acendem-se as luzes e enxugam-se as lágrimas.)

1923

A MORTE DO CAMICEGO

Foi o Edgard quem "lançou" esse monstro. O Camicego era para sua imaginação de quatro anos um "bicho malvado", grande como o guarda-louça. Depois foi crescendo, chegou a ficar do tamanho do morro.

Morávamos na fazenda, num casarão rodeado de morros, e ser grande como o morro avistado da "porta da rua" era algo sério...

Comia gente o Camicego, e tinha um bico assim! Este assim não era explicado com palavras, mas figurado numa careta de lábios abrochados em bico e olhos esbugalhados.

Com tão gentil focinho não devia ser má rês o monstro — pensava a "gente grande" que, de passagem, via o Edgard refranzir os beicinhos naquela onomatopeia muscular. Mas para os nervosos cinco anos de sua irmã, a Marta, era de crer que fosse horrendo, tal o ríctus de pavor com que, enfitando a macaquice do irmão, instintivamente lhe arremedava o muxoxo.

E todas as noites, na rede da sala de jantar, ficavam os dois absorvidos no caso do Camicego — ele a desfiar as proezas incontáveis do monstro, ela a interrompê-lo com perguntas.

— E come gente?

(Preocupava à Marta, sempre que se lhe antolhava algo desconhecido, visto pela primeira vez — um besourão, um lagarto, uma coruja — saber o grau de antropofagia da novidade. Para ela o mundo se dividia em duas classes: a dos seres bons, que não comem gente, e a dos maus, que comem gente.)

— Come sim! — inventava o Edgard. — Pois não sabe que comeu o filhinho da Mariana, no dia da chuvarada?

Marta volvia os olhos sonhadores para a paisagem enquadrada na janela e quedava-se a cismar...

Nisto vinha para a rede um terceiro, o Guilherme, cujos dois anos e pico o traziam ainda muito amodorrado de imaginativa. Ouvia as histórias mas não se impressionava coisa nenhuma, e no meio da papagueada hoffmânica saltava ao chão e pedia coisa mais positiva — o pão de ló, o bolinho de milho, a gulodice qualquer do dia, entrevista no armário.

E a história continuava a dois, sempre na rede onde eles se balançavam isócronos como dois ponteiros de metrônomo — sempre entremeada das perguntas da menina, futura leitora de Wallace e cabalmente diluída pelo Edgard, um Wells em embrião.

— E onde mora o Camicego?

No quarto escuro, no porão, debaixo da cama, no buraco do forno, naquele barranco onde caiu a vaca pintada — o Edgard encontrava incontinente uma dúzia de biocos tenebrosos onde encafuar a sua criação.

Às vezes brincavam de casinha na sala de visitas, um grande salão sempre mergulhado em penumbra. Sob o sofá antigo, de canela-preta, armavam com álbuns de música e almofadas a casinha da Irene, a grande boneca de louça sem uma perna.

Que maravilhosa mobília tinha a casa da Irene! Coloridos cacos de tigela figuravam de suntuosa porcelana.

Havia travessas e sopeiras "de mentira". Em torno sentavam-se sabugos de milho representando as grandes personagens da fazenda — Anastácia, a cozinheira; Esaú, o preto tirador de leite; Leôncio, o domador. Quando comparecia à mesa este herói, não deixava de figurar também, solidamente amarrado a um pé de cadeira, o último animal que ele amansara. Este último animal era sempre o mesmo chuchu com quatro palitos à guisa de pernas, uma pena de galinha como cauda e três caroços de feijão figurando boca e olhos — sugestiva escultura da cozinheira que aquelas crianças preferiam aos mais bem-feitos cavalinhos de pau vindos da cidade.

Assim brincavam horas, até que, de súbito, farto já, o Edgard apontava para um canto da sala, onde eram mais intensas as sombras, e berrava com cara de terror:

— O Camicego!

Debandavam todos em grita, tomados de pânico, rumo à sala de jantar, a rirem-se do susto.

Um dia apareceu no quintal um grande morcego moribundo, de asas rotas por uma vassourada da copeira.

O Edgard foi quem o descobriu; trouxe-o para dentro e sem vacilar o identificou:

— O Camicego!

Reuniram-se os três em torno do monstro, em demorada contemplação: a menina mais arredada, no instintivo asco da sua sensibilidade feminil; o Guilherme espichado de barriga, o rosto moreno apoiado nas duas mãos; o Edgard pegando sem nojo nenhum no bicharoco, estirando-lhe as asas em gomos de guarda-chuva, abrindo-lhe a boca para mostrar a serrilha dos alvos dentinhos. E explicava petas a respeito.

— E este Camicego também come gente? — perguntou a menina.

— Boba! Pois não vê que é um coitado que nem come esta palhinha? — e Edgard enfiou uma palha goela adentro do bicho já morto.

Nesse momento "gente grande" apareceu na sala e pilhou-os na "porcaria" e com ralhos ásperos dispersou o bando, pondo termo à lição anatômica.

O morcego pegado com asco pela pontinha da asa, lá voou por cima do muro, pinchado e xingado — "... esta imundície..."

Mas de nada valeu a energia. O improvisado necrotério transferiu-se ali da sala para detrás do muro, à sombra de uma laranjeira onde caíra o morcego. O Edgard, com uma faca de mesa, procurava abrir a barriga do "porco" para ver o que tinha dentro. Depois teve uma grande ideia: fazer sabão da barrigada!

A faca, porém, não cortava aquelas pelancas moles e rijas, o "porco" fugia à direita e à esquerda, e assim foi até que a Anastácia, de passagem para a horta em busca de coentro, pilhou-os de novo na "porcaria".

— Cambadinha! Vou já contar p'ra mamãe!...

Nova dispersão do grupo, e voo final da nojenta pelanca do vampiro, que desta vez foi parar em poleiro inacessível — em cima do telhado.

Datou daí a morte do Camicego. Não amedrontava mais.

Se Edgard o relembrava, os outros riam-se, porque a imaginação dos guris passara a encarnar o monstro na figura triste do pobre morcego morto, a estorricar-se ao sol do telhado.

Os homens, crianças grandes, não procedem de outra maneira. Os seus mais temerosos Camicegos saem-lhes morcegos relíssimos, sempre que uma boa vassourada da crítica os pespega para cima da mesa anatômica...

DONA EXPEDITA

— ...
— Minha idade? Trinta e seis...
— Então, venha.

Sempre que dona Expedita se anunciava no jornal, dando um número de telefone, aquele diálogo se repetia. Seduzidas pelos termos do anúncio, as donas de casa telefonavam-lhe para "tratar" — e vinha inevitavelmente a pergunta sobre a idade, com a também inevitável resposta dos trinta e seis anos. Isso desde antes da Grande Guerra. Veio o 1914 — ela continuou nos trinta e seis. Veio a batalha do Marne; veio o armistício — ela firme nos trinta e seis. Tratado de Versalhes — trinta e seis. Começos de Hitler e Mussolini — trinta e seis. Convenção de Munique — trinta e seis...

A futura guerra a reencontrará nos trinta e seis. O mais teimoso dos empaques! Dona Expedita já está "pendurada", escorada de todos os lados, mas não tem ânimo de abandonar a casa dos trinta e seis anos — tão simpática!

E como só tem trinta e seis anos, veste-se à moda dessa idade, um pouco mais vistosamente do que a justa medida aconselha. Erro grande! Se à força de cores claras, ruges e batons, não mantivesse aos olhos do mundo os seus famosos trinta e seis, era provável que desse a ideia duma bem aceitável matrona de sessenta...

Dona Expedita é "tia". Amor só teve um lá pela juventude, do qual às vezes, nos "momentos de primavera", ainda fala. Ah, que lindo moço! Um príncipe. Passou um dia a cavalo pela sua janela. Passou na tarde seguinte e ousou um cumprimento. Passou e repassou durante duas semanas — e foram duas semanas de cumprimentos e olhares de fogo. E só. Não passou mais — desapareceu da cidade para sempre.

O coração da gentil Expedita pulsou intensamente naqueles maravilhosos quinze dias — e nunca mais. Nunca mais namorou ou amou ninguém — por causa da casmurrice do pai.

Seu pai era um caturra de barbas à von Tirpitz, português irredutível, desses que fogem de certos romances de Camilo e reentram na vida. Feroz contra o sentimentalismo. Não admitia namoros em casa, e nem que se pronunciasse a palavra casamento. Como vivesse setenta anos, forçou as duas únicas filhas a se estiolarem ao pé da sua catarreira crônica. "Filhas são para cuidar da casa e da gente."

Morreu, afinal e arruinado. As duas "tias" venderam a casa para pagamento das contas e tiveram de empregar-se. Sem educação técnica, os únicos empregos antolhados foram os de criada-grave, dama de companhia ou "tomadeira de conta" — graus levemente superiores à crua profissão normal de criada comum. O fato de serem de "boa família" autorizava-as ao estacionamento nesse degrau um pouco acima do último.

Um dia a mais velha morreu. Dona Expedita ficou só no mundo. Que fazer, senão viver? Foi vivendo e especializando-se em lidar com patroas. Por fim distraía-se com isso. Mudar de emprego era mudar de ambiente — ver caras novas, coisas novas, tipos novos. Um cinema — o seu cinema! O ordenado, sempre mesquinho. O maior de que se lembrava fora de cento e cinquenta mil-réis. Caiu depois para cento e vinte; depois para cem; depois para oitenta. Inexplicavelmente as patroas iam-lhe diminuindo a paga a despeito da sua permanência na linda idade dos trinta e seis anos...

Dona Expedita colecionava patroas. Teve-as de todos os tipos e naipes — das que obrigavam as criadas a comprar o açúcar com que adoçam o café às que voltam para casa de manhã e nunca lançam os olhos sobre o caderno de compras. Se fosse escritora teria deixado o mais pitoresco dos livros. Bastava que fixasse metade do que viu e "padeceu". O capítulo das pequeninas decepções seria dos melhores — como aquele caso dos quatrocentos mil-réis...

Foi certa vez em que, saída de um emprego, andava em procura de outro. Nessas ocasiões costumava encostar-se à casa de uma família que se dera com a sua, e lá ficava um mês ou dois até conseguir nova colocação. Pagava a hospedagem fazendo doces, no que era perita, sobretudo num certo bolo inglês que mudou de nome, passando a chamar-se o "bolo de dona Expedita". Nesses interregnos comprava todos os dias um jornal especializado em anúncios domésticos, no qual lia atentamente a seção do "procura-se". Com a velha experiência adquirida, adivinhava pela redação as condições reais do emprego.

— Porque "elas" publicam aqui uma coisa e querem outra — comentava filosoficamente, batendo no jornal. — Para esconder o leite, não há como as patroas!

E ia lendo, de óculos na ponta do nariz: "Precisa-se duma senhora de meia-idade para servicinhos leves".

— Hum! Quem lê isto pensa que é assim mesmo — mas não é. O tal servicinho leve não passa de isca — é a minhoca do anzol. A mim é que não me enganam, as biscas...

Lia todos os "procura-se", com um comentário para cada um, até que se detinha no que lhe cheirava melhor. "Precisa-se duma senhora de meia-idade para serviços leves em casa de fino tratamento."

— Este, quem sabe? Se é casa de fino tratamento, pelo menos fartura há de haver. Vou telefonar.

E vinha a telefonada do costume com a eterna declaração dos trinta e seis anos.

O hábito de lidar com patroas manhosas levou-a a lançar mão de vários recursos estratégicos; um deles: só "tratar" pelo telefone e não dar-se como ela mesma. "Estou falando em nome duma amiga que procura emprego." Desse modo tinha mais liberdade e jeito de sondar a "bisca".

— Essa amiga é uma excelente criatura — e vinham bem dosados elogios. — Só que não gosta de serviços pesados.

— Que idade?

— Trinta e seis anos. Senhora de muito boa família — mas por menos de cento e cinquenta mil-réis nunca se empregou.

— É muito. Aqui o mais que pagamos é cento e dez — sendo boa.

— Não sei se ela aceitará. Hei de ver. Mas qual é o serviço?

— Leve. Cuidar da casa, fiscalizar a cozinha, espanar — arrumar...

— Arrumar? Então é arrumadeira que a senhora quer?

E dona Expedita pendurava o fone, arrufada, murmurando: "Outro ofício!"

O caso dos quatrocentos mil-réis foi o seguinte. Ela andava sem emprego e a procurá-lo na seção do "precisa-se". Súbito, esbarrou com esta maravilha: "Precisa-se duma senhora de meia-idade para fazer companhia a uma enferma; ordenado: quatrocentos mil-réis."

Dona Expedita esfregou os olhos. Leu outra vez. Não acreditou. Foi em busca duns óculos novos adquiridos na véspera. Sim. Lá estava escrito quatrocentos mil-réis!...

A possibilidade de apanhar um emprego único no mundo fê-la pular. Correu a vestir-se, a pôr o chapeuzinho, a avivar as cores do rosto e voou pelas ruas afora.

Foi dar com os costados numa rua humilde; nem rua era — numa "avenida". Defronte à casa indicada — casinha de porta e duas janelas — havia uma dúzia de pretendentes.

— Será possível? O jornal saiu agorinha e já tanta gente por aqui?

Notou que entre as postulantes predominavam senhoras bem-vestidas, com o aspecto de "damas envergonhadas". Natural que assim fosse porque um emprego de quatrocentos mil-réis era positivamente um fenômeno. Nos seus... trinta e seis anos de vida terrena jamais tivera notícia de nenhum. Quatrocentos por mês! Que mina! Mas como um emprego assim em casa tão modesta? "Já sei. O emprego não é aqui. Aqui é onde se trata — casa do jardineiro, com certeza..."

Dona Expedita observou que as postulantes entravam de cara risonha e saíam de cabeça baixa. Evidentemente a decepção da recusa. E o seu coração batia de gosto ao ver que todas iam sendo recusadas. Quem sabe? Quem sabe se o destino marcara justamente a ela como a eleita?

Chegou por fim a sua vez. Entrou. Foi recebida por uma velha na cama. Dona Expedita nem precisou falar. A velha foi logo dizendo:

— Houve erro no jornal. Mandei pôr quarenta mil-réis e puseram quatrocentos... Tinha graça eu pagar quatrocentos a uma criada, eu que vivo à custa do meu filho, sargento da polícia, que nem isso ganha por mês...

Dona Expedita retirou-se com cara exatamente igual à das outras.

O pior da luta entre criados e patroas é que estas são compelidas a exigir o máximo, e as criadas, por natural defesa, querem o mínimo. Nunca jamais haverá acordo, porque é choque de totalitarismo com democracia.

Um dia, entretanto, dona Expedita teve a maior das surpresas: encontrou uma patroa absolutamente identificada com suas ideias quanto ao "mínimo ideal" — e, mais que isso, entusiasmada com esse minimalismo — a ajudá-la a minimizar o minimalismo!

Foi assim. Dona Expedita estava pela vigésima vez na tal família amiga, à espera de nova colocação. Lembrou-se de recorrer a uma agência, para a qual telefonou. "Quero uma colocação assim, assim, de duzentos mil-réis, em casa de gente arranjada, fina e, se for possível, em fazenda. Serviços leves, bom quarto, banho. Aparecendo qualquer coisa deste gênero, peço que me telefonem" — e deu o número do aparelho e da casa.

Horas depois retinia a campainha do portão.

— É aqui que mora madame Expedita? — perguntou em língua atrapalhada uma senhora alemã, cheia de corpo, de bom aspecto.

A criadinha que atendeu disse que sim, fê-la entrar para o *hall* de espera e foi correndo avisar dona Expedita. "Uma estrangeira gorda, querendo falar com *madame*!"

— Que pressa, meu Deus! — murmurou a solicitada, correndo ao espelho para os retoques. — Nem três horas faz que telefonei. Agência boa, sim...

Dona Expedita apareceu no *hall* com um excessozinho de ruge nos beiços de múmia. Apareceu e conversou — e maravilhou-se, porque pela primeira vez na vida encontrava a patroa ideal. A mais *sui generis* das patroas, de tão integrada no ponto de vista das "senhoras de meia-idade que procuram serviços leves".

O diálogo travou-se num crescendo de animação.

— Muito boa tarde! — disse a alemã com a maior cortesia. — Então foi madame quem telefonou para a agência?

O "madame" causou espécie a dona Expedita.

— É verdade. Telefonei e dei as condições. A senhora gostou?

— Muito, mas muito mesmo! Era exatamente o que eu queria. Perfeito. Mas vim ver pessoalmente, porque o costume é anunciarem uma coisa e a realidade ser outra.

A observação encantou dona Expedita, cujos olhos brilharam.

— A senhora parece que está pensando com a minha cabeça. É justamente isso o que se dá, vivo eu dizendo. As patroas escondem o leite. Anunciam uma coisa e querem outra. Anunciam serviços leves e botam em cima das pobres criadas a maior trabalheira que podem. Eu falei, eu insisti com a agência: *servicinhos leves...*

— Isso mesmo! — concordou a alemã, cada vez mais encantada. — Serviços leves, bem leves, porque afinal de contas uma criada é gente — não é burro de carroça.

— Claro! Mulheres de certa idade não podem fazer serviços de mocinhas, como arrumar, lavar, cozinhar quando a cozinheira não vem. Ótimo! Quanto à acomodação, falei à agência em "bom quarto"...

— Exatamente! — concordou a alemã. — Bom quarto — com janelas. Nunca pude conformar-me com isso das patroas meterem as criadas em desvãos escuros, sem ar, como se fossem malas. E sem banheiro em que tomem banho.

Dona Expedita era toda risos e sorrisos. A coisa lhe estava saindo maravilhosa.

— E banho quente! — acrescentou com entusiasmo.

— Quentíssimo! — berrou a alemã batendo palmas. — Isso para mim é ponto capital. Como pode haver asseio numa casa onde nem banheiro há para as criadas?

— Ah, minha senhora, se todas as patroas pensassem assim! — exclamou dona Expedita erguendo os olhos para o céu. — Que felicidade não seria o mundo! Mas no geral as patroas são más — e iludem as pobres criadas, para agarrá-las e explorá-las.

— Isso mesmo! — apoiou a alemã. — A senhora está falando como um livro de sabedoria. Para cada cem patroas haverá cinco ou seis que tenham coração — que compreendam as coisas...

— Se houver! — duvidou dona Expedita.

O entendimento das duas era perfeito: uma parecia o *doublé* da outra. Debateram o ponto dos "serviços leves" com tal mútua compreensão que os serviços ficaram levíssimos, quase nulos — e dona Expedita viu erguer-se diante de si o grande sonho de sua vida: um emprego em que não fizesse nada, absolutamente nada...

— Quanto ao ordenado — disse ela (que sempre pedia duzentos para deixar por oitenta) —, fixei-o em duzentos...

Avançou isso medrosamente e ficou à espera da inevitável repulsa. Mas a repulsa do costume pela primeira vez não veio. Bem ao contrário disso, a alemã concordou com entusiasmo.

— Perfeitamente! Duzentos por mês — e pagos no último dia de cada mês.

— Isso! — berrou dona Expedita levantando-se da cadeira. — Ou no comecinho. Essa história de pagamento em dia incerto nunca foi comigo. Dinheiro de ordenado é sagrado.

— Sacratíssimo! — urrou a alemã levantando-se também.

— Ótimo — exclamou dona Expedita. — Está tudo como eu queria.

— Sim, ótimo — repetiu a alemã. — Mas a senhora também falou em fazenda...

— Ah, sim, fazenda. Uma fazenda boa, com bastante frutas, bastante leite, bastante ovos — e bonita, porque há fazendas muito feias.

O quadro da fazenda bonita, toda frutas, leite e ovos, extasiou a alemã. Que maravilha...

Dona Expedita continuou:

— Gosto muito de lidar com pintinhos.

— Pintos! Ah, é o maior dos encantos! Adoro os pintos — as ninhadas... O nosso entendimento vai ser absoluto, madame...

O êxtase de ambas sobre a vida de fazenda foi subindo numa vertigem. Tudo quanto havia de sonhos incubados naquelas almas refloriu viçoso. Infelizmente a alemã teve a ideia de perguntar:

— E onde fica a *sua* fazenda, madame?

— A *minha* fazenda — repetiu dona Expedita refranzindo a testa.

— Sim, a sua fazenda — a fazenda para onde madame quer que eu vá...

— Fazenda para onde eu quero que a senhora vá? — tornou a repetir dona Expedita, sem entender coisa nenhuma. — Fazenda, eu? Pois se eu tivesse fazenda lá andava a procurar emprego?

Foi a vez da alemã arregalar os olhos, atrapalhadíssima. Também não estava entendendo coisa nenhuma. Ficou uns instantes no ar. Por fim:

— Pois madame não telefonou para a agência dizendo que tinha um emprego assim, assim, na sua fazenda?

— *Minha* fazenda uma ova! Nunca tive fazenda. Telefonei *procurando* emprego, se possível numa fazenda, isso sim...

— Então, então, então... — e a alemã enrubesceu como uma papoula.

— Pois é — disse dona Expedita percebendo afinal o quiproquó. — Estamos aqui feito duas idiotas, cada qual querendo emprego e pensando que a outra é a patroa...

O cômico da situação fê-las rirem-se — e gostosamente, já retornadas à posição de "senhoras de meia-idade que procuram serviços leves".

— Esta foi muito boa! — murmurou a alemã levantando-se para sair. — Nunca me aconteceu coisa assim. Que agência, hein?

Dona Expedita filosofou.

— Eu bem que estava desconfiada. A esmola era demais. A senhora ia concordando com tudo que eu dizia — até com os banhos quentes! Ora, isso nunca foi linguagem de patroa — dessas biscas. A agência errou, talvez por causa do telefone, que estava danado hoje — além do que sou meio dura dos ouvidos...

Nada mais havia a dizer. Despediram-se. Depois que a alemã bateu o portão, dona Expedita fechou a porta, com um suspiro arrancado do fundo das tripas.

— Que pena, meu Deus! Que pena não existirem no mundo patroas que pensem como as criadas...

1939

BIOGRAFIA

Nascido em Taubaté, interior de São Paulo, em 18 de abril de 1882, José Bento Renato Monteiro Lobato é filho primogênito de José Bento Marcondes Lobato e Olympia Monteiro Lobato. Foi alfabetizado pela mãe e em sua cidade natal iniciou os estudos formais no colégio Kennedy. Em 1900, foi aprovado nos exames para ingresso na Faculdade de Direito do Largo de São Francisco, formando-se quatro anos depois. Os primeiros anos de sua vida de estudante na capital paulista acabariam intensamente pautados pelas tertúlias literárias.

Retornando à sua cidade natal após a conclusão do curso, Lobato prosseguiu a atividade da escrita que iniciara nos tempos de faculdade, colaborando para a imprensa do Rio de Janeiro e de São Paulo. Em 1907, torna-se promotor em Areias e, no ano seguinte, casa-se com Maria da Pureza de Castro Natividade, a quem chamava carinhosamente de Purezinha e com quem teve quatro filhos: Martha, Edgard, Guilherme e Ruthe. Em 1911, morre seu avô, o Visconde de Tremembé, e, juntamente com suas irmãs, Lobato torna-se herdeiro de terras na região de Taubaté. Diante do ocorrido, muda-se com toda sua família para a Fazenda do Buquira, experiência que lhe proporcionaria forte inspiração para a construção de cenários e personagens de suas histórias.

Seu primeiro livro de contos, *Urupês*, de 1918, foi um sucesso de vendas. No mesmo ano, a *Revista do Brasil* seria por ele adquirida e resultaria num ponto de viragem no âmbito do mercado editorial brasileiro. Em 1920, Lobato funda, em associação com Octalles Marcondes Ferreira, a editora Monteiro Lobato & Cia. Já sob a nova casa editorial por ele capitaneada, publica no mesmo ano *A menina do narizinho arrebitado*, livro que traz a boneca Emília e que faria um estrondoso sucesso com o público infantil. A publicação seria a primeira de uma série de histórias lobatianas voltadas para as crianças, as quais marcariam gerações e gerações de leitores.

Em 1924, Lobato estabelece no bairro paulistano do Brás um amplo parque gráfico a fim de dar estrutura ao projeto de expansão de sua nova editora. Por vicissitudes do mercado e da política, a empreitada não se consolida e no ano seguinte os negócios editoriais do ficcionista entrariam em profunda crise.

Após um curto período no Rio de Janeiro, Lobato ruma para Nova York, em 1927, para assumir o posto de adido comercial, nomeação que recebera do então presidente do Brasil, Washington Luís. Mesmo afastado de seu país, segue escrevendo e publicando seus livros pela Companhia Editora Nacional, que colhe os frutos de seu inigualável talento para encantar as crianças com suas histórias. Após seu regresso ao Brasil, Lobato funda empresas de prospecção de petróleo. Desafeto do presidente Getúlio Vargas, é preso em 1941. Mesmo após ser indultado pelo presidente, o escritor permaneceria sendo perseguido pelas forças políticas da ditadura varguista, com parte de seus livros sendo mandados queimar pelo governo brasileiro.

Em 1946, Lobato retoma o ímpeto editorial tornando-se sócio da Editora Brasiliense, a qual fora fundada 3 anos antes. De maneira arrojada, a nova casa editorial do autor projetaria a publicação de suas obras completas.

Um tanto desiludido com os rumos de seu país, o escritor migra para Buenos Aires em 1946, onde chega a fundar duas casas editoriais. Lobato retornaria ao Brasil no ano seguinte, decidido a lutar pelo restabelecimento pleno da democracia em seu país.

Há que se destacar que, ao lado de seus próprios livros, Lobato traduziu clássicos infantis e adultos. Digno de nota também são as várias traduções de seus títulos para outras línguas. Seu falecimento em 4 de julho de 1948, na cidade de São Paulo, seria apenas um ponto no arco da vida de um escritor cujo legado literário prossegue ocupando um lugar de proa na literatura em língua portuguesa.

BIBLIOGRAFIA[1]

1. Obras do autor

Literatura infantil

A chave do tamanho
A história de Emília
A reforma da natureza
Aritmética da Emília
Aventuras de Hans Staden
Caçadas de Pedrinho
Dom Quixote das crianças
Emília no País da Gramática
Fábulas
Geografia de Dona Benta
História das invenções
História do mundo para crianças
Histórias de Tia Nastácia
Memórias da Emília
O Minotauro
O Picapau Amarelo
O poço do Visconde
O Saci
Os doze trabalhos de Hércules
Reinações de Narizinho
Viagem ao céu

Literatura adulta

A barca de Gleyre
A onda verde

---

[1] A bibliografia do autor e a fortuna crítica a seu respeito são bastante extensas, e o rol de títulos aqui mencionados pretende proporcionar aos leitores um conhecimento acerca de sua porção mais conhecida.

América
Cidades mortas
Conferências, artigos e crônicas
Ferro
Fragmentos, opiniões e miscelânea
Georgismo e comunismo
Ideias de Jeca Tatu
Jeca Tatu e outros textos
Literatura do minarete
Mister Slang e o Brasil
Mundo da lua
Na antevéspera
Negrinha
O escândalo do petróleo
O macaco que se fez homem
O presidente negro
O Saci-Pererê: resultado de um inquérito
O voto secreto
Prefácios e entrevistas
Problema vital
Urupês

Traduções e adaptações

Alice no país das Maravilhas, de Lewis Carroll.
As aventuras de Huck, de Mark Twain.
O homem invisível, de H. G. Wells.
O lobo do mar, de Jack London.
Por quem os sinos dobram, de Ernest Hemingway.
Robinson Crusoé, de Daniel Defoe.
Tarzan terrível, de Edgar Rice Burroughs.

2. Sobre o autor

AZEVEDO, C. L. de.; CAMARGOS, M.; SACCHETA, V. *Monteiro Lobato:* furacão na Botocúndia. São Paulo: Editora Senac, 1997.

BIGNOTTO, Cilza Carla. *Personagens infantis da obra para crianças e da obra para adultos de Monteiro Lobato*: convergências e divergências. Tese (mestrado). Unicamp, Instituto de Estudos da Linguagem, Campinas, SP, 1999.

CAMARGOS, Marcia. *Juca e Joyce:* memórias da neta de Monteiro Lobato. São Paulo: Editora Moderna, 2007.

CAVALHEIRO, Edgard. *Monteiro Lobato:* vida e obra. 2 v. São Paulo: Companhia Editora Nacional, 1956.

CHIARELLI, Tadeu. *Um Jeca nos vernissages*. São Paulo: Edusp, 1995.

DANTAS, Paulo (Org.). *Vozes do tempo de Lobato*. São Paulo: Traço Editora, 1982.

KOSHIYAMA, Alice. *Monteiro Lobato*: intelectual, empresário, editor. São Paulo: Edusp, 2006.

LAJOLO, Marisa (Org.). *Monteiro Lobato – Literatura comentada*. São Paulo: Abril, 1981.

LAJOLO, Marisa. *Monteiro Lobato:* um brasileiro sob medida. São Paulo: Editora Moderna, 2000.

LAJOLO, Marisa; CECANTINNI, João Luís (Orgs.). *Monteiro Lobato:* livro a livro – Obra infantil. São Paulo: Editora Unesp, 2008.

LAJOLO, Marisa (Org.). *Monteiro Lobato*: livro a livro – Obra adulta. São Paulo: Editora Unesp, 2014.

LANDERS, Vasda Bonafini. *De Jeca a Macunaíma*: Monteiro Lobato e o Modernismo. Rio de Janeiro: Civilização Brasileira, 1988.

LUCA, Tania Regina de. *Revista do Brasil*: um diagnóstico para a (n)ação. São Paulo: Editora da Unesp, 1999.

MARTINS, Milena Ribeiro. *Lobato edita lobato*: história das edições dos contos lobatianos. Tese (doutorado). Universidade Estadual de Campinas, Instituto de Estudos da Linguagem, Campinas, SP, 2003.

NETTO, J. A. *O Jeca Tatu e o mundo que ele criou:* o problema da originalidade cultural em *Velha Praga* e *Urupês*. Tese (mestrado em História), Unesp, 1998.

NUNES, Cassiano. *Novos estudos sobre Monteiro Lobato*. Brasília: Editora Universidade de Brasília, 1998.

PASSIANI, Enio. *Na trilha do Jeca*: Monteiro Lobato e a formação do campo literário no Brasil. Bauru: Edusc/Anpocs, 2003.

Impresso por :

gráfica e editora

Tel.:11 2769-9056